ESTHER M. FRIESNER

Men in Black II

Buch

Jay ist erfahrener Agent in einem speziellen amerikanischen Geheimdienst: MIB. Sprich: MEN IN BLACK. Seine Aufgabe ist es, Lebensformen aus fremden Galaxien, die auf der Erde heimisch werden wollen, zu überwachen. Und er hat alle Hände voll zu tun, denn Serleena, eine kylothianische Wurzelkreatur, hat sich mit ihrem Miniraumschiff mitten im New Yorker Central Park niedergelassen und perfiderweise die Gestalt eines verführerischen Dessous-Models angenommen. Als es Serleena gelingt, die MIB-Zentrale in ihre Gewalt zu bringen, gibt es nur noch einen Menschen, der Jay helfen kann: sein früherer Kollege Kay, der mittlerweile in einer anderen wichtigen amerikanischen Organisation tätig ist: der Post. Bald stellen sie fest, dass sie nur noch wenig Zeit haben, die Erde vor ihrer Vernichtung durch die verschiedensten Außerirdischen zu retten. Und die sind ihnen auf den Fersen, allen voran die teuflische Serleena …

Außerdem als Goldmann Taschenbuch lieferbar:

Men in Black. Roman zum Film (44023)

Esther M. Friesner

MEN IN BLACK II™

Roman zum Film
nach dem Drehbuch
von Robert Gordon und Barry Fanaro
nach einer Idee von Robert Gordon

Aus dem Amerikanischen
von Frauke Meier

GOLDMANN

Die Originalausgabe erschien 2002 unter dem Titel
Men in Black II
The Official Novelization by Esther M. Friesner
Based on the Screenplay
by Robert Gordon and Barry Fanaro
Story by Robert Gordon
bei Del Rey, New York

Umwelthinweis:
Alle bedruckten Materialien dieses Taschenbuches
sind chlorfrei und umweltschonend.

Deutsche Erstveröffentlichung Juli 2002

Printed in Germany 2002
Umschlaggestaltung: Design Team München

Umschlagfoto: Michael O'Neill
Satz: DTP-Service Apel, Hannover
Druck: Elsnerdruck, Berlin
Verlagsnummer: 45426
JE · Herstellung: Sebastian Strohmaier
Made in Germany
ISBN 3-442-45426-3
www.goldmann-verlag.de

3 5 7 9 10 8 6 4 2

KAPITEL 1

New York, New York. Lassen Sie sich von niemandem etwas anderes einreden: Hier gibt es nur Auswärtige.

Niemand ist eine Insel, Manhattan schon. Schlüsselwort: insular, was bedeutet, es ist alles ein bisschen exklusiver als anderswo, was wiederum bedeutet, die Menschen, die hier wohnen, können ziemlich wählerisch sein, wenn es darum geht, wer hier reinkommt und wer zur Hölle noch mal gefälligst draußen bleibt.

Fragen Sie mal den freundlichen Taxifahrer, der sie durch die Gegend kutschiert, nur zu, fragen Sie ihn, wie Ihre Chancen stehen, dieses angesagte Broadway-Musical zu besuchen oder diesen heißen Nachtclub oder die Aufzeichnung der *David-Letterman*-Show. Fragen Sie ihn einfach. Er hat bestimmt nichts gegen einen guten Witz einzuwenden, und wenn er genug gelacht hat, wird er fragen: »Sie wollen was? Wohin? Da wollen Sie rein? Wann?«

»Ja, klar, gaaanz sicher. Viel Glück auch, Sie Tourist.«

Aber, hey, machen Sie sich nichts draus. Niemand erwartet von einem Auswärtigen besonders viel Durchblick.

Psst. Soll ich Ihnen etwas verraten? Was der Taxifahrer Ihnen da erzählt – vergessen Sie es einfach. Ich liefere Ihnen die Wahrheit über New York: Hier gibt es nur Auswärtige. So war es von Anfang an, und so wird es immer sein!

New York hat einen seltsamen Einfluss auf Menschen, die nur zu Besuch in die Stadt kommen. Viele von ihnen bleiben und verbringen den Rest ihres Lebens hier. Es ist, als wäre irgendetwas im Wasser, abgesehen von dem Plutonium, etwas, das die ganze Evolution durcheinander bringt, diese Art, wie die Auswärtigen es schaffen, sich von Touristen zu Durchreisenden zu entwickeln, um schließlich als Typen zu enden, die sich benehmen, als hätten sie tief im Grundgestein unter New York City Wurzeln geschlagen, als gehöre ihnen die ganze Stadt.

So etwas nennt man dreist. So etwas nennt man *Chuzpe*. So etwas nennt man den New Yorker Stil. Und darum kann man einen New Yorker auch da treten, wo es richtig wehtut, aber man kann ihn niemals kleinkriegen.

Der erste bedeutsame Haufen Auswärtiger, der sich im Big Apple breit gemacht hat, war dieser holländische Verein, den Peter Minnewit angeschleppt hat. Das ist der Mann, der die glänzende Idee hatte, den Einheimischen die Insel Manhattan für einen Haufen Nippes, Schmuck, Glasperlen und anderen Tand abzukaufen, ein Zeug, das etwa jenen »echten« Rolexuhren entspricht, die man am Herald Square direkt aus dem Diplomatenköfferchen kaufen kann, oder im Theatre District oder irgendwo an der Fifth Avenue, den Bullen immer gerade drei Schritte voraus.

Das ganze Zeug kostete die Niederländische Ostindien-Kompanie nach heutigem Kurs umgerechnet 24 amerikanische Dollar. Der gute alte Pete wird das wohl für einen verdammt guten Coup gehalten haben, und in gewisser Weise hatte er Recht.

Was nun die amerikanischen Ureinwohner betrifft, die ihm die Insel verkauft haben, nun, sie hätten sicher einen besseren Preis erzielen können, wenn sie Manhattan bei E-Bay versteigert hätten, aber was soll man machen? Richtiger Ort, falsche Zeit. Außerdem stellte sich heraus, dass besagte Ureinwohner, die ersten historisch dokumentierten Immobilienbonzen New Yorks, einem Stamm angehörten, der allenfalls das Recht gehabt hätte, Teile von Brooklyn und ein bisschen von Queens zu verkaufen, aber ganz sicher nicht Manhattan.

Nicht dass sie dieser kleine Schönheitsfehler davon abgehalten hätte, den Holländern die Insel anzudrehen und damit eine weitere große alte New Yorker Tradition zu begründen: Nach Geschäftsabschluss ziehen beide Parteien in der Überzeugung von dannen, ihren Geschäftspartner ordentlich übers Ohr gehauen zu haben.

Heutzutage scheinen 24 Dollar nicht gerade viel Geld zu sein. Das liegt daran, dass es auch nicht viel Geld ist. Für 24 Dollar kriegen Sie nicht einmal einen Sitzplatz in einer dieser rollenden Touristenfallen, diesen Doppeldeckerbussen, wie sie von Starline Tours auf die Reise geschickt werden. Sie wissen schon: Regen oder Sonnenschein, Tag oder Nacht, Sommer, Winter, Frühjahr und Herbst fahren sie kreuz und quer über die Insel, um den Auswärtigen all die großen Häuser und die hellen Lichter vorzuführen.

Die besten Plätze sind auf dem Oberdeck. Klar, wenn es regnet, werden Sie nass, wenn es kalt ist, frieren Sie, und im Sommer holen Sie sich womöglich einen höllischen Sonnenstich, aber wenn sie später wieder zu Hause sind und es halbwegs überstanden haben, Mann – Sie können jedem erzählen, dass sie den verdammt besten Blick auf die verdammt beste Stadt der ganzen Welt gehabt hätten.

Natürlich ist es nicht jedermanns Sache, im Touristenbus durch Manhattan zu kurven. Es gibt Alternativen für jeden, für Einheimische und Auswärtige. Da wären die U-Bahn und die Linienbusse für diejenigen, die nicht der Meinung sind, dass das Geld auf Bäumen wächst, und Taxis, Mietwagen und Limousinen für die Betuchteren. Manche Leute schwören sogar auf Skateboards, Inline-Skates oder deren arme Vettern, die gemeinen Rollschuhe. Wenn's hart auf hart kommt, kommen Sie auch auf Schusters Rappen weiter.

Lassen Sie sich aber von der Bezeichnung nicht täuschen. Es handelt sich hier um Rappen, die nichts mit den Kutschen zu tun haben, die durch den Central Park klappern oder vor dem Plaza Hotel parken. Ist nur so eine Art Fremdwort für »zu Fuß gehen.«

Touristen, die es satt haben, sich die Stadt vom Land aus anzusehen, können sich auch aufs Wasser hinauswagen und an einer der Bootsrundfahrten um die Insel teilnehmen, oder es auf die billige Tour versuchen, indem sie eine Fahrt mit der Staten-Island-Fähre machen.

Was die Leute wirklich wahnsinnig macht, ist die Art und Weise, wie manche Leute auch dann noch Auto fahren, wenn sie im Big Apple angekommen sind. Es ist, als sei die Jagdsaison auf Fußgänger eröffnet. Warum sich die Menschen überhaupt mit Autos abgeben, ist ein Mysterium, bei den Kosten für Parkhäuser, den komplizierten Parkregeln und all den anderen Möglichkeiten, sich in New York fortzubewegen. Warum sollte sich da ausgerechnet ein Auswärtiger hinters Steuer setzen wollen?

Natürlich tun es ein paar von ihnen doch, weil sie so nun mal hier angekommen sind, hinter dem Steuer ihres eigenen Wagens. Und wenn sie dabei alles platt machen, was ihnen in die Quere kommt, von Eichhörnchen bis zu parkenden Autos und alten Damen, dann scheint sie das einen Dreck zu interessieren. Glauben Sie den Einheimischen – das sind die Schlimmsten.

Das schnittige, schnelle Raumschiff glitzerte golden. Es war tödlich, faszinierend und auf eine ganz eigene Art schön.

Mit atemberaubendem Tempo raste es durch die schwarze Leere und brachte Tod und Verderben, wo immer es auftauchte. Arglose Welten, viele davon bewohnt, explodierten unter dem gnadenlosen Beschuss seiner Waffensysteme. Feuerstöße brachen voller Schadenfreude aus seinen Geschützen hervor und hinterließen eine Spur der Verwüstung und des Chaos'.

Seinem unbeirrbaren Kurs nach zu urteilen war jedoch

keiner dieser unglücklichen Planeten sein eigentliches Ziel; anscheinend war der Pilot zu einem anderen, unbekannten Bestimmungsort unterwegs. Mit zunehmender Geschwindigkeit jagte das Schiff auf einen einzelnen Stern zu, vorbei an den äußersten, in ewigem Frost erstarrten Planeten. Vorbei an dem Gasriesen und seinem von einem Ring umgebenen Nachbarn, immer weiter voran. Als es sich schließlich dem von der Sonne aus gesehen dritten Planeten näherte, verringerte es kaum merklich seine Fahrt und drehte ab, um in die Atmosphäre einzutauchen. Seltsamerweise fand es sofort einen Parkplatz – einen grünen, üppigen und friedvollen Landeplatz.

In Brooklyn wächst ein Baum, doch im Herzen von New York Citys berühmtem Bankenviertel blühte eine Blume. Mitten in der Nacht, in einem Teil der Stadt, wo zahllose hastende Füße jedes nicht eingezäunte Gewächs normalerweise zu einer klebrigen Masse zerstampft hätten, ragte diese vollendet geformte und in den erlesensten Farben leuchtende Blüte aus dem Pflaster des Bürgersteiges empor. Ihr dünner Stängel und die samtigen Blütenblätter wiegten sich langsam in den Wogen warmer Luft, die aus den Abzugsgittern am Boden hervorströmte.

Sie war ebenso hübsch wie vollkommen unerklärlich.

Ein schwarzer Mercedes kam mit quietschenden Reifen am Bordstein vor dem Entlüftungsgitter neben der Blume zum Stehen. Bedauerlich, dass die Straße vollständig verlassen war, denn ein so modernes Fahrzeug hätte im habsüchtigen Herzen eines Wall-Street-Bankiers sicher mehr Bewunderung ausgelöst als der Anblick von tausend Blumen.

Die Türen des Mercedes wurden geöffnet, und zwei Männer stiegen aus. Einer der beiden hatte das gesunde, wohlgeformte, cerealiengenährte Aussehen eines Erstliga-Linebackers, ein Typ, den Sportjournalisten mit Vorliebe als »All-

American« verkauften, was immer das bedeuten soll. Der andere Mann, ein Afroamerikaner, war nicht annähernd so muskulös, doch seine Haltung vermittelte den Eindruck, dass auch in seinem schlanken, beweglichen Körper eine Menge Kraft steckte. Beide trugen identische, perfekt sitzende, schlicht geschnittene schwarze Anzüge und auf Hochglanz polierte schwarze Schuhe.

Der schlankere Mann war auf der Fahrerseite ausgestiegen. Möglicherweise verfügte er nicht über die Muskelmasse seines Partners, doch die brauchte er genauso wenig, wie er eine Plakette oder irgendein anderes sichtbares Abzeichen benötigte, um sich als Verantwortlicher dieses Teams auszuweisen. Seine Autorität zeigte sich in seinen Bewegungen, seiner Haltung und seinen Worten, einfach in allem bis hin zum kleinsten Zucken seiner Augenbrauen.

Seine glänzenden schwarzen Schuhe schlugen einen schnellen Takt, als er, gefolgt von seinem bulligeren Partner, über das Pflaster auf das Entlüftungsgitter zuging.

»Keine Mätzchen«, predigte der erste Mann unterwegs. »Keine Heldentaten. Ganz ruhig. Dieses Mal gehen wir genau nach dem Lehrbuch vor, Tee. Okay?«

»Also, Jay, was meinen Sie, ist …«, setzte sein Partner ungeniert an.

Der erste Mann blieb abrupt stehen und unterbrach ihn: »Sagen Sie ›okay‹, Tee.«

Seine Worte wurden in einem Ton ausgesprochen, der keinen Raum für Widerspruch ließ. Der Muskelmann hätte ihn am Kragen packen und in den Obststand auf der anderen Straßenseite schleudern können, doch nichts dergleichen geschah. »Verstanden«, sagte er stattdessen wie ein guter Soldat, der seine Befehle entgegennimmt. Dann überholte er seinen Partner und ging direkt auf die Blume zu. »Hey!«, grollte er und stieß sie mit dem Fuß an. »Was zur Hölle glaubst du, dass du tust?«, herrschte er die Blume an.

Die Blume richtete sich trotzig auf. Unzählige Gartengurus predigen unentwegt, es sei wichtig, mit Pflanzen zu reden, wolle man sie gesund erhalten, aber dies musste das erste Mal in der Geschichte der Botanik sein, dass eine Pflanze tatsächlich zuhörte.

Ohne Zögern ging Jay dazwischen und wandte sich ebenfalls an die Blume. »Hey, Jeff«, sagte er leutselig, um seine Rolle in dem klassischen Guter-Bulle/Böser-Bulle-Spiel zu übernehmen. »Wie steht's denn so? Was machst du hier?«

Die Blume antwortete nicht.

»Komm schon, du kennst die Bedingungen«, schmeichelte Jay. »Du hast keine Reiseerlaubnis außerhalb der U-Bahn-Strecken E, F und RR. Dafür darfst du allen anorganischen Müll essen, den du findest. *Anorganisch*. Verstanden?«

Die Blume schwieg noch immer. Don Corleone wäre stolz auf sie gewesen, hätte sie zu seiner Familie gehört.

Der zweite Mann trat vor und spielte erneut hingebungsvoll den bösen Bullen. »Hey! Der Mann redet mit dir«, knurrte er.

»Tee …«, murmelte Jay den Namen seines Partners als leise Warnung. Enthusiasmus bei der Arbeit war eine feine Sache, wenn er angebracht war, manche Situationen jedoch erforderten nun einmal eine etwas diplomatischere Vorgehensweise. Muskeln zu haben bedeutete schließlich nicht, dass man sie immer und jederzeit einsetzen musste.

Sinnlos: Die Warnung ging zum einen Ohr rein, zum anderen wieder raus, vorausgesetzt, sie war überhaupt so weit gekommen. Der große Mann bückte sich und packte die Blume brutal an ihrem zierlichen Stängel. »Was der Mann meint, ist …« Er füllte seinen mächtigen Brustkorb mit Luft und brüllte: *»Was zur Hölle hast du hier zu suchen, du Wurm?«*

Er war ein großer Mann, und er hatte eine große Stimme, laut genug, Fensterscheiben in Schwingung zu versetzen, laut genug, Tauben noch zwölf Blocks entfernt in die Flucht zu schlagen, laut genug, Passanten zu veranlassen, einen Blick zum Himmel zu werfen, nur für den Fall, dass sich über ihren Köpfen ein Gewitter zusammenbraute.

Aber *nicht* laut genug, um den Boden zum Beben zu bringen, was gerade der Fall war.

Definitiv nicht laut genug, um Entlüftungsgitter erzittern und das Pflaster springen zu lassen.

Dazu war die Blume nötig.

Die Blume und das was an ihr hing.

Jay blieb gerade noch ein Sekundenbruchteil, um Tee einen Blick zuzuwerfen, der so viel bedeutete wie: *Toll, jetzt hast du es geschafft!*, ehe die Straße aufbrach wie eine Eierschale und eine gigantische, wurmartige Kreatur zum Vorschein kam, die das Entlüftungsgitter zur Seite schleuderte und sich – und Tee – zum Himmel emporreckte. Mit bemerkenswerter Gelassenheit betrachtete Jay seinen muskulösen Partner, der vom Kopf des Monsters herabbaumelte und immer noch den Stiel der jämmerlich kleinen Blume umklammert hielt.

Hängt da rum wie die Quaste am Doktorhut eines Collegebengels, dachte er. *Aber irgendwie habe ich das Gefühl, die Abschlussfeier ist schon lange vorbei.*

Schließlich setzte er ein kumpelhaftes Wir-können-doch-darüber-reden-Lächeln auf und rief: »Hey, Jeff, sei ein bisschen nachsichtiger mit meinem Partner! Er ist neu und …«

Das Wurmding riss den Kopf weit nach hinten und ließ ihn gleich darauf wieder vorschnellen wie eine Peitsche. Mit einem Aufschrei äußerster Hilflosigkeit segelte Tee in den Nachthimmel – wie ein Kieselstein aus einer Schleuder. Das Monster sank zurück auf den Boden. Mission erfüllt.

»… ein bisschen dumm«, beendete Jay seinen Satz ein wenig verspätet und ging in die Knie, um sich auf Augenhöhe der Kreatur zu begeben. »Puh! Bist ganz schön groß geworden«, stellte er fest. »Was zum Teufel hast du da unten in dich reingestopft?«

Vielleicht glaubte das Monstrum, Jay hätte den Dienst bei den Men in Black quittiert und stattdessen bei den Weight Watchers angefangen. Entweder das, oder der Wurm hatte kein Interesse an einem kostenlosen Vortrag über die Vorzüge einer ballaststoffreichen Ernährung. Wie auch immer, er schien jedenfalls nicht in der passenden Stimmung für eine kleine Plauderei zu sein.

Sein stacheliger Schwanz brach hinter Jay durch das Pflaster und schleuderte ihn quer über die Straße, als wäre er der Puck in einem Spiel der New York Rangers. Jay krachte in den Obststand, und der Geist von Carmen Miranda sah ihm zu und weinte.

Das Wurmding nahm sich nicht die Zeit, das Resultat seiner sportlichen Aktivität zu begutachten, sondern verschwand wieder in seinem Loch und ließ einen brüllenden, furchtbar wütenden und mit zerquetschtem Obst gesprenkelten Jay zurück. »*Jeffrey!*«

Jeffrey mochte ein gigantischer Wurm sein, so hässlich, dass sich sogar die Ratten bei seinem Anblick übergeben würden, aber er besaß die Wesensart einer Hauskatze und reagierte nicht im Mindesten auf Jays Gebrüll. Jay krabbelte aus dem Obststand hervor, schnaubte vor Unwillen über das ungebührliche Benehmen der Kreatur und sprang seinerseits in das Loch im Boden, wobei er sich gerade noch die Zeit nahm, die Alarmanlage des Mercedes einzuschalten.

(Immerhin war dies das Bankenviertel. Den Gerüchten zufolge trieben sich in diesen Straßen je nach Mondphase ganze Rudel wild lebender Dotcom-Unternehmer herum, begierig auf der Jagd nach allem, was sich in Risikokapital umwandeln ließ. Es hieß, diese Typen wären imstande, eine Nobelkarosse innerhalb von fünf Minuten bis zu den Kolbenringen zu zerlegen.)

Dann war auch Jay verschwunden, und die Straße lag wieder verlassen da.

KAPITEL 2

Zurück in seiner natürlichen Umgebung blieb Jeff kaum genug Zeit, die heiße, stinkende Summer-in-the-Subway-Luft tief in seine Lungen zu saugen, ehe Jay direkt auf ihm landete.

»Das mit dem Schwanz war nicht in Ordnung, Mann!«, schimpfte Jay kopfschüttelnd. »Ganz und gar nicht ... Waaahhh!«

Ehe Sie hätten sagen können *Bitte Vorsicht, die Türen schließen*, raste Jeffrey schon mit Höchstgeschwindigkeit durch den gähnenden U-Bahn-Tunnel, während Jay sich mit aller Kraft an seinem Wurmleib festklammerte. In einem wilden Ritt, der jeden Vergnügungsparkbetreiber vor Neid zum Sabbern gebracht hätte, jagten sie durch die Finsternis, und die ganze Zeit hing Jay an Jeffreys Rücken und gab sich alle Mühe, seinen Pflichten als anständiger MIB nachzukommen und die vorliegenden Verstöße aufzulisten, während das wurmförmige Alien ohne Pause weiter voranstürmte.

»Verstoß gegen die Aufenthaltsgenehmigung«, verkündete er. »Zurückhalten von Informationen gegenüber Angehörigen der MIB. Erscheinen als Wurm in der Öffentlichkeit.«

Jeff wählte genau diesen Augenblick, um Jay auf seine etwas harte Art eine lange Nase zu drehen, indem er seinen Kopf – und Jays – gegen die Tunneldecke stieß. Was hätte er auch anderes tun sollen, wenn man bedachte, dass er keine Nase besaß?

Einen schwächeren Gegner hätte Jeff auf diese Weise vermutlich abwerfen können, doch die MIB verpflichteten keine Schwächlinge. Wenn es um den Frieden und die Sicherheit der Erde ging, war kein Platz für Drückeberger, Jammerlappen oder irgendjemanden, der in einem schlicht geschnittenen schwarzen Anzug nicht cool aussah. Jay quittierte den

Schlag mit einem Grunzen, schüttelte sich und widmete sich wieder ganz der Arbeit.

»Jetzt bin ich sauer«, informierte er den Außerirdischen. Dann zog er einen langen, gefährlich aussehenden Metallzylinder aus der Tasche, beugte sich vor und rammte den Pressluftinjektor tief in den blumenförmigen Köder auf Jeffreys Kopf. Zischend entwich die Luft, als der Injektor seine Ladung Beruhigungsmittel freisetzte.

Jay grinste. »Träum süß, Großer. Genieß einfach die schönen …«

Mit einem ohrenbetäubenden Kreischen schoss Jeffrey durch den U-Bahntunnel, als hätte ihn die Druckluftspritze mit Amphetaminen vollgepumpt.

»… FARBEN!«, schrie Jay, als sein außerirdisches Streitross seine wilde Flucht fortsetzte.

Es ist nicht einfach, einen New Yorker zu beeindrucken, eine Tatsache, die ganz besonders auf die Pendler im U-Bahn-Netz von New York City zutraf. Außer einem waschechten Feuer konnte kaum etwas ihre Aufmerksamkeit erregen. Allzu leicht konnte man bei der Zeitungslektüre die Stelle aus den Augen verlieren, die man gerade gelesen hatte. Und selbst wenn es brannte, gab es so manchen Stehplatzinhaber, der sich nur dann von seiner Lektüre würde ablenken lassen, wenn zufällig gerade seine Ausgabe der *Post* in Flammen stand.

Wenn Sie also in der Prince Street Station stehen und auf Ihren Vorortzug warten, dann schauen Sie vielleicht von Ihrer Zeitung auf, wenn Sie einen näher kommenden Zug hören. In neun von zehn Fällen werden Sie allerdings feststellen, dass es nur ein Expresszug ist, der hier so oder so nicht hält, werden sich wieder ihrem Artikel widmen und denken, wie schön es sein wird, nach Hause zu kommen und endlich die Schuhe auszuziehen.

Aber was ist, wenn Sie dieses ferne Donnern hören, aufblicken und ein gigantisches Wurmmonster sehen, das mit affenartiger Geschwindigkeit durch die Station saust, während sich irgendein gut gekleideter Typ auf seinem Rücken festklammert, als wäre das Vieh das größte, hässlichste und bockigste Wildpferd der Welt, und ihm, so laut seine Lunge es erlaubt, seine Rechte vorliest?

Alles klar?

Schön, okay, also vielleicht blicken Sie ein zweites Mal auf – und versuchen, so zu tun, als würden sie gar nicht wirklich hinsehen. Wir sind in New York, Coolness ist alles – nur ein kurzer Blick, Baby, das war's schon.

Vor ihnen auf den Schienen war Licht zu sehen, die Rücklichter eines U-Bahnzuges, der durch den Tunnel rumpelte, aber Jay sah sie nicht. Seine Konzentration galt derzeit wichtigeren Dingen, wie zum Beispiel, sich an Jeff festzuhalten und gleichzeitig zu versuchen, dem Wurm den Ernst der Lage klar zu machen. Das MIB-Äquivalent der Miranda-Rechte (»Sie haben das Recht, hässlich zu sein. Sie haben das Recht, sich einen Knoten in Ihren ekligen außerirdischen Schwanz machen zu lassen, nachdem Sie mich in diesen Obststand geschleudert und mir mein neues Hemd mit zerdrückten Bananen versaut haben ...«) hatte er bereits hinter sich. Zeit für den nächsten Akt.

»Kraft der mir als Agent der MIB verliehenen Autorität verhafte ich Sie«, verkündete er. »So, und nun ergib dich endlich und hör auf, mit dem Arsch zu wackeln!«

Jay mühte sich heldenhaft, aber vergeblich. Jeff hatte bisher nicht einen einzigen seiner Befehle befolgt, warum sollte er also jetzt damit anfangen?

Wie zur Antwort auf diese unausgesprochene Frage ruckte der Kopf des Wurmes vor, als die Kreatur versuchte, sich Jays auf dieselbe Art zu entledigen, der zuvor schon Tee zum

Opfer gefallen war. So ist das mit den Klassikern, sie sind einfach unschlagbar und funktionieren immer. So gesehen haben die Gesetze der Newton'schen Physik durchaus ihre Tücken.

Jay wurde geradewegs in den hinteren Teil des letzten Wagens des vor ihnen fahrenden U-Bahnzuges geschleudert. Der Wurm hatte ein scharfes Auge – wo immer es an *diesem* Körper auch versteckt sein mochte: Er beförderte den MIB direkt durch die Glasscheibe der hinteren Tür. Funkelnde Glasscherben regneten wie scharfkantiger Schnee auf Jay herab.

Zum zweiten Mal in dieser Nacht rappelte Jay sich auf und warf einen Blick zurück in den Tunnel, nur um festzustellen, dass Jeff, anstatt umzukehren und sich dünn zu machen, offensichtlich beschlossen hatte, dass Angriff immer noch die beste Verteidigung war. Obwohl er in den U-Bahntunneln der Stadt hauste, in denen man nicht einmal eine Katze am ausgestreckten Arm herumschleudern konnte, ohne dabei ein Plakat in Mitleidenschaft zu ziehen, auf dem – in Englisch und Spanisch – die Dienste dieses oder jenes Anwaltes angeboten wurden, war Jeff nach der fehlgeschlagenen, jedoch immerhin offiziellen Verhaftung durch die MIB anscheinend zu der Erkenntnis gelangt, dass es besser war, die Dinge selbst in die Hand zu nehmen – zum Teufel mit den Anwälten. Einen guten Rechtsbeistand engagieren oder den feindlich gesonnenen Agenten verschlingen? Eine Frage, die sich für Jeffs mangelndes Denkvermögen gar nicht erst stellte. Der Wurm kam näher, und er sah verdammt sauer aus.

Schlimmer noch, er sah hungrig aus.

Oh Mann, und das Vieh ist nicht *wählerisch*, dachte Jay. Das sah gar nicht gut aus.

Jay wandte sich von der Tür ab und nahm eine möglichst autoritäre Haltung ein. »Verkehrsbehörde. Gehen Sie bitte alle zum vorderen Wagen, wir haben eine Störung im elektrischen System.«

In dem Wagen befanden sich kaum mehr als eine Hand voll Fahrgäste, von denen die meisten ihre Abendzeitung lasen. Und obwohl unter diesen wenigen Menschen alle Altersgruppen, Hautfarben und sozialen Schichten vertreten waren, teilten auch sie jene erhabene Fähigkeit, die alle Bürger dieser Metropole einte.

Sie wussten genau, wann sie verarscht wurden.

Der Mann, der da vor ihnen stand, war aus dem Nichts aufgetaucht, während der Zug sich mitten im Tunnel befand, und seine Kleidung wies nicht die geringste Ähnlichkeit mit der Uniform eines Angehörigen der Verkehrsbehörde auf. Und *der* wollte ihnen Befehle erteilen?

Sie ließen sich kaum lange genug von ihren Zeitungen ablenken, um einen knappen Blick in Jays Richtung zu werfen, ehe sie sich gelangweilt wieder ihren Sportergebnissen oder Klatschspalten und vielleicht sogar, des Amüsements wegen, dem Leitartikel widmeten.

»Leute!«, brüllte Jay.

Dieses Mal schauten sie auf, ohne den Blick gleich wieder zu senken. Sie sagten keinen Ton, und doch meinte Jay beinahe, die Vibrationen unausgesprochener Erkundigungen zu fühlen.

»Wir haben eine Störung im elektrischen System«, wiederholte Jay und deutete mit einem Nicken auf die rückwärtige Tür.

Die in diesem Augenblick unter großem Getöse verschwand. Mit lautem Knirschen arbeiteten sich Jeffreys gewaltige Kiefer durch das hintere Ende des Wagens, und er verschlang mit einem Bissen sechs Meter U-Bahn, was wohl seiner Auffassung von einem kleinen Snack entsprach.

Nun kam endlich Bewegung in die Fahrgäste, die schreiend ihre Zeitungen fallen ließen und Jay keine Gelegenheit zu einer dritten Aufforderung gaben; sie waren weit vor ihm und stürzten bereits in den nächsten Wagen, als Jeffreys Kiefer zum nächsten Biss ansetzten. Mit einer Woge von Leibern konfrontiert, versuchte Jay zu verhindern, dass die Dinge noch mehr außer Kontrolle gerieten.

»Nein, nein, bleiben Sie sitzen. Es ist doch nur ein zweihundert Meter langer Wurm!«

Trotzdem brach Chaos aus, Hysterie machte sich breit und der Begriff »Rush Hour« bekam eine völlig neue Bedeutung, als sich die Fahrgäste in heller Panik mit Gewalt einen Weg nach vorn bahnten, wo sie sich in Sicherheit wähnten. Ihre angstvollen Schreie waren laut genug, um das Dröhnen des Zuges und das Krachen der Wurmkiefer zu übertönen, das ihnen direkt auf den Fersen war.

Jay warf einen Blick zurück und beschloss, dass er ganz ihrer Meinung war.

»Vorwärts, vorwärts! Schreit nur noch mal!«, brüllte er.

Als die Fahrgäste in den nächsten Wagen flüchteten, war Jay direkt hinter ihnen, zwei Schritte vor dem Wurm. »Los, los, los!«, brüllte er die Passagiere an, die noch gänzlich unschuldig auf ihren Sitzplätzen verharrten. Dieses Mal hatten sie offensichtlich keine Fragen; die wilde Flucht ihrer Mitbürger erwies sich als hinlänglich überzeugend. *Gehst du nach Rom, benimm dich wie ein Römer*, ganz besonders, wenn die Römer gerade in wilder Panik vor einem Monstrum flüchten. Wie ein Mann sprangen sie auf und rannten um ihr Leben, während Jeffrey gerade den nächsten Bissen aus ihrem winzigen Schnitz des Big Apple verschlang.

Wagen um Wagen war es die gleiche Geschichte: Eine immer größer werdende Horde verängstigter Fahrgäste stürzte durch die Tür und zerrte alles mit sich, was ihr im Wege stand. Alte Männer erinnerten sich daran, im Grundwehrdienst gelernt zu haben, wie sie das Beste aus sich herausholen konnten. Junge Mädchen griffen auf dieselbe innere Kraft zurück, mit deren Hilfe sie schon das Höllengedrängel Hunderter Rockkonzerte überstanden hatten. Frauen schnappten sich ihre Kinder, weckten die in ihnen schlummernde Kriegerprinzessin und pflügten durch die Menge wie ein Schwert durch einen Laib Tofu.

Es war ein Wunder, dass niemand zu Fall kam; die trampelnden Füße der Pendler hätten jeden armen Teufel, der am Boden lag, zu einer dünnen Schicht roter Schmiere verarbeitet, noch ehe Jeffrey ihn mitsamt dem Waggon hätte verschlingen können.

In der Nachhut, sozusagen als Viehtreiber, sah sich Jay noch einmal unbehaglich um und stellte fest, dass Jeff mit den U-Bahnwaggons verfuhr wie mit einer Wurstkette und jeden einzelnen Wagen hinunterschlang, kaum dass er verlassen war. Grimmig presste er die Lippen zusammen. Keine Opfer zu beklagen, bisher, abgesehen von dem Eigentum der New York City Transit Authority. Trotzdem konnte das nicht so weitergehen.

Früher oder später würden schlicht und einfach keine Waggons mehr übrig sein.

Die Menge war auf dreißig Personen angewachsen, als sie den vordersten Wagen stürmte. In der kleinen Kabine am vorderen Ende des Zuges saß der Zugführer auf seinem Posten und dachte daran, wie schön es sein würde, nach Hause zu kommen und endlich die Schuhe auszuziehen.

Gerade, als er sich vorstellte, wie das erste kühle Feierabendbier durch seine Kehle rann, riss ihn das Geschrei des Mobs aus seinen Träumen, und er streckte den Kopf aus der Kabine.

»Hey! Raus hier, bevor ich anfange, euch die Köpfe aneinander zu schlagen«, erklärte er in milde verärgertem Tonfall. Die Klimaanlage war ausgefallen, und es war einfach zu heiß, um sich wirklich aufzuregen.

Jay zog seinen Serie-4-Atomisator und hielt ihn so, dass der Zugführer einen Blick auf die bösartig aussehende Waffe werfen konnte. Und bei diesem Baby *war* die Größe wichtig.

Der Serie-4-Atomisator war nicht nach dem Konzept *»Weniger ist mehr«* angefertigt, sondern streng nach dem Motto *»Mehr*-ist-mehr-und-*viel*-mehr-ist-noch-viel-besser«; eine Waffe, lang, schwer, chromglänzend und mit genug Power, um selbst eine Herde angreifender afrikanischer Kaffernbüffel zum Nachdenken anzuregen.

Der Zugführer war kein Kaffernbüffel. Seine Reaktion erinnerte Jay daran, wie ihn die Fahrgäste des hinteren Wagens angestarrt hatten, ehe sich Jeffrey auf seine vereinnahmende Weise Zutritt verschafft hatte.

»Oh, *bitte*«, sagte der Zugführer desinteressiert. »Das hier ist die C-Linie. Was glauben Sie, wie viele Knarren ich diese Woche schon gesehen habe?«

Jay hatte keine Zeit für Spielchen. »Geben Sie Gas«, kommandierte er.

Der Zugführer sah ihn an, als wollte er sagen: *Hättest wohl besser deinen großen Bruder vorgeschickt.* Laut sagte er: »Ich bin Captain Larry Bridgewater, und ich entscheide, was in diesem Zug geschieht.«

Ein Kreischen und Schmatzen unterstrichen die Worte des noblen Helden. Er blickte an Jay vorbei zur Hintertür, wo Jeff gerade wie besessen an dem letzten Waggon hinter ihnen kaute.

»Larry hat soeben entschieden«, verkündete er und trat aufs Gaspedal.

Auch Jeff traf irgendwo in den verdrehten Windungen seines kleinen Wurmgehirns eine Entscheidung, und Jeffs Entscheidung lautete, dass das Eigentum der New York City Transit Authority mächtig gut schmeckte. Und schließlich wusste er genau, dass er seine Befugnisse nicht übertrat: Ihm war gestattet, so viel anorganischen Müll zu verzehren, wie er wollte. Vielleicht traf der Begriff »Müll« auf einen voll funktionsfähigen Zug nicht ganz zu, in seinem derzeitigen Zustand jedoch ließ sich nicht viel dagegen einwenden. Soweit es

Jeff betraf, hatte der Zug lediglich eine unbedeutende Stufe auf dem Weg alles Irdischen übersprungen.

Seine weit aufgerissenen Kiefer schnappten nach dem hinteren Ende des letzten Wagens, der noch auf den Rädern stand, und rissen einen anständigen Happen Metall heraus. Die gefangenen Fahrgäste schrien; jetzt wussten sie, was für ein Gefühl es war, die Geheimzutat des Spezialgerichts *Eisen nach Art des Hauses* zu sein.

Jay rannte mit der Waffe im Anschlag zurück, um die unschuldigen Fahrgäste davor zu bewahren, als Horsd'œuvres im Magen eines Aliens zu landen. Doch als er die Waffe auf den Wurm richtete, hielt Jeff plötzlich inne, verdrehte die kleinen Kugelaugen, und etwas, das gefährlich an ein Kichern erinnerte, entwich den schaurigen Kiefern, ehe das gewaltige Monstrum mit einem tunnelerschütternden Krachen auf den Schienen aufschlug, erledigt wie eine extraterrestrische Makrele.

Taumelnd und schlingernd, die kreischenden Räder teils innerhalb, teils außerhalb der Schienen, holperte der zerfetzte Waggon aus dem Tunnel in die U-Bahnstation. Wäre der Zug ein Pferd in einem Western gewesen, dann wäre dies der passende Augenblick für den Helden gewesen, seine Waffe zu ziehen, seine Anerkennung für geleistete Dienste kundzutun, gefolgt von einem Ausdruck des Bedauerns, nunmehr tun zu müssen, was getan werden musste, und das Leiden des armen Tieres mit einem Kopfschuss zu beenden.

Rumpelnd kam der Wagen zum Stehen, und Stille kehrte ein. Lange Augenblicke war nichts als das wilde, hysterische Weinen der Fahrgäste und ihres Zugführers zu hören.

Jay sah zum Fenster hinaus, obwohl er durch das halb abgefressene Ende des Wagens einen besseren Blick gehabt hätte. »Einundachtzigste Straße«, murmelte er. »Naturhistorisches Museum.«

Er setzte seine Ray-Ban-Sonnenbrille auf und hielt etwas hoch, das aussah wie ein dicker silberner Stift. Es war keiner. Das täuschend kleine, schimmernde Röhrchen schnappte auf, und an seiner Spitze kam ein winziges rotes Licht zum Vorschein.

»Darf ich um Ihre Aufmerksamkeit bitten?«, wandte er sich an die Fahrgäste, die ihm ihre tränennassen Gesichter zuwandten, gerade im rechten Augenblick, um sich eine volle Ladung des das Gedächtnis ausradierenden weißen Lichts einzufangen. »Die Stadt New York dankt Ihnen für ihre Teilnahme an dieser Demonstration ...«

Er hielt inne, und ein seltsamer Ausdruck huschte über sein Gesicht, als die Ereignisse des Abends ihn einholten. Er verlor ein wenig von seiner mühsam aufrechterhaltenen Beherrschung. »Wenn dies der Ernstfall gewesen wäre, wären Sie alle gefressen worden. Weil Sie Dickschädel sind! Das ist das Problem bei euch New Yorkern!« Er wurde noch wütender, seine Stimme noch lauter. »Erklären Sie mir doch mal ... Ich habe Sie *freundlich* gebeten, in den nächsten Wagen zu gehen ...«

Jay verstummte und riss sich zusammen. Wieder hielt er den Neuralisator hoch und fuhr nach einem weiteren weißen Lichtblitz fort: »Wir hoffen, Sie finden Gefallen an unseren neuen, kleineren und verbrauchsgünstigeren Zügen. Bitte Vorsicht an der Bahnsteigkante, und einen angenehmen Abend noch.«

Die Türen glitten auf, und die Fahrgäste stiegen einer nach dem anderen aus und gingen seelenruhig durch die Drehkreuze, als wäre nichts Außergewöhnliches vorgefallen. Jay begleitete sie hinaus, während er in seinen Kommunikator sprach.

»Hier ist Agent Jay. Ich brauche ein Säuberungsteam an der Einundachtzigsten, Ecke Central Park West. Transpo soll die Überreste von diesem Zug wegschaffen.« Noch während er sprach, hörte er hinter sich die leisen Begleitgeräusche der effektiven Arbeitsweise Dutzender MIB-Agenten, die in die Station hasteten und taten, was immer getan werden musste, um diesen kleinen Flecken New York in den Zustand Prä-Jeff'scher Normalität zurückzuversetzen.

Er nickte zufrieden, stolz, Teil eines Teams zu sein, das imstande war, jeden beliebigen Ort ebenso gründlich von sämtlichen Beweisen zu befreien, wie ein Schwarm Piranhas das Skelett eines Pekinesen von jedem Fetzen Fleisch.

»Jeffs Aufenthaltsprivilegien müssen sofort widerrufen werden«, fuhr er fort. »Wir brauchen eine Räumungsmannschaft, um ihn zurück an seinen Platz in der Chambers Street Station zu schaffen ... und kann irgendjemand *bitte* die verdammten Verfallsdaten der Wurmberuhigungsmittel überprüfen?«

Vor der U-Bahn-Station musste er sich bereits durch ein ganzes Rudel MIB-Agenten in Uniformen des Energieversorgers Con Edison drängen. Der Eingang war mit einem Seil abgesperrt worden, vor dem sich – wir befinden uns in New York – sogleich eine Menge verärgerter Kunden versammelt hatte, die sich kollektiv darüber ereiferten, dass ihnen der Zutritt verweigert wurde.

Nach einer Weile trotteten die vergrämten New Yorker davon, und Jay blieb mehr oder weniger allein zurück. Wie lautete noch der alte chinesische Fluch? Mögest du in interessanten Zeiten leben? Nun, interessant war der Abend ganz sicher gewesen, und er hätte nichts dagegen gehabt, seinerseits die Füße hochzulegen. Vor der leuchtenden Glasfassade des neuen Rose-Planetariums entdeckte er eine freie Bank und setzte sich. Dann rutschte er scheinbar unvermittelt ein Stück weit zur Seite. Er wusste, was ihn erwartete.

Tee kam angeschlichen und setzte sich mit einem dumpfen Aufprall genau dort hin, wo Jay eben noch gesessen hatte. Einen Augenblick lang saß der muskulöse MIB verstört neben ihm. Dann riss er sich mühevoll zusammen und ergriff mit bebender Stimme das Wort: »Ich weiß. Nach dem Lehrbuch.«

Jay blickte zum Nachthimmel hinauf. Soweit es all die Fahrgäste betraf, die er gerade gerettet hatte, war er voller Sterne und ausgedienter Raumstationen, und das war auch schon alles. Er wusste es besser, und das war echtes Wissen, nicht die vage Hoffnung eines Träumers oder Dichters oder eines hingebungsvollen Science-Fiction-Fans.

Für ihn war das nichts Neues mehr; er kannte die Wahrheit schon, seit er zu den Men in Black gestoßen war, und doch fühlte er sich durch dieses Wissen noch immer ... seltsam. Sonderbar. Anders.

Das Schlimmste an der Sache war, dass er mit keiner Menschenseele über seine Gefühle sprechen konnte, mit niemandem außerhalb der MIB. Außerhalb der MIB gab es schlicht nichts. Alle Spuren seines früheren Lebens waren systematisch ausgelöscht worden, als er beschlossen hatte, diesem Verein beizutreten, von seiner Geburtsurkunde über seinen Sozialversicherungsausweis bis hin zu jeder einzelnen Linie seiner Fingerabdrücke.

Und was seine Kollegen innerhalb seiner Dienststelle anging ... wozu sollte er mit denen reden? Der einzige Mann, der ihn verstanden hätte, war fort, ausgemustert, im Ruhestand, zurückgekehrt zu seinem netten, normalen Leben und dank der segensreichen Wirkung eines Neuralisatorblitzes frei von jeglichen Erinnerungen an die MIB. Jay wusste, dass die anderen lediglich glauben würden, er sei weich geworden, wenn er mit ihnen darüber sprechen würde. Aber man wird nicht weich und arbeitet weiter für die Men in Black, und einem Mann, dessen ganzes Leben auf die Men in Black beschränkt war, blieben nicht viele Optionen.

»Hatten Sie schon mal das Gefühl, ganz allein auf der Welt zu sein, Tee?«, fragte Jay leise.

Tee spannte sich. »Das ist ein Test, richtig? Das kriege ich hin. Ja.« Seine Stimme klang hoffnungsvoll. Dann, hastig: »Nein.« Seine Stimme klang zweifelnd. Und schließlich: »Ich bin nicht sicher.« Er sackte in sich zusammen. »Ich bin erledigt.«

Jay stand auf und gab sich alle Mühe, nicht zu seufzen, schließlich sah er wenig Sinn darin, den großen Jungen unnötig aufzuregen. »Kommen Sie, ich spendiere ein Stück Kuchen.«

»Wirklich?« Tee wurde gleich wieder munter. »Danke.« Als sie sich auf den Weg machten, legte er Jay einen Arm um die Schultern und sagte unbeholfen: »Hey, Sie sind nicht allein auf der Welt.«

»Nehmen Sie den Arm weg«, wies Jay ihn an.

KAPITEL 3

Im Gegensatz zu der allgemein vorherrschenden Meinung ist der Central Park keine natürliche Besonderheit in der Landschaft Manhattans, sondern ein Gebilde von Menschenhand. Diese grüne Insel, diese idyllische Zuflucht vor dem hektischen Treiben und Lärmen der großen Stadt begann ihre Existenz als Brachland in Verbindung mit einem Traum. Irgendwann Mitte des 19. Jahrhunderts, während die Stadt in einem sagenhaften Tempo immer größer wurde, erkannte irgendein weiser Visionär, dass es den Menschen nicht reichen würde, in der größten Stadt der Welt zu leben: Sie brauchten auch einen Ort, wo sie sich vor der größten Stadt der Welt verstecken konnten, wenigstens manchmal.

Nach einem lebhaften Konkurrenzkampf um das Recht, den Park zu planen und anzulegen, heimste Frederick Law Olmstead die Siegeslorbeeren ein. Sein Plan umfasste ein abwechslungsreiches Gelände mit Hügeln, Wiesen, Dickichten, Seen, architektonischen Gärten, Orten, wo die Reichen in ihren Kutschen flanieren konnten, um zu sehen und gesehen zu werden, und anderen, an denen die Armen Luft atmen konnten, die nicht von dem Kohlenrauch der Wohnhäuser verseucht war. Das fertig gestellte Projekt öffnete 1859, kurz vor Ausbruch des Bürgerkrieges, zum ersten Mal seine Pforten für die Öffentlichkeit.

Natürlich war die ganze Geschichte bei weitem nicht so einfach. Nichts ist jemals einfach in New York City.

Nach über zehn Jahren strapaziöser politischer Bemühungen, nur um die Genehmigung und die Mittel für den Park zu bekommen, musste das auserkorene Gelände noch umgestaltet werden. Und es war nicht damit getan, Sümpfe trockenzulegen, Felsbrocken in tausend Stücke zu sprengen, unzählige Ladungen von Gestein ab- und eine ähnliche Menge von Mutterboden anzufahren, ganz zu schweigen von der Bepflanzung besagten Mutterbodens mit über einer Viertelmillion Bäumen und Sträuchern.

Es ging auch darum, unerwünschte Personen fern zu halten. Das Brachland, das einmal der Central Park werden sollte, beherbergte zu dieser Zeit beinahe zweitausend illegale Siedler, die Ärmsten der Armen, einschließlich ihrer Schweine, Ziegen und dem diversen anderen Vieh, das sie im Laufe eines harten Lebens angesammelt hatten.

Aber nicht mehr lange. Der Park sollte dem Wohlbefinden reicher und armer Menschen gleichermaßen dienen, also hatten die Armen gefälligst zu verschwinden. Die Entwicklung würde voranschreiten, und zwar mit der Wucht einer Dampfwalze, und alles, was sich ihr in den Weg stellte, würde zerquetscht werden. Ohne große Umstände, dafür mit umso beachtlicherer Effizienz, wurden die unerwünschten Bewohner vertrieben, ebenso wie ihre Ziegen.

Und so, befreit von jeglichem Gesindel, kunstvoll angelegt und prachtvoll bepflanzt, wurde der Central Park geboren.

Das mit dem Gesindel ist allerdings so eine Sache …

Die angestrahlte gotische Fassade des Dakota Buildings erhob sich über die Bäume des Central Park West und erinnerte die nächtlichen Jogger und Gassigänger unter dem Blätterdach daran, dass die Zivilisation nicht so weit entfernt war, wie es den Anschein hatte. Ein eher lästiger Gedanke, wenn es darum ging, eine Illusion ländlicher Abgeschiedenheit zu schaffen, doch ein recht wohltuender, wenn man zu den Menschen gehörte, die nur ungern ganz allein waren. Immerhin konnte Abgeschiedenheit auch gefährlich sein. Jedes Raubtier weiß, dass es, will es seiner Beute habhaft werden, diese zuerst vom Rest der Herde trennen muss.

Der Friede des Parks wurde in dieser süßen Sommernacht abrupt von dem lauten, beharrlichen Bellen eines Hundes gestört. In einem Wäldchen hockte ein stattlicher Golden Retriever auf seinem Hinterteil und starrte unter wütendem Kläffen zum Nachthimmel hinauf. Was auch immer sein Misstrauen erregt haben mochte – Vogel, Vierbeiner oder der schwarze Mann höchstpersönlich –, der Hund begegnete ihm wie einer ernst zu nehmenden Gefahr und gab sich alle Mühe, die Aufmerksamkeit irgendeines Passanten zu erregen, der vielleicht imstande war, diese Gefahr zu neutralisieren.

Und die Aufmerksamkeit einer Person war ihm gewiss. In der Dunkelheit ertönten schwere, angestrengte Atemgeräusche, als ein fetter Mann mit einer Leine in der Hand wütend und erschöpft auf ihn zustolperte.

»Fuß, Harvey!«, keuchte er und befestigte die Leine an dem Halsband des Retrievers. *»Fuß!«* Er ließ sich ein wenig Zeit, um wieder zu Atem zu kommen, ehe er an der Leine zerrte, um so schnell wie möglich aus diesem Park und dieser Abgeschiedenheit zu verschwinden. Seine physische Kondition mochte zu wünschen übrig lassen, für seine Überlebensinstinkte jedoch hatte er eine Goldmedaille verdient.

Der Hund blieb sitzen und bellte weiter, ohne sich um die Stimme seines Herrn zu scheren.

»Du bellst den Mond an, du Trottel«, schimpfte der fette Mann, der die pflichtbewusste Hingabe des Tieres für schieren Eigensinn hielt. Im Paläolithikum hatten die Vorfahren desselben Mannes Hunde wegen eben dieser Standhaftigkeit gezähmt und hoch geschätzt, denn sie hatten gewusst, dass das Bellen eines Hundes stets ein Anlass war, sich seinen Speer zu schnappen und besonders wachsam zu sein, bereit, einen Feind abzuwehren, der grundsätzlich größer, bösartiger und bissiger war als sie selbst. Sie hatten noch hingehört, wenn des Nachts ein treues Gebell erklungen war, und folglich hatten sie überleben und ihre Weisheit an ihre Kinder weitergeben können: *Wenn der Hund bellt, dann pass auf oder du wirst gefrühstückt!* Diese fortdauernde Teamarbeit zwischen Hunden und Menschen wurde zu einer Inspiration für spätere Generationen und zu einem von der Zeit geheiligten Band.

Der fette Mann machte sich weniger Gedanken um Inspiration als um Transpiration, denn er troff förmlich vor Schweiß. Er hatte seinem eigensinnigen Köter hinterherjagen müssen, voller Furcht, er könnte ihn verloren haben, das Tier könnte den Park verlassen haben und von einem Auto planiert worden sein. Und das alles nur, um dann festzustellen, dass der dämliche Köter den Mond anbellte, was ihn förmlich zum Kochen brachte. Nun wollte er nur noch nach Hause, duschen und einen Blutschwur ablegen, dass sein nächstes Haustier ein Hamster sein würde.

»Komm jetzt, Harvey!«, befahl er, und als der Hund sich immer noch weigerte zu gehorchen, zerrte er ihn mit roher Gewalt mit sich. »Blöde Töle«, murmelte er. »Bellt der Kerl doch tatsächlich den Scheißmond an.«

Der Hund gab noch ein letztes Kläffen von sich, als sein Halsband tief in seine Kehle schnitt, ehe er schließlich mit seinem Herrn von dannen zog. Könnten Hunde sprechen, so hätte Harvey zweifellos gesagt: *Okay, du Idiot, ganz wie du willst, aber denk dran: Ich habe versucht, dich zu warnen.*

Ja, das hatte er getan, und kaum waren Harvey und sein Herr und Meister außer Sicht, leuchtete am Himmel flüchtig die silbrige Form eines rasch näher kommenden, wie eine goldene Träne geformten Raumfahrzeuges auf, das sich mit der Grazie und Zielbewusstheit eines weißen Hais im Zustand quälenden Hungers fortbewegte. Es kam genau aus der Richtung, in die Harvey gestarrt hatte, unbeobachtet und unangekündigt, und setzte entsprechend unbehelligt mit seinen spinnenartigen Beinen an einem geschützten grasbewachsenen Hang auf.

Eine Öffnung erschien, und eine Rampe schob sich von dem Raumschiff zur Erde hinunter. Aus den Schatten im Inneren des Schiffes glitt etwas Kleines, Knorriges, Graues, Hässliches über die Rampe ins Gras, das große Ähnlichkeit mit einer Art Wurzel hatte, eine von der haarigen, verdrehten Sorte, die kein Gärtner, der im Vollbesitz seiner geistigen Kräfte war, hätte hegen können, ohne mit schlimmen Alpträumen bestraft zu werden. Auch wenn die Kreatur einem menschlichen Wesen nicht ähnlicher war als ein Frosch einer Portion Zuckerwatte, gemahnte etwas an der Art, wie es seine Füße/Wurzeln/was auch immer auf die Erde setzte, an Cortez' erste Schritte auf Mexikos Strand – verhängnisvoll, unheimlich und überaus bedeutsam.

Irgendwo zwischen den Bäumen ertönte ein entrüsteter Aufschrei, als Harvey zu seinem verlassenen Wachposten zurückgestürzt kam. Tausende von Jahren sozialer Konditionierung ließen es nicht zu, dass er seine Aufgaben vernachlässigte, egal, was der fette Typ auch davon halten mochte.

Wie verrückt verbellte er die seltsame Kreatur, die, wie sich herausstellte, ungefähr so groß war wie sein Lieblingskauknochen. Harvey war bereit, die Erde gegen etwas zu verteidigen, das klein genug war, in ein Raumschiff von gerade mal einem halben Meter Durchmesser zu passen.

»Harvey!« Die Stimme des fetten Mannes hallte durch die

Nacht, aber Harvey kümmerte sich nicht darum. Nun, da er das Ausmaß der Gefahr in seiner vollen Größe vor sich sah, wusste er, dass er keine Hilfe brauchte, um damit fertig zu werden. Er hatte schon Schuhe zerkaut, die größer gewesen waren als diese halbe Portion Dreck. Er bellte lauter, fletschte die Zähne, bereit, das Wesen in Stücke zu reißen.

Plötzlich richtete sich die Kreatur auf und zischte. Das entsetzliche Geräusch bohrte sich mit der Gewalt eines brutalen Hiebes direkt zwischen die Augen des Hundes. Panik ergriff Besitz von Harveys Gehirn und der Selbsterhaltungstrieb verscheuchte jeden Gedanken an Loyalität. Wie ein Welpe winselnd sauste Harvey zurück zu seinem Herrn und Meister und überließ dem Gegner das Feld. Irgendwo zwischen den Bäumen sagte der fette Mann noch einmal: »Blöde Töle.«

Endlich allein, begutachtete das Alien die Erde um sich herum. Das Laub eines vergangenen Herbstes vermischte sich mit den zurückgelassenen Abfällen sorgloser Spaziergänger. Zeitungsseiten flogen vorbei wie Steppenläufer, zusammen mit weggeworfenen Zeitschriften und Werbepost, die es irgendwie nicht geschafft hatte, ihren Weg in einen dazu vorgesehenen Abfallbehälter zu finden. Eine liegen gebliebene Ausgabe des *New York Magazine* erregte die Aufmerksamkeit der Kreatur. Auf dem Deckblatt prangte New York selbst – die Skyline der Stadt, unter dem berühmten Schriftzug *»I ♥ New York«*.

Die Kreatur bog sich zurück und spie einen Klecks blauen Speichels mitten auf das Bild, was angesichts der Größe des Ziels eine Menge über die Treffsicherheit des kleinen Außerirdischen verriet.

Wieder flatterte das knisternde Papier, und die Zeitschrift wurde vom Wind aufgeblättert. Auf der aufgeschlagenen Seite war eine Werbung von Victoria's Secret abgebildet. Jäh war die Kreatur ganz gespannte Aufmerksamkeit.

Plötzlich fing die Wurzel an zu wachsen. Dürre Stränge, die an Haare erinnerten, vervielfältigten sich im Mondschein. Schlängelnd wuchsen sie weiter hinaus, falteten sich zusammen und wuchsen und wuchsen, veränderten die Form, nahmen Gestalt an, verdickten sich von dürren Fäden zu Zweigen und dann zu Tentakeln. Sie wurden größer, stärker, bildeten in schauriger Grazie einen Torso, der seinerseits Beine, Arme, Füße, Hände, Kopf und Haare hervorbrachte …

Der Mond schien auf die aufgeschlagene Zeitung und die Wäschewerbung von *Victoria's Secret*, die diese wunderbare, schreckliche Transformation eingeleitet hatte. Auf einer fellbezogenen Chaiselongue räkelte sich ein entzückendes Model provokativ in schwarzer Spitzenunterwäsche und hochhackigen Schuhen, ein verheißungsvolles Lächeln auf den Lippen.

Eine Hand ergriff das Magazin. Ein Gesicht, welches das künstliche Ebenbild des Models auf dem Foto war, lächelte zufrieden. Die Wandlung war vollendet, und sie war perfekt. Wo einst nur ein verzerrter Knoten eines unförmigen Wurzelwesens gewesen war, stand nun eine herzzerreißend schöne Frau: dichtes, volles Haar, dunkel wie die Mitternacht, perfekt geschnittene Züge, in die sich jede Kamera auf Erden augenblicklich rettungslos verlieben musste, ein schlanker und dennoch sinnlicher Körper, der lebendige Kraft ausstrahlte, und ein durchdringender Blick, der soeben seine Umgebung erfasste, sie mit den Bildern anderer Welten verglich und entschied, dass die Unterwerfung der Erde samt allem, was auf ihr kreuchte und fleuchte, nichts weiter wäre als ein Picknick, ein Spaziergang im Park …

Eine schmale Klinge aus kaltem Stahl blitzte in den Schatten auf, ein Messer glitt plötzlich über die Kehle der Frau. »Hey, schöne Frau«, sagte eine Stimme hinter ihr. Sie drehte den Kopf gerade weit genug, um die kalten, unheimlichen Augen eines besonders widerlichen Vertreters der Stadtparkbewohner zu erblicken, gekleidet in einen langen schwarzen Ledermantel. Allerdings blieb ihr kaum genug Zeit, seinen Anblick in ihrem Gedächtnis zu speichern, ehe er sie brutal hinter die Bäume zerrte.

»Bleib ruhig, dann lasse ich dein Gesicht heil«, krächzte er ihr ins Ohr. Dann leckte er langsam über ihren Hals wie ein Gourmet beim Genuss des ersten Bissens eines exquisiten Festessens und grinste. »Mmmm. Du schmeckst gut.«

Ruhig und bemerkenswert unaufgeregt griff die Frau über ihren Kopf nach hinten, packte den Möchtegern-Ladykiller am Kragen, schälte ihn wie ein Stück Obst und verschlang ihn in einem Stück. Eine Boa Constrictor hätte eine Menge von ihr lernen können.

»Mmmm«, sagte sie und leckte sich die Lippen. »Du auch.«

Dann sah sie an sich herab und entdeckte eine unansehnliche Wölbung, die den zuvor so makellosen Sitz ihres roten Negligees beeinträchtigte. Nachdem sie diesen unerwünschten Bierbauch mehrere Male mit dem Bild aus der Zeitschriftenwerbung verglichen hatte, schüttelte sie missbilligend den Kopf; so ging es wohl nicht. Also verzog sie sich ins Gebüsch, und wenige Momente später war ein ungeheuerliches Rülpsen zu vernehmen. Ein paar Augenblicke unangenehmen Würgens brachten alles wieder in Ordnung. Als sie wieder zum Vorschein kam, war ihr Bauch wieder so flach, wie sie es wünschte.

Lächelnd nahm sie den Ledermantel an sich, den zurückzulassen sie ihre Mahlzeit genötigt hatte, und verschwand in der Dunkelheit der Nacht.

Serleena war angekommen.

KAPITEL 4

Einer der großen Vorzüge von New York City ist, dass man, egal zu welcher Stunde, ob früh oder spät oder so spät, dass es schon wieder früh ist, immer einen Platz finden kann, wo man sich hinsetzen und eine Tasse Kaffee nebst einem Stück Kuchen kriegen kann. Und der beste Ort für diese Art der Entspannung ist, natürlich, ein Diner.

Diner existieren in New York City tatsächlich. Existieren? Nein, sie blühen und gedeihen – wenn auch nicht diese Fresswagen aus der guten alten Zeit, diese verchromten, einsam gelegenen Kisten, die man noch immer außerhalb der Städte am Straßenrand vorfinden kann und die so auffällig an die alten AirStream-Wohnwagen erinnern. Dank der baulichen Beschränkungen in New York City sind auch Diner üblicherweise nicht von anderen Restaurants zu unterscheiden, abgesehen natürlich von der Masse an Neonleuchten, die der Öffentlichkeit Namen wie ›The Westway Diner‹ oder ›The Metro Diner‹ oder auch Kuriositäten wie ›The Malibu Diner‹ nahe bringen sollen.

Das Empire Diner passte nicht ganz in diesen homogenen architektonischen Trend. Behaglich eingenistet in einer Nachbarschaft, die unter dem Namen Chelsea bekannt war, verströmte es seinen nostalgischen Charme, ohne sich dabei allzu sehr im Kitsch zu verlieren. Es war, was es war – was für ein Gebäude schon als ziemlich buddhistische Einstellung gelten konnte –, von den Art-Deco-Lettern an der Fassade bis zu den Fünfziger-Jahre-Bildchen, welche die Speisekarte zierten.

Und das Diner servierte guten Kuchen, ein Gütezeichen jedes *echten* Diners, eben das, was derartige Lokalitäten von Kunststoffattrappen und Möchtegerndiners unterschied.

Diner sind ein guter Ort, um sich zu setzen, vorübergehend die Beine zu entlasten, sich im Winter aufzuwärmen und im Sommer abzukühlen oder eine Beziehung zu beenden, die einfach nicht mehr funktioniert. Es sind öffentliche Plätze, an denen sich zu jeder Tageszeit ein paar Kunden aufhalten, ein Umstand, dessen Einfluss auch solche Gestalten zur Zurückhaltung mahnt, die sonst vielleicht eine hässliche Szene veranstaltet hätten.

So viel zur Theorie.

Wie es in nicht wenigen Songtexten heißt, Trennungen sind immer schwer. Egal, wie vorsichtig die erste Partei – der Verlassende – vorgeht, wie sehr er sich bemühen mag, den Schlag zu mildern, den er der zweiten Partei – dem Verlassenen – versetzt, einfach ist es nie. Außerdem neigen bevorstehende Trennungen dazu, sich bereits anzukündigen, lange bevor besagte erste Partei das Thema auch nur anschneidet. Es hängt einfach zwischen den beiden involvierten Parteien in der Luft, so ähnlich wie die Gegenwart eines sehr, sehr alten Hühnereis an einem sehr, sehr heißen Tag. Alle Versuche, sich dem Thema sanft zu nähern, sind vergeblich: Manchmal ist es das Beste, es einfach auszusprechen und die Sache zu Ende zu bringen, denn je länger man damit wartet, desto peinlicher wird die ganze Geschichte.

Tee und Jay saßen in einer Sitznische des Empire Diners, und besagte Peinlichkeit lastete schwer auf ihnen. Das Geschäft lief gut, das Diner war überfüllt, und um sie herum herrschte das übliche Klirren von Geschirr und das Stimmengewirr gehetzter Kellnerinnen und lärmender Kunden, doch die beiden Partner schienen unter einer Käseglocke Unheil verkündender Stille zu hocken. Zwei Tassen Kaffee und zwei Teller mit Kuchen standen auf dem Tisch zwischen ihnen. Tee aß und bemühte sich redlich, so zu tun, als wäre alles in Ordnung, obwohl er genau wusste, dass das nicht der Fall war.

»Guter Kuchen«, verkündete er in dem Versuch, eine nette Konversation einzuleiten.

»Ja«, erwiderte Jay und beließ es dabei.

»Voll hier«, bemerkte Tee und sah sich in dem Diner um. Sein zweiter Versuch, die Stille zu bannen, denn er wusste, was sie zu bedeuten hatte, er wusste, was auf ihn zukam, und wenn es auch unausweichlich war, so war er doch fest entschlossen, alles zu tun, um es noch ein wenig hinauszuzögern.

»Ja«, sagte Jay. »Sie machen guten Kuchen.«

Tee brach in Tränen aus.

»Was zur Hölle machen Sie denn?«, fragte Jay aufgebracht und sah sich um, während er fühlte, wie seine Wangen vor Verlegenheit zu glühen anfingen. Bei seinem Glück war dies der einzige Augenblick und der einzige Ort in der Geschichte von New York City, an dem jeder Mensch in der näheren Umgebung beschließen würde, dass das, was hier vor sich ging, auch ihn etwas anginge. »Was ist los mit Ihnen?«

Tee schniefte und schluchzte: »Sie werden mich neuralisieren.«

»Nein, das werde ich nicht«, widersprach Jay beschwichtigend, bemüht, die Vorgänge an ihrem Tisch nicht ausufern zu lassen.

»Doch, das werden Sie«, beharrte Tee mit vor Verzweiflung triefender Stimme. »Sie haben mich an einen öffentlichen Ort gebracht, damit ich Ihnen keine Szene machen kann.«

»Das tun Sie doch schon.« Innerlich grollend, nachdem Tee seine Absichten so perfekt durchschaut hatte, beugte sich Jay über den Tisch. »Lassen Sie mich Ihnen eine Frage stellen«, sagte er milde. »Warum sind Sie bei den MIB?«

Tee schüttelte sich, wischte sich die Tränen ab und blickte auf, beinahe so enthusiastisch wie zu seinen besten Zeiten. »Sechs Jahre bei den Marines«, antwortete er. »Mag den Dienst. Mag die Action. Den Planeten schützen und so.«

»Ein Held sein«, schloss Jay.

Tee zuckte die Schultern, schließlich konnte er seinem

Partner schlecht ins Gesicht sagen, dass er vollkommen Recht hatte.

»Dann haben Sie sich der falschen Organisation angeschlossen. Haben Sie je von James Edwards gehört?« Noch während er ihn aussprach, klang sein eigener Geburtsname unsäglich fremd in Jays Ohren. Er wusste, dass er der letzte Mensch auf Erden war, der sich an diesen Namen erinnerte oder an den Mann, der früher darauf gehört hatte, und das bereitete ihm ein seltsam unbehagliches Gefühl in der Magengrube. »Er hat heute Abend in der U-Bahn fünfundachtzig Menschen das Leben gerettet, und niemand weiß, dass er überhaupt existiert. Und wenn niemand weiß, dass er existiert, wird ihn auch niemand jemals lieben.« Wieder dieses schmerzhafte Gefühl, und alles, was er tun konnte, war, es so gut wie möglich zu unterdrücken.

»Niemand«, wiederholte er. »Denken Sie darüber nach.«

Tee nickte, scheinbar befriedigt und wieder gefasst. Dann jedoch rann eine verräterische Träne aus seinem Augenwinkel, und er platzte heraus: »Wen interessiert schon Liebe?«

Das war zu viel, sogar für typische New Yorker. Die Hälfte der Gäste drehte sich um und starrte zu ihnen herüber. Jay verdrehte die Augen. Er wusste, was sie dachten. (Nicht, dass daran irgendetwas nicht in Ordnung wäre, immerhin waren sie in Chelsea.)

»Tee, wie lange sind wir jetzt schon Partner?«, fragte er in dem Bestreben, die Sache voranzutreiben und so schnell und sauber wie möglich zum Abschluss zu bringen.

»Seit dem ersten Februar dieses Jahres«, entgegnete der große Mann.

»Also seit fünf Monaten und drei Tagen …« Unter dem Tisch fummelten Jays Hände an seinem Neuralisator herum und stellten den Lichtblitz stark genug ein, um diese Zeitperiode vollständig auszulöschen, bereit zu tun, was getan werden musste.

»Sie glauben vielleicht, ich wäre nicht für dieses Leben geschaffen«, jammerte Tee schrill, wobei seine Stimme langsam lauter wurde. »Sie glauben, ich wäre zu schwach. Vielleicht glauben Sie auch, ich wäre …«

»… zu menschlich«, brachte Jay den Satz durchaus freundlich an seiner Stelle zu Ende.

»O Gott!«, wimmerte Tee. »Sie wollen mich loswerden! Es ist alles vorbei!«

Er putzte sich geräuschvoll mit der Serviette die Nase, als einer der Kellner an ihren Tisch trat, offensichtlich nicht länger imstande sich zurückzuhalten, und sagte: »Auch schon mal erlebt. War grässlich. Hab's überlebt. Vier Worte: Werden Sie damit fertig. Schicke Anzüge.« Mit dieser Amateurversion von Dr. Sommer und Kollegen zog er sich zurück, während Jay, der nun endgültig jegliche Hoffnung aufgegeben hatte, diese Trennung unauffällig über die Bühne zu bringen, seinen Neuralisator hervorzog und Tee eine volle Ladung verpasste.

Tee starrte geblendet ins Nichts. Jay zog eine frische Serviette aus dem Spender auf dem Tisch, wischte sich die Lippen ab und erhob sich.

»Heiraten Sie«, riet er Tee. »Und schaffen Sie sich ein Rudel Kinder an.«

»Okay«, stimmte Tee fröhlich zu.

Als Jay hinausging, fiel ihm eine besonders hübsche Kellnerin auf. »Mein Freund findet Sie echt scharf«, sagte er zu ihr und deutete mit einem Nicken auf Tee, der wie versteinert auf seinem Stuhl hockte. Plausibel genug, warum sollte es nicht funktionieren? Manche Leute mochten diese geistesabwesende Miene als einen Ausdruck totaler Verliebtheit verstehen. »Er zahlt.« Damit verließ Jay das Lokal, und Tee blieb in einer Welt zurück, in der die Buchstaben M-I-B nichts zu bedeuten hatten, nicht einmal als Gerücht, nicht einmal als Teil eines furchtbaren Traumes.

KAPITEL 5

Scrads Appartement war eine Müllhalde. Anders ließ sich das Durcheinander nicht beschreiben. Nicht allein, dass er ein totaler Versager war, wenn es um den heiligen Gral von Gothams Grundbesitz ging: *Location, Location, Location*, oder dass sämtliche Ratten mit einem Rest von Selbstachtung längst unter Protest ausgezogen waren, weil sich die Küchenschaben inzwischen in Gangs organisiert hatten und in ihr angestammtes Territorium eingefallen waren, oder dass es so dreckig war, dass man nicht einmal einen Performancekünstler hätte überreden können, dort zu hausen. Nein, es war eine Müllhalde im wahrsten Sinne des Wortes.

Und Müll gehorcht, wie der Rest des naturwissenschaftlich erfassbaren Universums, den Gesetzen der Schwerkraft. Gleich und Gleich gesellt sich gern, und Vögel einer Gattung fliegen im Schwarm, nur waren die Vögel im Falle von Scrads Appartement ungezählte Stapel von Popartkinkerlitzchen, Relikten, Talismanen und sonstigem Unrat, ganz zu schweigen von den Magazinen und Katalogen, die den ganzen Schund feilgeboten hatten.

Spielzeug von McDonald's verteilte sich neben dem Computer auf dem Boden, Tonfiguren sammelten Staub auf der Fensterbank, ein vollständiges Set Star-Trek-Gedenktafeln verlor sich unter einer Lawine Beanie Babys, die außerdem die Konsole eines brandneuen Videospielsystems unter sich begruben. Fernseher standen überall herum, entweder als pannensichere Abhilfe bei solchen Gelegenheiten, bei denen die Dienste eines Videorekorders sich als unzulänglich erwiesen, oder um den Beweis anzutreten, dass in der Tat x Programme verfügbar waren, die samt und sonders nichts Gutes zu bieten hatten.

Auf dem Uraltmodell eines Kühlschrankes – der offensichtlich nur von Magneten und Aufklebern zusammengehalten wurde, von denen Letztere die Liebe zu New York beschworen, von einem Auto kündeten, das eigentlich ein Skateboard war, und das Kind einer unbekannten Person als Studenten mit besonderer Auszeichnung auswiesen – stand ein kleinerer Fernseher, ein größerer hing darüber an der Wand, und ein dritter stand auf dem Küchentisch.

Einige der Gegenstände waren wertvoll, viele billig, und alle vereinten sich zu einer betäubenden Hymne an die Vorzüge moderner Technologie und die Nachteile eines bemerkenswert schlechten Geschmacks. Viele Amerikaner konnten sich mit Fug und Recht darauf berufen, nur einmal, in ihrer experimentellen Zeit, vielleicht in Collegetagen, ein pflegeleichtes Haustier aus Stein samt Transportkiste oder ein Acht-Spur-Tonbandgerät oder eine Mütze mit Bierdosenhalter gekauft zu haben, dann aber damit aufgehört zu haben. Scrad hatte nicht aufgehört, und die Beweise dafür waren überwältigend.

Dies war keine Umgebung, in die man gern heimkehrte, es sei denn, man hatte Spaß daran, eine Wand und einen Küchenschrank anzustarren, deren grün-gelbe Farbe an das erinnert, was eine gute Katze nach einer schlechten Mahlzeit über den ganzen Teppich verteilt, doch Scrad war nun mal kein typischer New Yorker. Ganz im Gegenteil.

Wie auch immer, als sich die Tür zu diesem verlorenen Friedhof ummauerter Schäbigkeit öffnete, um dessen Herrn und Meister mit einer großen Burger-King-Tüte in der Hand einzulassen, stellte dieser dennoch ein Verhalten zur Schau, das vielen seiner Mitbewohner in ganz Manhattan vertraut sein sollte.

Er brüllte die leeren Räume an.

»Halt endlich die Klappe, Charlie«, schimpfte Scrad, während er zum Kühlschrank hinüberstampfte und der Rucksack auf seinem Rücken bei jedem Schritt heftig schaukelte. »Ich bin es leid, dass du ständig hinter meinem Rücken redest.« Den Kopf zum Blick in die modrigen Abgründe gesenkt, verkündete er sodann: »Nur noch ein Bier da.«

»Und was ist mit mir?«, fragte eine Stimme, obwohl außer Scrad niemand in dem voll gestopften Appartement zu sehen war; absolut niemand.

»Halt die Klappe«, wiederholte Scrad, als seien Stimmen aus dem Nichts ein alter Hut für ihn. »Ich gebe dir was ab.«

»Vergiss es«, wehrte die Stimme mit einem angewiderten Unterton ab. »Ich weiß, wo du deinen Mund hattest.«

»Schön. Du wirst ja sehen, wie mich das interessiert.« Die Bierflasche in der Hand, schloss Scrad die Kühlschranktür. »Ganz wie du wi ... Hey!« Die Bierflasche entglitt seiner Hand und zerschellte am Boden.

Serleena fixierte ihn mit einem Blick, der Bände sprach, und keiner davon beinhaltete ein Happy-End für den miesen kleinen Versager, der vor ihr stand.

Sie trug ein selbst ersonnenes Outfit, geschneidert aus dem Ledermantel, den ihr verhinderter Angreifer aus dem Central Park nun nicht mehr brauchte; sexy, aber finster. Es war ein Zweiteiler, ähnelte jedoch sehr dem schnittigen, schlüpfrigen Catsuit, den Diana Rigg berühmt gemacht hatte, als sie in *Mit Schirm, Charme und Melone* die Mrs. Emma Peel gegeben hatte. Jenes gefeierte Stück Garderobe hatte mehr pubertierende Jungs mit einem Schlag erwachsen werden lassen als ganze Wagenladungen von Aktpostern samt einem Jahresabonnement für die Peepshow, und Serleenas Outfit schien durchaus geeignet, Emmas Catsuit in diesem Punkt den Rang abzulaufen.

»Wer ... wer sind Sie?«, stammelte Scrad, bis an die Wurzeln seiner Bartstoppeln zitternd. »Wie sind Sie hier hereingekommen?«

Der Rucksack auf seinem Rücken wurde aufgerissen, und ein zweiter Kopf, identisch mit dem seinen, abgesehen von der geringeren Größe, schoss heraus wie ein geiler Kastenteufel. »Hal-lo, Schwester! Lust auf eine Menage à Trois?«, fragte Charlie mit einem breiten, lüsternen Grinsen.

Serleena war nicht in der Stimmung, unnötige Worte zu verlieren. Ein Wirrwarr neuraler Wurzeln spross aus ihren Händen hervor, wickelte sich um Scrads und Charlies Hälse und fing an, sie zu würgen.

»P-p-pervers«, keuchte Charlie in einem Ton, der durchaus nicht nur abgeneigt klang.

Als der Sauerstoff aus seinem Hirn wich, dämmerte in Scrads Augen ein fahler Schimmer der Erkenntnis. »Du … du bist Ser … leena!«, würgte er der Ohnmacht nahe hervor. »Warum … hast du … uns nicht … gesagt … wer du bist?«

Ohne Vorwarnung lösten sich die Wurzeln, worauf Scrad und Charlie unsanft zu Boden fielen. Ohne weiter auf sie zu achten, unterzog Serleena das Appartement einem prüfenden Blick, derweil ihre Geringschätzung sich zu Hohn und schließlich zu tiefer Verachtung für das angesammelte irdische Drum und Dran steigerte.

»Hochauflösender Fernseher … Internet … Playstation Two«, zählte sie Scrads und Charlies kostspieligste Investitionen auf. »*People Magazine* …« Sie schnappte sich eine der anderen Zeitschriften von einem der vielen Stapel regelmäßig erscheinender Hochglanzblätter und stieß damit nach den beiden Gesichtern, als wollte sie die Nase eines Hundes in seinen eigenen häuslichen Fauxpas stoßen. »*Entertainment Weekly*?«, schimpfte sie und zwang die beiden, sich die Gesichter von Matt Damon und Ben Affleck genau anzusehen. »Vielleicht sollten die eure Lebensgeschichte verfilmen, mit sich selbst in den Hauptrollen.«

Das war die Schlimmste aller denkbaren Kränkungen.

»So erledigt ihr also euren Job«, fuhr sie fort. »Ich habe euch angeheuert und auf eine Mission geschickt, und ihr lauft zu den Erdlingen über und werdet heimisch?«

»Wir hassen die Erde«, widersprach Scrad um einen aufrichtigen Ton bemüht.

Charlies Kopf ruckte hinter Scrads Schädel hoch, eifrig darauf bedacht, ihn zu unterstützen und ihrer beider Hälse zu retten. »Wir haben nur versucht, nicht aufzufallen.«

Serleena trat drohend auf ihre unzulänglichen Handlanger zu. »Habt ihr die Information?«, fragte sie in einem Ton, der geeignet schien, die Sahara in eine Eiswüste umzuwandeln.

»I-i-information?« Scrad wusste immerhin genug über die Erde, um eine Vorstellung vom Himmelstor zu haben. Im Augenblick glaubte er fast zu sehen, wie sich die Torflügel für ihn öffneten. Was nützte es, es noch weiter hinauszuzögern. Er würde so oder so sterben, so viel war klar. Er konnte nur hoffen, dass es nicht allzu schmerzhaft werden würde. Dann dachte er kurz nach und ergab sich resigniert der bitteren Wahrheit: Das hier war Serleena. Natürlich würde sein Tod schmerzhaft sein. Sehr schmerzhaft.

»Ich habe euch ein interstellares Fax geschickt«, sagte die Frau in erstaunlich geduldigem Tonfall.

Charlie beschloss, dass er nun an der Reihe wäre zu versuchen, ihren vereinten Arsch zu retten. »Oh, ein Fax«, sagte er, als würde das alles erklären. Als wäre alles nur ein dickes, großes dummes Missverständnis, über das sie später alle gemeinsam bei ein paar Runden Bier lachen könnten. »Das war's also, jetzt haben wir es. Der Toner ist schlecht geworden. Versuch mal, auf so einem rückständigen Planeten Ersatz für ein kylothianisches Z-11-Faxgerät zu finden.«

Offensichtlich hatte Serleena wenig Interesse an einem gemütlichen Zusammensein beim Bier. Vermutlich war sie der Ansicht, sie bekäme davon lediglich einen fetten Arsch. Jedenfalls stürzte sie sich unvermittelt auf Scrad und Charlie, schlug sie zu Boden, drängte ihre Beine zwischen die beiden Köpfe und drückte sie mit brutaler Gewalt auseinander. Dumm nur, dass sie fest miteinander verbunden waren, wodurch das Ganze an eine unheimliche Parodie eines Truthahn-Wünschelknochens erinnerte, der zum Erntedankfest von zwei gnadenlosen Händen zerlegt werden sollte.

»Ja oder nein?«, fragte sie. Wurzeln schossen aus ihren Fingern hervor und bohrten sich tief in die Ohren ihrer Opfer. Scrad und Charlie schrieen vor Schmerzen, einzeln und im Chor, während die Gefahr beständig zunahm, dass ihre Köpfe explodierten, noch ehe einer von ihnen die Information ausplappern konnte, hinter der Serleena her war.

»Wir konnten das Licht nicht finden!«, heulte Scrad, so schnell er die Worte nur über die Lippen bekam. »Wir konnten es nicht finden, aber wir haben seine Spur bis zu einem Kerl verfolgt, der wissen könnte, wo es ist. Er betreibt eine Pizzeria an der Spring Street. *Ahhhhhhhh!*«

Ebenso abrupt, wie sie in Scrads und Charlies Ohren eingedrungen waren, zogen sich die neuralen Wurzeln wieder zurück, gerade als der Schrei des zweiköpfigen Außerirdischen sich seinem Höhepunkt näherte. Einen Augenblick wandte Serleena dafür auf, ihre makellos manikürten Fingernägel zu untersuchen, ehe sie befahl: »Bringt mich dorthin«, und zur Tür hinausmarschierte, wobei sie sich Vorbeigehen die Burger-King-Tüte schnappte.

Mit der unbeholfenen Behutsamkeit von Wesen, die gerade erst unvorstellbare Schmerzen erlitten hatten, mühten sich Scrad/Charlie auf die Füße und atmeten versuchsweise ein paarmal durch.

Die Ferien waren vorbei.

Charlie warf einen sehnsüchtigen Blick auf den Fernseher. »Wir werden *Friends* verpassen«, klagte er.

»Halt die Klappe«, herrschte Scrad ihn an und hastete zur Tür. Er war klug genug, Serleena nicht warten zu lassen, wie sehr er auch die verrückten Mätzchen von Ross, Rachel und Phoebe, seiner persönlichen Favoritin, vermissen würde.

Sie schien genau die Art von Mädchen zu sein, die vielleicht bereit wäre, sein kleines … Handicap in Bezug auf Verabredungen zu übersehen.

Er war schon fast draußen, als er plötzlich stehen blieb, zum Fernseher zurückhastete und auf einen Knopf drückte. »Wir können doch Tivo unsere Daten nicht vorenthalten«, sagte er mit einem zufriedenen Grinsen.

»Klasse, Scrad«, freute sich Charlie, als sie schließlich zur Tür hinausstürmten. »Wir sind der Größte.«

Wie die meisten Enthüllungen war auch diese eine feierliche Angelegenheit, obwohl sie in einer winzigen Pizzeria mitten in Soho stattfand. Sie sah aus wie viele dieser kleinen Familienbetriebe: eine große Durchreiche von der Küche zum Gastraum; rustikale Holzschilder mit der Aufschrift PIZZA oder CALZONE; ein bisschen Holzvertäfelung hier, Tapeten mit Ziegelmuster dort; ein paar gerahmte Fotos, deren Bedeutung sich allein demjenigen erschließen konnte, der sie irgendwann einmal aufgehängt hatte. Praktische Stühle und Tische mit Kunststoffplatten zum Wohlbefinden derjenigen Gäste, die es vorzogen, gleich dort zu speisen, anstatt ihre Mahlzeit mitzunehmen. Blechplatten mit Weintraubengravur an der Decke, und große schwarze und weiße Linoleumfliesen im Schachbrettmuster am Boden.

Die Küche selbst war ein Vorbild an Sauberkeit. Pfannen glänzten metallisch, und gewaltige Töpfe für unvorstellbare Mengen Pasta warteten ordentlich gescheuert auf ihren nächsten Einsatz. Und über all dem lag wie eine warme, dicke, behagliche Decke jener appetitliche, tomatige, brodelnde, Mozzarella-Parmesan-Wurst-Oregano-Duft von wirklich gutem italienischen Essen.

Das Lokal war unter dem Namen *Ben's Famous Pizzeria* bekannt, obwohl famos bestenfalls als relativ gelten konnte. Es war immerhin famos genug, am Markt bestehen zu können; und war es nicht genau das, worauf es tatsächlich ankam? Ben jedenfalls war davon überzeugt. Er war ein recht unauffälliger Mann in mittleren Jahren, der um die Mitte ein wenig zu viel hatte, während auf seinem Kopf ein gewisser Mangel herrschte. Stolz trug er eine strahlend weiße Schürze über seiner bequemen Hose und dem limonengrünen Hemd mit dem Logo seines Restaurants. Und warum auch nicht? Er war *wirklich* stolz auf sein Lokal, und er war stolz darauf, zu den New Yorker Immigranten zu zählen, die es als Fremde im Big Apple zu etwas gebracht hatten. Strahlend betrachtete er die Widmung an der Wand, die noch immer von einem Stück Stoff verhüllt wurde und auf ihren großen Moment wartete. Nicht jede Pizzeria konnte sich so etwas leisten. Eigentlich hätte eine Fanfare ertönen sollen, um die Enthüllung anzukündigen, doch so etwas kostete eine Menge Geld, also ...

»Ta-daaaah!«, schmetterte Ben und zog das Tuch fort. Und da, an der Wand, in aller Pracht, hing das Foto einer hübschen jungen Frau mit einer Plakette darunter, auf der zu lesen stand: BEN'S FAMOUS PIZZERIA – MITARBEITER (sic) DES MONATS: LAURA VASQUEZ

Neben ihm lächelte das Mädchen von dem Foto voller Freude über das Lob ihres Arbeitgebers. Sie hatte große, leuchtende Augen, die beinahe genauso dunkelbraun waren wie ihr Haar, einen vollen, ausdrucksstarken Mund und ein Gesicht, dessen seelenvolle Schönheit dem zufälligen Betrachter ganze Seiten aus diesem Shakespeare-Stück – *Romeo und Julia* – ins Gedächtnis rufen konnte, auch wenn er die entsprechenden Stunden des Englischunterrichts in der achten Klasse vollständig verschlafen haben sollte.

Natürlich hätte sie nur gelacht, hätte ihr irgendjemand gesagt, wie schön sie war. Dann hätte sie die Bestellung des Betreffenden entgegengenommen und das Kompliment gleich wieder vergessen.

»Hey, jetzt werden die Leute noch jahrelang diese Plakette sehen, und weißt du, was sie sagen werden?«, fragte Ben.

»Sie werden sagen, dass ›Mitarbeiter‹ das falsche Wort ist«, antwortete Laura.

»Der Graveur berechnet nach Buchstaben«, sagte Ben und breitete entschuldigend die Hände aus. *Was soll ich denn machen?* »Nein, sie werden sagen: ›Stell dir vor, so ein süßes Ding hat hier mal gearbeitet.‹ Das werden sie sagen.«

»Oh, Ben …« Laura kniff ihn in die Wange, ehrlich gerührt durch seinen Stolz.

Er zuckte nur die Schultern. »Das war doch gar nichts. Außerdem hast du es verdient. Und jetzt hol bitte eine Kiste Mountain Dew aus dem Keller, ja?« Damit ging er wieder an seine Arbeit und überließ sie ihren eigenen Pflichten.

Laura betrachtete die Plakette noch einen Augenblick länger und seufzte theatralisch. »Ruhm ist vergänglich«, verkündete sie dann und ging hinaus, um das Mineralwasser zu holen.

Der kleine Lastenaufzug, mit dem die Getränkekisten, die Dosen mit Tomatenstücken, die Mehlsäcke und all die anderen Dinge, die für den laufenden Betrieb von Ben's Famous Pizzeria nötig waren, transportiert wurden, endete in der kleinen Gasse direkt hinter dem Restaurant. Laura zerrte die beiden Kisten Mountain Dew mit der Gewandtheit langer Gewohnheit aus dem Lift, als ein unerwartetes Geräusch sie zusammenfahren ließ – ihr war immer ein wenig unheimlich zumute, wenn sie allein draußen in der Gasse war –, aber als sie sich umdrehte, um nachzusehen, was das Geräusch verursacht hatte, erblickte sie eine der Katzen, die in dieser Gegend auf Mäusejagd gingen.

»Hey, Bruno«, rief sie leise, doch die Katze rannte davon. Selten ging ein Arbeitstag zu Ende, ohne dass sie Ben um einen Teller mit Resten bat, um ihn Bruno und den anderen Streunern vorzusetzen. Ben fand immer etwas für die Katzen, wenn Laura ihn fragte – er behauptete, er könne ihr so oder so nie etwas abschlagen –, doch gerade weil er so großzügig war, achtete sie darauf, stets sein Einverständnis einzuholen, ehe sie die Teller mit den Essensresten hinausstellte. Andernfalls hätte sie das Gefühl bekommen, ihn auszunutzen, und das war nicht ihr Stil.

Sie schleppte die Kisten in das Hinterzimmer der Pizzeria und wollte gerade nach Ben rufen, als sie wütende Stimmen aus dem vorderen Teil des Restaurants vernahm. Leise schloss sie die Tür zu der Gasse hinter sich und stahl sich zur Küchentür. Extrem vorsichtig öffnete sie sie einen Spaltbreit und lugte hindurch.

Bei dem Anblick, der sich ihr bot, rutschte ihr das Herz in die Hose, und ihr Gaumen fühlte sich plötzlich salzig und trocken an. Zwei Fremde – ein schäbiger, hässlicher Typ mit einem Rucksack und eine hoch gewachsene, unglaublich gut aussehende Frau – hatten Ben in eine Ecke getrieben und bearbeiteten ihn nun mit der Geschicklichkeit und der Effizienz zweier erfahrener Schläger.

»Wo ist es, ›Ben‹?«, fragte die Frau, wobei sie den Namen des Eigentümers der Pizzeria in einem auffallend sarkastischen Ton aussprach.

»Ich weiß nicht, wovon Sie reden«, presste Lauras Boss zwischen blutenden Lippen hervor, die nach den brutalen Schlägen der Frau bereits anschwollen. Sie schlug erneut zu, so hart, dass sein Kopf heftig zur Seite geschleudert wurde. Ben stöhnte leise.

Ein Teil von Lauras Gehirn weigerte sich, das Bild aufzunehmen – es war einfach zu bizarr –, doch ein anderer Teil ihres Bewusstseins sagte: *Unheimlich oder nicht, was macht das? Wir sind hier in New York. Steh nicht einfach so rum, du blöde Kuh!*, und schon griff ihre Hand nach dem Telefon an der Wand, um Hilfe zu rufen.

Laura wählte die Notrufnummer und sprach drängend mit leiser Stimme in die Sprechmuschel: »Hallo? Ich möchte einen Raubüberfall melden …«

Ein metallisches Kreischen hinter ihr lenkte sie von dem Telefon ab, und sie drehte sich gerade noch rechtzeitig um und erkannte, dass es die Hintertür war, die in ihren ungeölten Angeln im plötzlich auflebenden warmen Sommerwind hin- und herschwang. Im nächsten Moment prallte die Tür so laut gegen die Wand, dass sie erneut zusammenzuckte.

Und wenn der Krach dafür laut genug war …

Laura brauchte keinen weiteren Blick zu riskieren, um genau zu wissen, was hinter der Küchentür vor sich ging. Diese beiden Widerlinge, die Ben zusammengeschlagen hatten, hatten die Tür gehört – sie mussten sie gehört haben. Dieser kleine Fiesling würde vielleicht gar nicht darauf achten, aber die Frau …

Laura erschauerte. Nein. Dieser Frau entging bestimmt nichts. Es war etwas Kaltes an ihrer Haltung, kalt wie die Augen einer Schlange. Sie gehörte bestimmt nicht zu der Sorte Mensch, die irgendetwas dem Zufall überließ, umso weniger würde sie ein verdächtiges Geräusch einfach überhören.

Statt zu warten, was nun passieren würde, legte Laura hastig den Hörer auf und duckte sich in die Sicherheit des Spülenschrankes, einen Herzschlag, bevor die Küchentür aufgerissen wurde und Scrad hereinschlurfte.

Während Laura sich in ihrem Versteck zusammenkauerte, sah er sich in dem Hinterzimmer um. Sie hatte die Schranktür einen winzigen Spaltbreit offen gelassen – in totaler Finsternis und ohne zu wissen, was draußen vor sich ging, hätte sie es keine Sekunde lang ausgehalten. Die Spannung hätte sie in den Wahnsinn getrieben. Also beobachtete sie den widerlichen kleinen Mann mit angehaltenem Atem durch den schmalen Spalt und betete im Stillen, dass er genauso dämlich war, wie er aussah, und gar nicht erst auf den Gedanken kam, genauer nachzusehen, hatte er erst die quietschende Hintertür entdeckt, die von der Brise in Bewegung gesetzt wurde.

Niemand da, dachte sie in dem verzweifelten Wunsch, sie

könne ihre Gedanken einfach in seinen Schädel sickern lassen. Wenn Mr. Spock in *Raumschiff Enterprise* seine vulkanische Geistverschmelzung durchführte, sah das so einfach aus. Aber das war Fernsehen; das hier war die Wirklichkeit. *Nichts zu sehen. Niemand hat das Geräusch verursacht. Es war nur der Wind. Und jetzt verschwinde! Bitte, bitte, bitte verschwinde!*

Sie entspannte sich ein wenig, als sie sah, dass er zur Hintertür ging und sie ins Schloss zog. Dann hörte sie plötzlich die Stimme der Frau.

»Habt ihr Idioten was gefunden?«

»Der Wind hat die Tür aufgestoßen!«, brüllte der kleine Mann zurück.

Und dann, entsetzlich wie der schlimmste Alptraum, öffnete sich der Rucksack auf seinem Rücken, aus dem ein zweiter Kopf emporschoss und hinzufügte: »Nichts Außergewöhnliches hier.«

Wie ein Fisch auf dem Trockenen starrte Laura durch den Türspalt, als die zweiköpfige Kreatur sich wieder zurückzog und ein Kopf nach dem anderen sich noch einmal umdrehte, um einen letzten prüfenden Blick in den Raum zu werfen. Kaum waren die beiden verschwunden, kämpfte Laura ihre Erregung nieder und krabbelte unter der Spüle hervor. Dann schlich sie erneut zur Küchentür, um den Vorgängen zu folgen und das Gespräch zu belauschen.

»Fünfundzwanzig Jahre bin ich kreuz und quer durch das Universum gereist, um es zu suchen«, sagte die schöne Frau. »Aber es hat die Erde nie verlassen, stimmt's, ›Ben‹?« Wieder troff ihre Stimme vor Sarkasmus, als sie den Namen des Mannes aussprach. »Du hast es hier behalten.«

»Wovon reden Sie?«, wollte Ben mit einem leichten Zittern in der Stimme wissen.

»Meine Zeit wird knapp. Wo ist es? Wo ist das Licht von Zartha?«

»Ich … ich schwöre, ich weiß nicht, wovon Sie …«

Die Frau legte einen Finger an Bens Stirn. Selbst aus der Entfernung und mit ihrem stark eingeschränkten Blickfeld konnte Laura deutlich erkennen, dass dieser Finger nicht menschlich war. Er sah irgendwie verdreht aus. Wie eine winzige Baumwurzel, grau wie die Rinde an einer alten Eiche. Nein, ganz und gar nicht menschlich.

»Während du dich hier feige versteckt hast, haben wir uns darauf vorbereitet, deinen Planeten anzugreifen«, berichtete die Frau mit diebischer Freude. »Wenn ich das Licht erst habe, wird Zartha unser sein.«

»Du kommst zu spät.« Trotz seiner Schmerzen und des Schicksals, das ihn ohne Zweifel erwartete, klang Bens Stimme herausfordernd und trotzig. »Morgen wird das Licht den Dritten Planeten verlassen und nach Hause zurückkehren …, und du wirst dir wünschen, du hättest diese ganze Sache niemals angefangen.«

»Ich bin nicht den weiten Weg gekommen, um mit leeren Händen abzuziehen«, knurrte die Frau. So gelassen, als schlitze sie einen Briefumschlag auf, zog sie ihren wurzelartigen Finger über Bens Stirn, sein Gesicht, den Körper, riss ihn auf, wie ein Angler einen Fisch ausnimmt. Auf ihre ganz eigene, kranke, abgedrehte und gelegentlich recht sadistische Art, war sie eine echte Künstlerin: Sie hatte ihn exakt in der Mitte durchtrennt.

Die humanoide Haut des Pizzabäckers fiel in einem Haufen auf den Boden und sah aus, als hätte jemand eine der Ballonfiguren in Macy's Erntedankfestparade mit einer riesigen Kreissäge oder einem Laserstrahl bearbeitet. Die Haut, die ihm gewaltsam genommen worden war, breitete sich in zwei Hälften auf dem schwarz-weißen Boden aus, während jetzt Bens wahre Gestalt zum Vorschein gekommen war.

Hinter der Küchentür unterdrückte Laura ein Ächzen, während ihr verwandelter Boss die Frau mit einem letzten, tapferen Blick maß und sagte: »Wie bedauerlich, dass du ganz umsonst gekommen bist«, ehe er in tausend funkelnde, phosphoreszierende Stücke zerplatzte. Die Zeugnisse seiner Vernichtung flatterten mit der flüchtigen Schönheit sanften Schneefalls durch die Küche.

Der Kopf, der aus dem Rucksack hervorlugte, schnalzte mit der Zunge. »Er hat uns nichts verraten«, bemerkte er. »Schlimm. Nun wissen wir nicht, ob es noch auf der Erde ist oder nicht.«

»Habt ihr nicht zugehört? Er sagte *Dritter Planet*«, fauchte die Frau. »Es ist hier, ihr Idioten!«

»Der dritte Felsbrocken von der Sonne aus«, flüsterte der Rucksackträger seinem zweiten Kopf hilfsbereit zu.

»Ohhh.« Der Kopf im Rucksack nickte eifrig und flüsterte zurück: »Das war mir bisher gar nicht aufgefallen.«

»Es ist auf der Erde«, sagte die Frau mit grimmig entschlossener Miene. »Es ist auf der Erde, und ich weiß, wer mir verraten wird, wo es ist.« Damit schnappte sie sich eine frische Pizza und stürmte aus dem Lokal.

Die zweiköpfige Kreatur latschte folgsam hinterher.

Im Hinterzimmer saß Laura mit angezogenen Knien auf dem Boden, zu verdattert und verängstigt, um etwas anderes zu tun, als sich zitternd hin- und herzuwiegen und »O mein Gott, o mein Gott, o mein Gott«, zu murmeln, während ihr die Tränen über das Gesicht liefen.

Draußen, in einer Welt, die noch bei Verstand war, grollte der Donner, und es begann zu regnen.

KAPITEL 6

Ganz unten im Süden Manhattans, dort, wo die Stadt ihre Zehenspitze im Wasser der Bucht badet, befindet sich ein kleiner Flecken mit Bäumen und Wiesen, genannt Battery Park.

Dort war im Jahre 1624 ein holländisches Fort erbaut worden, vermutlich für den Fall, dass die Ureinwohner, von denen die Holländer die Insel gekauft hatten, sich die ganze Geschichte doch noch anders überlegen sollten. Seinen Namen hat der Park von den Batterien britischer Kanonen, die während des 17. Jahrhunderts das Gelände vereinnahmt hatten.

Vorübergehend auch unter dem Namen Castle Clinton bekannt, war seine strategisch günstige Lage für die jungen Vereinigten Staaten von Amerika Grund genug, diesen Ort 1811 zum Standort des West Battery Forts zu machen, dem der Schutz des Hafens von New York City oblag. Wie sich herausstellen sollte, war das Fort gerade zur rechten Zeit erbaut worden, um während des Krieges von 1812 als Hauptquartier der U.S. Army zu dienen, ein gutes Beispiel für Vorausplanung auf der Basis von mehr Glück als Verstand.

Heute findet man dort nur noch die Geister der großen Kanonen, und das Fort hat schon seit Ewigkeiten keine militärische Funktion mehr erfüllt. Von hier aus kann man New York nicht länger gegen eine britische Invasion verteidigen, aber man kann sich auf eine Fähre nach Staten Island einschiffen, falls man Spaß daran hat, oder eine Bootsfahrt in die Bucht buchen, um sich die Freiheitsstatue von der Wasserseite aus anzusehen. Die Waffen sind fort, ihr Erbe ist geblieben: Dies ist der Ort, wo alles begann, jener schmale Streifen Land, auf den die Holländer einen Zeh gesetzt hatten, damit die Engländer nach ihnen den Fuß in die Tür klemmen konnten.

Ein kleiner Flecken Land, voll gestopft mit historischen Details, und täglich kommen neue hinzu. Würden Sie eine gute Steinschleuder nehmen und sich auf das Dach dieses strengen, gigantischen weißen Gebäudes auf der anderen Straßenseite, direkt gegenüber dem Park stellen – das, das so deutlich als INTERBOROUGH BRIDGE AND TUNNEL AUTHORITY gekennzeichnet ist –, und sollten Sie von dieser Stelle aus anfangen, mit ihrer Schleuder Steine in alle Richtungen zu verschießen, so könnten sie die City Hall, das Bankenviertel, das alte Zollhaus, das Holocaust Museum, Fraunces' Tavern und Ellis Island treffen, ganz zu schweigen von Lady Liberty höchstpersönlich.

Natürlich würden Sie dafür eine verdammt gute Schleuder brauchen.

Andererseits, würden Sie einen dieser Steine einfach aus ihrer Hand auf das Dach dieses monumentalen und doch wenig beeindruckenden Gebäudes fallen lassen, so würden sie etwas treffen, das weitaus interessanter ist als all die anderen Bauwerke zusammen.

Nicht dass es eine besonders gute Idee wäre, ausgerechnet das Hauptquartier der MIB anzugreifen, ob Sie die Steine nun haben oder nicht.

Seine Existenz war in keinem Stadtführer vermerkt. Starline Tours und all seine Konkurrenten fuhren mit ihren Busflotten regelmäßig an dem Gebäude vorbei, ohne ihm die geringste Beachtung zu schenken. Soweit es die Touristen betraf, war das große weiße Haus genau das, was es zu sein vorgab: Heimstadt der Interborough Bridge and Tunnel Authority, eine ebenso notwendige wie uninteressante Behörde.

Und genau darum ging es. Uninteressantes lockt keine Schnüffler an. Uninteressant ist das Zauberwort, um alle möglichen Leute auf Distanz zu halten. In New York City, wo nichts so schnell einen Menschenauflauf provozierte wie Schilder mit Aufschriften wie BETRETEN VERBOTEN oder POLIZEILICH GESPERRT oder KEIN ZUTRITT, reichte der kleinste Hinweis auf BÜROKRATEN BEI DER ARBEIT, um dieselben Menschen in alle Winde zu zerstreuen.

Folglich fiel das unauffällige Interborough-Brigde-and-Tunnel-Authority-Gebäude auch niemandem auf. Nur diejenigen, die es wissen mussten, kannten seine Geheimnisse. Die Kanonen des Battery Parks mochten verstummt sein, doch man braucht nur die Straße zu überqueren, um festzustellen, dass dies noch immer ein guter Platz war, um Eindringlinge aller Art abzuwehren.

Das Beste an der Arbeit beim Sicherheitsdienst der MIB war, nun ja, die Sicherheit. Job-Sicherheit. Wie jede auf Effizienz bedachte Organisation waren auch die MIB nicht gerade scharf auf unnötige Veränderungen. Wer sich der alten Hasen entledigt, verliert wertvolle Arbeitszeit bei der Ausbildung der Neulinge, die die Alten ersetzen sollen. Solange etwas nicht kaputt ist, reparier es nicht. Bring das Boot nicht zum Schaukeln. Mach keinen Wind. Etc.

Was dem alten Wachmann ein dauerhaft bequemes Plätzchen bescherte. Solange er seine Arbeit noch schaffte, würde niemand ihm den Posten wegnehmen.

Ihm gefiel der Gedanke, mehr oder weniger zum festen Inventar zu gehören, etwa so wie das stilisierte Bild eines Atoms mit seinen kreisenden Elektronen, das in den glatten Steinboden eingelassen war, und die zwei gewaltigen Ventilatoren, die den Eingangsbereich flankierten, in dem er die Stellung hielt. Sie vermittelten ihm ein Gefühl der Selbstzufriedenheit, und keiner dieser heißblütigen jungen Hüpfer in ihren geschniegelten schwarzen Anzügen würde ihm das Gefieder zerzausen, nein, Sir.

Als Agent Jay an ihm vorbei zum Aufzug ging, machte sich der Wachmann nicht einmal die Mühe, von seiner Zeitung aufzublicken, während er fragte: »Gehen Sie eigentlich auch mal nach Hause?«

»Geben Sie hier den Pfortenprediger?«, konterte Jay ein wenig gereizt.

Der Wachmann schüttelte seine Zeitung, um die Seiten zu glätten. »Sie wären nicht so genervt, wenn Sie mal richtig ausschlafen würden«, stellte er fachkundig fest. Jay ignorierte ihn und trat in den Fahrstuhl.

Der Fahrstuhl lief ohne den leisesten Ruck, wie alles in der Zentrale der MIB. Die Kabine glitt in die Tiefe, und kaum ein Flüstern verriet, dass sie sich überhaupt bewegte. Als sie hielt, öffnete sich die Stahltür vor einer Szenerie, die Agent Jay so vertraut war, dass sie manchmal sogar durch seine Träume geisterte.

Der Raum war so groß wie ein Flugzeughangar oder ein riesiger Konzertsaal und wirkte durch die hohen Decken beinahe wie ein Gewölbe. Stahlträger bildeten ein Wabenmuster an der Decke, und mächtige weiße Pfeiler wuchsen wie die Stämme gewaltiger Mammutbäume in die Höhe. Die Wände bestanden aus Glas, teils aus gewölbten Milchglasscheiben, durch die der Lichtschein aus unbekannter Quelle nur gedämpft hindurchdrang, teils aus ebenen Glasflächen, die gegenüber seiner Position eine Höhe von mindestens zwei Stockwerken abdeckten. Dahinter lagen die vielen Büros, Laboratorien, Waffenarsenale und andere Räume, die für die Arbeit der Men in Black unverzichtbar waren. Ein Steg führte an der Seite mit dem Milchglas entlang und war über Brücken an mehreren Stellen mit der gegenüberliegenden Seite des gewaltigen Saales verbunden. In der Decke befand sich eine großzügig bemessene Anzahl runder Vertiefungen mit eingebetteten Lampen, die aussahen wie eine Flotte fliegender Untertassen im Landeanflug.

In einem Teil der Halle drängten sich die jüngsten extraterrestrischen Neuankömmlinge und das überwiegend humanoide Personal, das ihre Daten bearbeiten musste, bevor sie ihr neues, geheimes Leben unter den ahnungslosen Erdlingen aufnehmen konnten. Alles schimmerte in verschiedenen Weiß-, Silber- und Grautönen, jedes Möbelstück ein Tribut an jene glatte, stromlinienförmige »moderne« Schule der Innenarchitektur, die ihre Blütezeit in den Fünfzigern hatte und sich heutzutage mit neuer Macht in gewissen Fastfood-Restaurants breit machte oder in den Wartesälen unzähliger

Flughäfen die Zeit überdauerte. In dem ganzen Saal gab es nur wenige scharfe Kanten und grobe schon gar nicht.

Sämtliche Stühle waren aus weißem Kunststoff und so geformt, dass sie zu den meisten menschlichen Körpern passen sollten. Ihr Anblick warf die Frage auf, was um alles in der Welt sich die Einkaufsabteilung der MIB gedacht haben mochte, als sie den Saal eingerichtet hatte: Diese Stühle waren definitiv nicht geeignet, der Anatomie des überwiegenden Teils der hier verweilenden Aliens auch nur eine Ahnung von Bequemlichkeit zu vermitteln. Und wenn Jay es genau bedachte, so saßen auch nur die wenigsten Erdlinge bequem auf diesen Stühlen.

Vielleicht ging es gerade darum: Dies war nicht das Ziel, sondern nur eine Durchgangsstation, ein Ort, den die Durchreisenden so schnell wie möglich hinter sich lassen sollten. Wozu also ein Mobiliar bereitstellen, das zum behaglichen Verweilen einlud? Das Beste und Sinnvollste, was man mit diesen Zugvögeln machen konnte, war, sie ziehen zu lassen.

Jeder hier ging einer bestimmten Aufgabe nach, der er sich mit all seiner Energie widmete. Zollbeamte standen hinter langen Tresen, prüften Pässe, Arbeitspapiere, Gesundheitszeugnisse, diverse Identitätsformulare und all die anderen lästigen Dokumente, die jede funktionierende Bürokratie ihren Angehörigen abverlangt, obwohl die Wortkombination »funktionierende Bürokratie« ein Oxymoron erster Güte darstellt. Jeder hier tat sein Bestes, die Dinge so sauber und glatt wie möglich am Laufen zu halten, ohne dabei unachtsam zu sein oder einen der zahnreicheren, weniger geduldigen Außerirdischen zu provozieren.

Auf der anderen Seite der Halle taten an den in Reih und Glied aufgestellten Schreibtischen die Bürokraten in ihren makellos weißen Hemdsärmeln alles, um die Probleme intergalaktischer Flüchtlinge auf ein Minimum zu beschränken. Wichtig aussehende Gestalten gaben wichtig klingende Laute von sich, während sie in die mit Glas abgetrennten Räume hinein- oder wieder heraushuschten, die den offenen Bereich begrenzten. Manchmal hob sich ein Weißkittel aus einem der Labore von der gleichförmigen Masse schwarzer Anzüge ab, doch das war ein eher seltener Anblick.

Dominiert wurde die Halle von einem ovalen Bildschirm, einem kolossalen Ei, das aussah, als hätte ein Tyrannosaurus Rex es gelegt, allerdings nicht ohne sich einigen ganz besonderen Gedanken über die zweifelhaften Freuden der Mutterschaft hinzugeben. Den Gerüchten zufolge handelte es sich bei diesem Beobachtungs- und Informationsschirm um die Kathodenröhre des Bordcomputers eines eingereisten außerirdischen Flüchtlings, die der Vorbesitzer zugunsten eines brandneuen, glänzenden PalmPilots aufgegeben hatte. Allerdings wusste niemand, was aus der dazugehörigen Maus geworden war. Nun, manche Dinge braucht der Mensch auch wirklich nicht zu wissen.

Im Hauptquartier der Men in Black war eine Menge los; so war es immer, und niemand war dumm genug anzunehmen, dass es hier irgendwann einmal ruhiger zugehen könnte. Immerhin gab es schon genug zu tun, wenn alles nach Plan lief, aber, um ein Sprichwort zu benutzen, unverhofft kommt oft.

Jays Weg führte ihn an mehreren anderen MIB-Agenten vorbei.

»Bee, Dee«, grüßte er die beiden Agenten, die sich gerade mit einem der vielen Aliens in der Halle unterhielten. »Wenn ihr das nächste Mal einen atomaren Flammenwerfer benutzt, dann schraubt einen subatomaren Molekular-Deatomisator auf den Lauf, damit sich der Spaß nicht anhört, als wäre die Artillerie aufmarschiert.«

Bee und Dee nickten, Dee von seinem Platz neben dem Alien, Bee von der Decke, wo er kopfüber stand. Auf der Straße wäre das sicher etwas zu auffällig gewesen, innerhalb der Zentrale war es jedoch nicht der Rede wert.

Jay traf auf die nächsten zwei Agenten. »Kontrolliert seine Visa ganz genau«, wies er sie an und deutete auf den Außerirdischen. »Die Sephalopoden haben in einem Copyshop an der Canal Street Fälschungen hergestellt.«

Ein drittes Agententeam versperrte ihm vorübergehend mit einem Rollwagen den Weg, auf dem der massige Körper eines mausetoten Aliens lag. Was auch immer diesen unglücklichen Außerirdischen zur Erde geführt hatte, war nun nicht länger von Bedeutung; die Leiche dagegen schon. Der gummiartige Körper des Toten passte hervorragend in eine Kategorie, die sich wohlwollend mit den Worten »Was-zur-Hölle-ist-*das*-denn-für-ein-hässlicher-Vogel?« umschreiben lässt. Die Anatomie dürfte den einen an einen zehnarmigen Kraken, den anderen an eine Spinne erinnern, während wieder andere an ein arg ausgelaugtes Kaugummi und eine ganz besondere Minderheit an den Moderator einer Quizshow im Fernsehen denken würden. Zu allem Überfluss war er nicht nur eine Handbreit größer als ein Hausschwein, sondern größer als die meisten Einfamilienhäuser.

Seine Tentakel hingen schlaff herab, und die vielen Körperöffnungen waren im Tod geschlossen und nutzlos, welchem Zweck sie auch zu Lebzeiten gedient haben mochten. Der Rollwagen musste über eine modifizierte Antigravitationsvorrichtung verfügen, zumindest aber über eine verdammt gute Radaufhängung, denn den Agenten, die ihn schoben, war die Anstrengung kaum anzusehen.

Jay beäugte die ganze Angelegenheit noch einmal misstrauisch und verzog das Gesicht.

»Könnte mir bitte irgendjemand erklären, wer auf die glorreiche Idee verfallen ist, einen toten Tricrainaslophen durch die Passkontrolle zu lassen?«, erkundigte er sich im Tonfall eines Mannes, der wissen wollte, warum in Dreiteufelsnamen im Frühstücksraum keine Donuts mehr übrig waren, abgesehen von diesen widerlichen Kokosteilen.

Ein paar andere MIB-Agenten schoben einen Leichtbaugitterwagen vorbei. Hinter dem glänzenden Gitter stand ein alter Mann. Obwohl er beinahe zweieinhalb Meter groß war, sah er nicht gefährlich aus. Andererseits wusste jeder einigermaßen erfahrene Angehörige der Men in Black, dass das Aussehen nicht zählte.

»Jarra«, grüßte Jay. »Lange her.«

»Fünf Jahre und zweiundvierzig Tage, dank Ihnen«, zischte der Alte. »Man zählt die Tage, wenn man eingesperrt wird wie ein Primat.«

»Du hättest eben unser Ozon nicht absaugen sollen, nur um es dann auf dem Schwarzmarkt zu verhökern«, gab Jay zurück.

»Sonnenbaden ist so oder so idiotisch«, konterte Jarra. »Warum will bloß jeder braun sein?« Seine Augen zogen sich zu argwöhnischen Schlitzen zusammen. Wie die meisten Missetäter war auch er überzeugt, der Rest des Universums wäre genauso wenig vertrauenswürdig wie er selbst. »Vielleicht habe ich schon zu viel gesagt«, schloss er.

»Was hat er hier zu suchen?«, fragte Jay einen der beiden Agenten, die Jarra begleiteten.

»Wir bringen ihn in den Hochsicherheitstrakt«, antwortete der Mann, ein junger Bursche und offensichtlich ein blutiger Anfänger. »Er hat sich mit den anderen Insassen nicht besonders gut vertragen. Hat zwei Plasmakäfer von Andromeda umgebracht.«

»›Umbringen‹ ist ein hässlicher Ausdruck«, verkündete Jarra mit einem nicht minder hässlichen Lächeln auf den Lippen.

Jay ignorierte den Gefangenen. Ohne weitere Unterbrechungen erreichte er Zeds Büro. Zed saß an seinem Schreibtisch, als Jay eintrat. Der ältere Mann blickte auf, doch sein scharf geschnittenes, bärtiges Gesicht gab nichts preis. Er sah aus, als ginge er auf die Sechzig zu, war aber immer noch durchtrainiert genug, einen Kampfeinsatz durchzustehen. Zed gehörte zu jenen Männern, für die »Verantwortung« mehr als nur ein Schlagwort war. Er hatte seine Rechnung an das Schicksal bezahlt, sah jedoch keinen Grund, eine Quittung dafür zu verlangen.

»Das war gute Arbeit in der U-Bahn, Jay«, sagte er. »Ich erinnere mich noch daran, wie Jeff so klein war.« Er hielt die Hand etwa dreißig Zentimeter über den Boden.

»Abwasser ist gesund«, entgegnete Jay. »Was haben Sie für mich?« Er schien begierig, sich auf seinen nächsten Auftrag zu stürzen, beinahe wie ein Sprinter am Startblock.

Zed musterte den Jüngeren prüfend und sprach langsam genug, um Jay zu zwingen, sich zusammenzureißen und aufzupassen. »Schauen Sie mal durch dieses Fenster«, sagte er und deutete auf die Glasscheibe, die einen Ausblick auf das geschäftige Treiben in der Halle bot. »Sehen Sie all diese Männer in den schwarzen Anzügen? Die arbeiten auch hier. Wir sind gut versorgt.«

»Zed ...«, setzte Jay an.

Doch der Leiter der MIB fiel ihm ins Wort. »Hören Sie, mein Freund, Engagement ist eine Sache, aber wenn Sie es nicht verhindern, wird dieser Job Sie auffressen und hinterher wieder ausspucken. Wollen Sie so aussehen wie ich, wenn Sie fünfzig sind?«

Jay bedachte seinen Boss mit einem skeptischen Blick, einem Blick, der Zed zwang, sich daran zu erinnern, dass seine Gesichtshaut erschlafft und faltig genug war, um einem ganzen Rudel Bluthunde Konkurrenz zu machen. Für ihn war der fünfzigste Geburtstag nur noch eine Erinnerung.

»Oder ein bisschen älter«, lenkte er ein.

Jays Miene verfinsterte sich. »Bei allem gebotenen Respekt, Zed, ich will mir keine Predigt anhören, sondern meinen Job machen. Wenn Sie aber Spielchen mit mir spielen wollen, schön. Sie sind der Boss. Aber ohne mich. Ich bin im

Trainingsraum, falls sie mich brauchen«, fügte er hinzu und wandte sich zum Gehen.

Zed sah aus wie ein Mann, der einsehen muss, dass er in einer leeren Kirche predigt. Er konnte seinen Mitarbeiter schlecht zwingen, einen Gang zurückzuschalten, noch einmal nachzudenken und sich ein bisschen zu schonen. Vermutlich war er der Ansicht, wenn Jay sich schon überfordern und sich über die Grenze seiner Leistungsfähigkeit hinaustreiben wollte, dann sollte die Organisation sich seiner Dienste bedienen, solange sie noch die Gelegenheit dazu hatte. Immerhin war der Mann einer der besten Agenten der MIB, seit Kay den Dienst quittiert hatte.

Zed seufzte. Wirklich schade, dass es so kommen musste. Wirklich schade, dass die Leuchten, die am hellsten strahlten, auch am schnellsten ausgebrannt waren.

»Wir hatten vorhin einen Mord«, sagte Zed. Er brauchte nicht einmal die Stimme zu heben; Jay blieb auch so wie angewurzelt stehen. »177 Spring Street. Alien gegen Alien. Nehmen Sie Tee mit, und schreiben Sie einen Bericht.«

»Tee«, wiederholte Jay und biss sich auf die Lippe. »Ääähhh ...« Ihm war nur allzu bewusst, dass es kein Spaziergang sein würde, seinem Boss zu erklären, dass er Tee, versehen mit einer kostenlosen Neuralisator-Behandlung und einer attraktiven Kellnerin anstelle einer goldenen Uhr, zwangsweise in den vorzeitigen Ruhestand versetzt hatte. Zed würde sein Vorgehen vielleicht nicht als Gesundschrumpfung zum Wohle der Organisation ansehen. Womöglich würde er sogar wütend werden. Wenn der Job alles ist, was man hat, dann ist man bestimmt nicht scharf darauf, seinen Boss wütend zu machen. Jedenfalls nicht *zu* wütend. Jay suchte noch immer vergeblich nach den passenden Worten, als Frank zur Tür hereinkam.

Frank war einer der außerirdischen Mitarbeiter der MIB. Außerdem war er ein Mops, zumindest war das die Gestalt, die er zu seiner Tarnung auserkoren hatte, um seinen Aufenthalt auf Erden so angenehm wie möglich zu gestalten. Er war etwa so niedlich wie das hintere Ende einer verärgerten Klapperschlange, und seine Manieren hätten jedem notorischen Schläger zur Ehre gereicht. Seine Krallen klapperten auf dem glänzend gebohnerten Boden von Zeds Büro, als er mit einem Aktenordner in der Schnauze hereintrottete.

Er ließ seine Last auf einen Stuhl fallen. »Pässe. Keine Eile«, sagte er, blickte zu Jay auf und bedachte ihn mit einem zähnefletschenden Grinsen, nicht ohne dabei die Zunge aus dem Maul hängen zu lassen. »Wie stehen die Aktien, Jay?«

Jay bekam keine Gelegenheit zu einer Entgegnung. All seine Überlegungen waren umsonst gewesen: Zed wusste längst Bescheid. Zed wusste immer Bescheid.

»Sie sind nicht autorisiert, Personal der MIB zu neuralisieren«, verkündete sein Boss nun. »Ein für alle Mal.«

»Ach, kommen Sie«, bat Jay flehentlich. »Der Mann hat mitten in einem Diner angefangen zu heulen!«

»Ich hasse das«, mischte sich Frank ein, offensichtlich darauf bedacht, den Feldspielern der MIB so tief wie möglich in den Arsch zu kriechen. Nur gut, dass seine Mopsnase so oder so braun war.

»Wie auch immer, ich komme auch allein klar«, fuhr Jay fort. »Ich brauche keinen Partner.«

»Doch, den brauchen Sie«, erwiderte Zed.

»Ich könnte doch sein Partner sein!«, bot sich Frank an und wedelte heftig mit dem Ringelschwänzchen.

Zed sah erst Frank und dann Jay an. Jay schüttelte den Kopf, stemmte sich gegen die bevorstehende unaussprechliche Ungeheuerlichkeit, die Zed ihm gleich antun würde, versuchte, dem Unausweichlichen zu entgehen. Das war genau das, was passiert, wenn man seinen Boss verärgert. Einen Moment lang bettelten Jays Augen: *Nein! Bitte nicht! Hey, Mann, bitte tun Sie mir das nicht an!*

Doch er wusste nur zu gut, dass es sinnlos war, und so setzte er die Miene eines Mannes in der Todeszelle auf, der soeben erfahren hatte, dass der Gouverneur doch noch angerufen hatte. Leider hatte sein einziges Wort gelautet:

Abgelehnt.

Eine Liebe auf den ersten Blick war diese neue Partnerschaft gewiss nicht. Da war zum Beispiel Franks eigenartiger Auftritt auf seinem neuen Posten, als er sich mit Jay in der Garage der MIB traf. Jay, darum bemüht, diesen unerfreulichen Umstand zu ignorieren, richtete seinen Blick auf die lange Reihe schwarzer Ford LTDs, die stumm auf ihren nächsten Einsatz warteten. Das elektronische Gerät an seinem Schlüsselbund rief sein Fahrzeug herbei, einen glänzenden, mitternachtschwarzen Mercedes 500 E. Der Wagen reagierte wie ein treuer Hund auf das Zirpen des Senders.

Das einzige Problem war, dass Frank, getarnt als treuer Hund, seine eigene Miniaturversion einer MIB-Uniform angelegt hatte: Jackett, Hemd und Krawatte in Mopsgröße, nur auf die Hose hatte er notgedrungen verzichtet. Jay konnte sich des Gefühls nicht erwehren, dass der kleine Mops irgendwo unter seinen Klamotten eine klitzekleine Ray-Ban versteckt haben könnte, und ein Mops mit Sonnenbrille stand ganz oben auf der Liste mentaler Bilder, die er wirklich nicht gebrauchen konnte. Nicht aus beruflicher Missgunst oder weil er Vorurteile gegen getarnte Aliens gehabt hätte. Er war ganz einfach der Ansicht, dass der Geschmack von Menschen, die Poster von Hunden in Menschenkleidung anfertigten, so verdreht war wie die Gedärme eines Wiesels.

»Das werde ich Ihnen nie vergessen, Mann«, beteuerte Frank. »Ich dachte schon, ich komme nie aus der Postabteilung raus.«

Jay würdigte ihn keines zweiten Blickes. »Ziehen Sie den Anzug aus«, sagte er nur.

Frank tat, wie ihm geheißen, doch das war noch lange nicht das Ende der Geschichte. Während Jay den Wagen durch die Straßen von Soho steuerte, streckte der kleine Außerirdische den Kopf aus dem Fenster, und seine Zunge flatterte im Fahrtwind. Wie um Salz in Jays Wunden zu reiben, sang er auch noch »I will survive«. Wäre der Discosound nicht längst ausgestorben gewesen, dann hätte Frank ihm mit seinem Gegröle ohne Zweifel den Todesstoß versetzt. Zu allem Überfluss sabberte er, und der Hundespeichel verteilte sich überall in seiner Umgebung.

Überall schloss das Revers von Jays Jackett ein. Jay war ganz und gar nicht glücklich.

»Nett«, kommentierte er erbittert, ohne die Hände vom Steuer zu nehmen. »Sie sabbern – ziehen Sie Ihren verdammten Kopf ein!«

»Klar doch, Partner«, erwiderte Frank leutselig. »Aber vergessen Sie nicht: Sie haben gesagt, ich soll mich wie ein richtiger Hund benehmen.«

»Dem zeige ich gleich, wie sich ein richtiger Hund benimmt«, knurrte Jay und trat das Gaspedal durch.

Als sie schließlich mit quietschenden Reifen vor Ben's Famous Pizzeria zum Stehen kamen, waren bereits etliche Agenten dabei, Fingerabdrücke zu sichern und den Raum mit Thermografiegeräten zu untersuchen, um herauszufinden, was dort geschehen war.

Jay und sein neuer, unliebsamer Partner wandten sich an den einzigen Agenten, der die Ergebnisse schriftlich festhielt. »Was haben wir?«, fragte Frank und übernahm so ungebeten die Führung.

Jay fixierte den Mops mit einem finsteren Blick. Der Außerirdische, der so sehr darum bemüht war, sich lieb Kind zu machen, begriff, dass er eine Grenze übertreten hatte. Er tat, als schließe er mit der Pfote einen Reißverschluss an seiner Schnauze, und machte den Weg für seinen Partner frei.

»Was haben wir?«, fragte Jay den Agenten.

Der Agent deutete auf die Stelle, an der Ben zerplatzt war. »An den Wänden und am Boden sind phosphorsaure Rückstände. Wir haben schon eine Probe zur Analyse zu M geschickt.«

»Hey, Jay«, rief Frank und deutete mit einem Nicken auf die übrig gebliebene Haut, die immer noch am Boden lag. »Jemand sollte den Werbefachleuten Bescheid geben: Null Prozent Körperfett.«

Der Agent neben Jay lachte, was jener mit einem leichten Stirnrunzeln quittierte, worauf der Mann die Schultern zuckte. »Hey, ich fand das witzig.«

»Zeugen?«, fragte Jay, um wieder zum Thema zu kommen.

»Ein Mädchen«, antwortete der Agent. »Hat alles gesehen.«

Er reichte Jay eine der Papierservietten mit dem Logo des Restaurants, ein ziemlich schickes Design für so eine kleine Fressbude wie diese: Über der Spitze eines dreieckigen Pizzastückes war die Freiheitsstatue mit hoch erhobener Fackel zu sehen, über deren ewiger Flamme ein einzelner Stern abgebildet war. Das Kunstwerk erinnerte Jay an Schriftzüge wie »I ♥ New York« oder, in diesem Falle »I ♥ Pizza«, Sodbrennen inklusive. Vermutlich hatte der Eigentümer des Lokals einen Kunststudenten von der Cooper Union angeheuert, ihm ein Logo zu entwerfen. Beeindruckend.

Beeindruckend, richtig, aber sein Kollege hatte ihm den Fetzen Papier nicht gegeben, damit er eine Kunstkritik improvisierte. Jay drehte die Serviette um und sah, dass der Mann einen Namen darauf notiert hatte: VASQUEZ. Es war immer von Vorteil, möglichst viel über einen Zeugen zu wissen, bevor man ihn befragte. Oder wenigstens den Namen.

Der Agent, der Jay die Serviette gegeben hatte, deutete zum Hinterzimmer hinüber. »Sie hält sich ziemlich gut«, sagte er.

Jays Augen folgten der angegebenen Richtung und blieben an Agent Cee hängen, der gerade dabei war, eine überaus attraktive junge Frau zu verhören. Noch wusste er nicht, wer sie war, aber dies Defizit würde er so schnell wie nur möglich korrigieren. Doch auch bevor er mit ihr gesprochen hatte, konnte er deutlich erkennen, dass sie etwas Bedeutendes gemeinsam hatten: Auch sie war definitiv nicht glücklich darüber, wie sich die Dinge an diesem Abend entwickelt hatten.

»Nein, jetzt hören *Sie* mir zu«, sagte sie gerade in einem Ton, der keinen Widerspruch duldete, zu Cee, einem stämmigen Burschen mit einem Bürstenschnitt, der flach genug war, einen Harrierjet darauf zu landen. Der Anblick des Mädchens, das diesem Kerl die Hölle heiß machte, erinnerte irgendwie frappierend an einen Yorkshire-Terrier, der versuchte, einen Rottweiler zu überwältigen. »Ich beantworte keine weiteren Fragen mehr, bevor Sie meine beantwortet haben. Ich will, dass mir jemand erklärt, was hier passiert ist.«

Jay steckte die Papierserviette in die Tasche, nur für den Fall, dass er sie noch einmal gebrauchen könnte, und seufzte schwer. Nicht zum ersten Mal beharrte ein Zeuge auf seinem Recht auf Information. Es war erstaunlich, dass dieselben Leute, die ohne Bedenken ein Hot Dog an einem Imbisswagen kauften, ohne je zu fragen, woraus es gemacht war, ob sein Verfallsdatum noch in dieses Jahrhundert fiel und wie es gelagert und zubereitet worden war, am lautesten darauf bestanden, dass sie bei Gott berechtigt wären, über jede Kleinigkeit, die ihr Leben in irgendeiner Form berührte, vollständig informiert zu werden.

Offenbar hatten sie nie davon gehört, dass Unwissenheit der Schlüssel zur Glückseligkeit war. Nicht nur, wenn es um Hot Dogs ging. Warum er jedoch seinem Glücksstern für den Neuralisator so unendlich dankbar war, war die Art und Weise, wie diese Leute reagierten, sobald sie hatten, was sie wollten – die Wahrheit über das, was sie gesehen hatten.

»Ich kümmere mich wohl lieber darum«, meinte er. Dann sah er Frank gestrengen Blickes in die Augen und fügte hinzu: »Allein. Ein sprechender Hund würde dem Mädchen jetzt möglicherweise nicht besonders gut bekommen.«

»Und was soll ich machen?«, fragte der Mops.

»Schnüffeln Sie ein bisschen herum.«

Damit machte sich Jay auf den Weg ins Hinterzimmer. Der Agent mit dem Notizblock lachte. Frank bedachte ihn mit einem finsteren Blick.

Der Agent zuckte wieder nur die Schultern. »Witzig.«

Im Hinterzimmer gab sich Cee alle Mühe, Miss Vasquez zu beruhigen und sie wieder zur Vernunft zu bringen, was etwa so gut funktionierte wie der Versuch, einen Vulkan zu löschen, indem man eine Maus in den Krater pinkeln lässt.

»Atmen Sie mal tief durch, Ma'am«, riet Cee. »Es ist alles in bester Ordnung.«

»Nein«, entgegnete sie im Brustton der Überzeugung. »In Ordnung? Nein. Überhaupt nichts ist in Ordnung.«

»Ma'am ...«

»Erstens.« Sie hielt ihm einen Finger vor die Nase. »Wer sind diese Kreaturen, die Ben umgebracht haben? Zweitens.« Ein zweiter Finger gesellte sich zu dem ersten. »In was zum Teufel hat Ben sich verwandelt, bevor er gestorben ist?«

»Drittens«, fiel Jay ein und baute sich vor Cee auf. »Welchen Teil davon soll sie unter ›in Ordnung‹ verbuchen?«

»Genau«, stimmte Vasquez zu, erfreut über die unerwartete Unterstützung.

Jay bedeutete Agent Cee zu verschwinden, ehe er sich vorstellte. »Ich bin Agent Jay«, sagte er. »Und Sie sind ...?«

»... nicht verrückt«, entgegnete sie. »Ihre Freunde tun, als würden sie mir nicht glauben, aber ich weiß, dass sie wissen, dass ich weiß, was ich gesehen habe.« Trotzig reckte sie das Kinn vor, vom Scheitel bis zur Sohle die reizbare New Yorkerin und bereit, ihre Sicht der Dinge mit ihrem Leben zu verteidigen; nun ja, oder zumindest bis der verbale Austausch den Punkt erreicht hat, an dem jemand sagt: *Du mich auch!*

Jay nahm Cees Versuche, die Dinge ins Lot zu bringen, wieder auf. »Okay, warum beruhigen Sie sich nicht einfach, Mrs …«

»Miss«, korrigierte Laura schroff. »Vasquez. Laura Vasquez.«

»Hübscher Name«, bemerkte Jay. *Hübsches Mädchen*, dachte er.

»Noch so ein Experte«, stellte Laura mit einer Spur Ironie in der Stimme fest.

Jay musste einsehen, dass er diese Zeugin auch mit den geschicktesten Worten nicht würde einwickeln können, also versuchte er es auf dem direkten Weg. »Warum erzählen Sie mir nicht einfach, was Sie gesehen haben?«

»Wenn ich Ihre Fragen beantworten soll, müssen Sie meine beantworten«, entgegnete sie. *Friss oder stirb*, fügte ihr Blick hinzu. Jay nickte, und sie entspannte sich ein wenig. »Okay. Ich habe einen Typ mit zwei Köpfen gesehen. Und eine Frau in Leder.«

»Weiß?«

»Grau. Mit Tentakeln an den Händen. Und sie …«

Mitten im Satz brach Laura ab, als ihr plötzlich auffiel, dass Jays Augen unverwandt auf den ihren ruhten. Was sie zu der logischen Vermutung veranlasste, dass dieser Mann sie anstarrte, wie die meisten Menschen einen delirierenden Irren anstarren würden, während sie sich fragten, welche Kostprobe des Wahnsinns als Nächstes Eingang in die Konversation finden würde und ob sie eine Eskalation in das weit gefährlichere Reich der Gewalt zu befürchten hatten. Wütend verteidigte sie sich.

»Sie halten mich für verrückt!«, beschuldigte sie ihn. »Schön. Wie Sie wollen. Ich bin verrückt, und darum habe ich auch nicht wirklich gesehen, wie sie …«

»... ihm die Haut abgezogen hat«, vollendete Jay ihren Satz gleichmütig.

»... ihm die Haut abgezogen hat«, bestätigte Laura und stutzte. *Hey, wenn ich verrückt bin, dann bin ich aber nicht die einzige Verrückte hier.*

»Eigentlich ist das allerdings keine Haut«, fuhr der MIB-Agent fort. »Es ist ein Protoplasmapolymer und ähnelt der chemischen Zusammensetzung der Versiegelung von Baseballkarten.«

Laura zog eine Braue hoch. »Begegnen Ihnen solche Dinge öfter?«

»Nicht südlich der Dreiundzwanzigsten Straße.«

Die Braue wanderte noch ein Stück weiter in Richtung Haaransatz. »Wer sind Sie?«, fragte sie, ohne ihn aus den Augen zu lassen. »Wer sind Sie wirklich?«

»Mögen Sie Kuchen?«, fragte Jay ungerührt.

KAPITEL 7

Der Kuchen war wirklich gut. Gut genug, um Jay zurück in das Diner zu locken, in dem sich vor wenigen Stunden jene hässliche, scheußlich peinliche Szene mit Tee abgespielt hatte.

Ja, im Empire Diner gab es verdammt guten Kuchen, und der Kaffee war auch gar nicht so schlecht. Jay aß und trank abwechselnd, während er zuhörte, wie Laura Vasquez ihre Geschichte erzählte.

»... ein Licht«, sagte sie gerade. »Sie haben Ben immer wieder nach einem Licht gefragt. Das Licht von Zartha. So was in der Art.« Im Gegensatz zu Jay genoss sie ihren Kuchen nicht, was auch ein wenig schwer fallen musste, solange ihre Hand zu sehr zitterte, um eine Gabel zu führen.

»Sind Sie in Ordnung?«, erkundigte sich Jay ein wenig besorgt.

»Vor einer Stunde ist ein Mann, den ich mein ganzes Leben lang kenne, vor meinen Augen verschwunden«, antwortete Laura, tapfer bemüht, ihre Stimme davon abzuhalten, beinahe genauso zu zittern wie ihre Hand. »Er wurde von einer Frau ermordet, der etwas aus den Fingern herausgewachsen ist, und ihr Komplize war ein Typ mit zwei Köpfen. Was ich gesehen habe, gibt es nicht.« Unnötig hinzuzusetzen: *Wären Sie nach so einer Geschichte in Ordnung? Wäre irgendjemand in Ordnung? Auch hier in New York?*

»Laura …«, setzte Jay an.

»Als wir Kinder waren – bevor man uns beigebracht hat, wie wir denken und was wir glauben sollen – haben unsere Herzen uns gesagt, dass es da draußen noch mehr gibt«, sprach sie mühsam aus, was gesagt werden musste. Ihre Augen fixierten voller Sehnsucht den Nachthimmel vor dem Fenster des Diners. »Aber wir haben aufgehört, daran zu glauben, weil wir aufgehört haben, auf diese Stimme zu hören«, fuhr sie fort und legte eine Hand an die Brust. »Tief in meinem Herzen weiß ich, was ich gesehen habe. Jetzt können Sie mir sagen, was ich glauben soll.« Um Antworten bettelnd erkundete ihr forschender Blick sein Gesicht.

Jay tat ihr den Gefallen.

»Ich gehöre einer geheimen Organisation an, die außerirdische Aktivitäten auf der Erde kontrolliert und überwacht. Ben war ein Alien, ebenso wie die Typen, die ihn ermordet haben. Ich weiß nicht, warum sie es getan haben, aber ich verspreche Ihnen, ich werde es herausfinden.«

Laura hörte ihm schweigend zu. Schließlich sagte sie: »Okay.«

»Okay?«, wiederholte Jay zweifelnd. *Das ist alles? Wirklich alles?*

»Ich traue meinen Augen«, verkündete sie geradeheraus. »Und Ihren auch.«

»Oh. Ich meine … okay.« Er sah ihr noch ein wenig länger

in die Augen, und etwas tief in seinem Inneren – sein Herz? Seine Seele? – sagte ihm, dass er für alle Zeiten in diese Augen blicken könnte, ohne je zu viel von all den wundervollen Dingen zu bekommen, die er in ihrem ruhigen, strahlenden Blick entdeckte. Im Stillen fragte er sich, was wohl geschehen würde, wenn er ihr von diesen ungebetenen und unbestreitbaren Gefühlen erzählte. Würde sie lächeln? Würde sie ihn auslachen? Oder würde sie einfach nur sagen ... okay?

Langsam und widerstrebend kehrte er in die Realität zurück, zurück zu seiner Arbeit. Es war genauso, wie er es seinem Ex-Partner Tee erklärt hatte: Solange er für die Men in Black arbeitete, konnte niemand ihn kennen oder lieben, und alles, was er zu kennen und zu lieben hatte, war sein Job.

Er zog seinen Neuralisator hervor und schickte sich an, zu tun, was getan werden musste.

»Hören Sie, Laura, es tut mir Leid, aber ich muss ...«

»... mich umbringen«, beendete sie den Satz in düsterer Erwartung. Dennoch wirkte sie nicht ängstlich, nur resigniert.

»Nein«, widersprach Jay. Er wusste nicht, warum, aber plötzlich erschien es ihm ungeheuer wichtig, sie zu beruhigen, auf der Stelle. »Das hier wird Ihnen helfen zu vergessen, weiter nichts. Nur ein kleiner Lichtblitz, und alles ist wieder in schönster Ordnung.«

Sie fixierte ihn immer noch, ließ ihn nicht aus den Augen, in die sich nun ein trauriger Schimmer geschlichen hatte. »Wenn Sie mich ... geblitzt haben«, fragte sie leise, »wenn ich Ihnen dann noch einmal begegne, danach, werde ich Sie dann wiedererkennen?«

»Nein.« Jay spürte den Kloß in seinem Hals, als er das Gerät einschaltete. Ein leises Summen zeigte die Aufwärmphase an. »Ich werde Sie wiedererkennen, aber Sie mich nicht.«

»Oh.« Sie senkte den Blick. »Muss schwer sein.«

»Was?«

Sie sah wieder auf. »Was Sie tun. Geheimnisse bewahren. Niemanden wirklich kennen. Sie müssen sehr einsam sein.«

Ihre Augen blickten noch immer traurig, doch jetzt erkannte Jay, dass diese Trauer etwas mit Mitgefühl zu tun hatte, einem tiefen Mitgefühl des Herzens, das um den Schmerz eines anderen Menschen trauerte.

Er wandte sich ab und starrte zum Fenster hinaus, gerade in dem Moment, in dem ein Tandem vor dem Diner vorüberfuhr. Die Radler bewegten sich synchron, während sie mit ihrem Fahrrad durch eine Nacht huschten, die von Myriaden tanzender Lichter erfüllt war. Noch ehe er sicher war, dass er das Tandem wirklich gesehen hatte, piepte sein Kommunikator.

»Entschuldigen Sie mich«, sagte er und ließ Laura allein am Tisch zurück, um den Anruf entgegenzunehmen. »Zed?«, fragte er, als er außer Hörweite war.

»Erzählen Sie mir was«, forderte ihn sein Vorgesetzter auf.

»Der Pizzabäcker war ein Zarthaner, der Täter nicht. Haben wir irgendwelche unautorisierten Landungen?«

»Central Park«, antwortete Zed. »West, zweiundsiebzigste, abseits der Straße. Vor vier Stunden.«

»Bin unterwegs.« Jay beendete das Gespräch und ging zurück zu dem Tisch, wo Laura noch immer in ihrem Kuchen herumstocherte. »Ich muss gehen«, sagte er.

»Und was ist mit dem Blitzding?«, fragte sie wenig begeistert.

Er steckte den Neuralisator wieder in die Tasche. »Ich werde sie später blitzen«, sagte er. Dann machte er kehrt und prallte mit dem Kellner zusammen, der vorhin seine »Trennung« von Tee mitangesehen und die Anzüge bewundert hatte.

Der Blick des Mannes wanderte von Jay zu Laura und wieder zu Jay, und seine Mundwinkel zuckten verräterisch. »Sieht aus, als könnte sich hier jemand nicht entscheiden«, verkündete er.

Jay widmete dieser Bemerkung die verdiente Aufmerksamkeit.

Draußen wartete Frank in dem Mercedes und hörte sich eine Radiosendung an. Kaum eingestiegen, schaltete Jay das Radio aus.

»Was ist denn, mögen Sie ›Who Let the Dogs Out‹ nicht?«, fragte der kleine Mops. Als er keine Antwort erhielt, setzte er hinzu: »Haben Sie dem Mädchen gesagt, dass Sie in sie verliebt sind?«

»Sie war Zeuge eines Verbrechens«, entgegnete Jay kurz angebunden. »Das ist alles.«

Der Mops kaufte ihm das nicht ab. »Klar doch. Und warum habe ich dann keinen Neuralisatorblitz gesehen? Sie gefällt Ihnen. Sogar mir gefällt sie, dabei gehört sie nicht einmal zu meiner Spezies.«

»Na toll«, murmelte Jay. »Ich muss mir Liebesratschläge von jemandem erteilen lassen, der sogar einen Hydranten bumsen würde.« Verärgert trat er aufs Gas, und der Wagen schoss aus der Parklücke heraus.

»Das ist eine typische Beschreibung für die Spezies Canidae, und ich bin gekränkt«, empörte sich Frank, in seiner Würde verletzt. Von da an wechselten sie während der ganzen Fahrt bis zum Central Park kein einziges Wort mehr.

Ein gelbes Zelt, umgeben von diversen Lieferwagen, markierte die Stelle, an der Serleena gelandet war. Überall schwärmten MIB-Agenten herum wie Ameisen auf einem Stück Kuchen. Jay und Frank kletterten aus dem Mercedes, und Frank beschloss, dass es an der Zeit wäre, seine neu erworbene Autorität kundzutun.

»In Ordnung, in Ordnung, wir sind schon da«, verkündete er. »Aufgepasst, hier kommen die hohen Tiere der MIB. Ich bin jetzt Agent F, Agent Jays neuer Partner. Hey! Wen starren Sie hier so an?«

Jay versuchte verzweifelt, den streitsüchtigen Mops an die Leine zu nehmen, im übertragenen Sinne. »Frank, pssst.«

Einer der Agenten lachte. Frank maß ihn mit einem finsteren Blick.

»Haben Sie Kinder?«, fragte er.

»Nein«, kam die leicht verwunderte Antwort.

»Wollen Sie welche?« Der Mops fletschte die Zähne und ließ ein leises Knurren ertönen. Die Botschaft war unmissverständlich.

Als Frank schließlich zu der Überzeugung kam, dass er sich genug Respekt verschafft hatte, folgte er Jay in das gelbe Zelt. Dort standen bereits eine Menge weiterer MIB-Agenten um Serleenas Raumschiff herum. Das kleine Schiff maß vom Bug bis zum Heck keinen halben Meter, was bedeutete, dass zu seiner Untersuchung eine spezielle Ausrüstung notwendig war. Doch das war kein Problem. Spezialausrüstungen und MIB gehörten von jeher zusammen.

Jay zog seinen Alien-Identifikator aus der Tasche. Unnötig zu besprechen, was getan werden musste: Diese Männer kannten ihre Aufgaben, und sie erledigten sie, Punkt. Quatschen war etwas für Anfänger. Immerhin konnte das Schicksal der Erde auf dem Spiel stehen. Was nicht unwahrscheinlich war – das Alien, das dieses Schiff zurückgelassen hatte, hatte bereits einmal getötet, zumindest das eine Mal, von dem sie wussten. Solche Verbrecher kamen üblicherweise nicht zur Erde, um den Pfadfinderinnen dabei zu helfen, ihre Kekse zu verkaufen.

Jay führte das Ende des Geräts mit der Kamera und der winzigen Lampe in eine Öffnung des Raumschiffs ein. Dann verband er das Endoskop mit seinem Kommunikator und stellte eine direkte audiovisuelle Verbindung zu Zed her. Kaum hatte er das getan, winkte er den anderen Kollegen zu, ihn und Frank mit dem Schiff allein zu lassen. Sie gehorchten widerspruchslos.

»Okay, Zed, Sie sind drin«, sagte Jay, während er durch das Okular blickte.

»Berichten Sie«, forderte ihn Zed auf. In der Zentrale der MIB wurde das Bild der Kamera in Echtzeit auf den Eischirm übertragen. Was Jay sah, sah auch er.

Die Kamera erfasste das Innere von Serleenas kleinem Raumschiff. Die Einrichtung war nicht gerade gemütlich, es sei denn, es wäre modern geworden, mittels einer Dekoration aus tödlichen Waffen für eine behagliche Atmosphäre sorgen zu wollen. Dieses Schiff war dazu gebaut worden, einen Krieger zu transportieren. Die Größe war nicht ausschlaggebend; todbringende Gewalt schon.

»Kylothianischer Klasse C Schlachtkreuzer«, berichtete Jay, während er das Barbiepuppenarsenal untersuchte. »Mit genügend Antimaterie-Torpedos, um diese ganze Insel in ein zweites Atlantis zu verwandeln.«

»Herzlichen Glückwunsch«, entgegnete Zed trocken. »Wer hat noch mal gesagt, dass in den kleinsten Packungen immer die größte Überraschung wartet?«

»Die Zeugin aus der Pizzeria hat gesagt, die Aliens, die ihren Boss umgebracht haben, wären auf der Suche nach einer Art Licht«, fuhr Jay fort. »Dem Licht von …«

»… Zartha«, fiel Zed im Tonfall eines Mannes ein, der genau wusste, wovon er sprach.

»Ja.« Jay war nicht überrascht, dass Zed bereits wusste, worum es ging. Daran war er gewöhnt. Zed war der Kopf der MIB, weil er allen anderen stets zwei Schritte voraus war. »Was ist das?«

»Eine Art Energiequelle. Wie die Sonne, aber stärker. Physikalisch außergewöhnlich. In den falschen Händen eine gefährliche Waffe. Aber diese Angelegenheit ist längst erledigt.«

So ungern er seinem Boss auch widersprach, in diesem Fall ließ Zed ihm keine andere Wahl. »Offensichtlich nicht.«

»Passen Sie auf«, sagte Zed geduldig. »Vor fünfundzwanzig Jahren kamen die Zarthaner zur Erde und baten uns, das Licht von Zartha vor den Kylothianern, zu verstecken.«

»So etwas machen wir nicht«, stellte Jay fest. Die Neutralität der Erde in dem Durcheinander interplanetarischer Politik war heilig, beinahe wie die Neutralität der Schweiz, nur ohne besondere Betonung der Schokolade. Das war der Grund, warum die Men in Black existierten. Sie sorgten dafür, dass die Erde ein sicherer Hafen für Flüchtlinge aus anderen Welten blieb und sich aus den diplomatischen Missstimmigkeiten heraushielt, mit denen ihre Bewohner derzeit noch nicht umgehen konnten, damit Sie und alle, die auf ihr hausten, am Leben blieben.

»Richtig«, entgegnete Zed. »Darum habe ich befohlen, es von diesem Planeten fortzubringen. Das war ein Krieg, bei dem ich nicht zwischen die Fronten geraten wollte.«

So? Dann sag mir doch mal, bei welchem *Krieg du zwischen die Fronten geraten möchtest*, dachte Jay.

Laut fragte er: »Und warum steht dann ein kylothianischer Klasse C Kreuzer in meinem Park? Sind Sie *sicher*, dass das Licht nicht mehr hier ist?« Ein Irrtum in diesem Punkt schien die einzig sinnvolle Erklärung für die Ereignisse der jüngsten Zeit zu sein. Erinnerungen an seine Ausbildung im New York Police Department wurden wach, verknüpft mit all den Sherlock-Holmes-Geschichten, die er je gelesen hatte: Nichts passiert »einfach so«; es gab für alles einen Grund. Gewöhnlich war die offensichtlichste Erklärung auch die richtige, außer in den Wiederholungen alter *Perry-Mason*-Folgen.

»Positiv«, beteuerte Zed. »Ich habe den Befehl selbst erteilt, und mein bester Agent hat ihn ausgeführt. Das ist so gut, als hätte ich Ihnen den Befehl erteilt.«

Jay speicherte das verkappte Kompliment, um sich später daran zu erfreuen. Jetzt musste er sich erst um wichtigere Dinge kümmern.

»Dann fragen Sie doch den Agenten …«

»Unmöglich«, fiel ihm Zed ins Wort.

»Tot?«, hakte Jay nach.

»Gewissermaßen. Er arbeitet in einem Postamt.«

Vor dem Zelt herrschte tiefste Nacht, hier drinnen jedoch erlebte Jay gerade eine verfrühte Dämmerung.

»Nein«, ächzte er, obwohl er wusste, wie unsinnig seine Äußerung war.

Mein bester Agent hat ihn ausgeführt. Wer hätte das schon sein sollen, wenn nicht Kay?

Kay, der die Men in Black verlassen hatte, um sein altes Leben wieder aufzunehmen. Kay, der so vollständig und gründlich neuralisiert worden war, wie es nur machbar war. Kay, der endlich zu seiner Freundin hatte zurückkehren können, die er in jener schicksalhaften Nacht zurückgelassen hatte, als eine Kette unglückseliger Zufälle ihn genau zu der Stelle geführt hatte, an der die erste Begegnung Irdischer mit außerirdischen Besuchern stattgefunden hatte, womit im Grunde festgestanden hatte, dass er Teil der MIB und all dessen, wofür sie standen, hatte werden müssen.

Kay, dessen letzter bekannter Arbeitsplatz in einem Postamt in Truro, Massachusetts, war.

»Die Existenz der Erde könnte von dem abhängen, was Kay weiß«, sagte Zed mit ernster Stimme. »Wirklich schade, dass Sie seine Erinnerungen daran komplett ausgelöscht haben.«

Jay setzte zu einem Protest an. Agenten der MIB, die, aus welchen Gründen auch immer, den Dienst quittierten, mussten neuralisiert werden. Sie durften nicht den Hauch einer Erinnerung daran zurückbehalten, was sie gesehen oder getan hatten, um ihre Heimatwelt vor dem Abschaum des Universums zu schützen. Das waren Dinge, die niemand versehentlich im Bowlingcenter oder mitten in einem Kiwanis-Clubtreffen ausplaudern sollte.

Zed wartete Jays Rechtfertigung nicht ab. »Holen Sie ihn her«, sagte er. »Sofort.«

KAPITEL 8

Es war ein wunderschöner, klarer Sommermorgen in Truro, Massachusetts. Truro hatte gewiss mindestens so viel Geschichte zu bieten wie New York City, drängte sie einem Besucher jedoch nicht annähernd so hartnäckig auf.

Die Straßen verströmten Charme und Liebreiz und Frieden. Die Menschen auf diesen Straßen verströmten die neuenglischen Tugenden Pflichtbewusstheit, Diskretion und Schicklichkeit. Das Erbe des kolonialistischen Amerika überlagerte die ganze Szenerie, wie eine Patina die goldenen Glanzlichter eines alten Ölgemäldes von einem der Gründungsväter erst zu wahrer Geltung bringt. Sollte je ein Bürger von Truro zu Ihnen sagen: ›Reden Sie etwa mit mir? Reden Sie mit *mir*?‹, so können Sie davon ausgehen, dass er lediglich verunsichert ist und nicht weiß, ob Sie tatsächlich ein Gespräch mit ihm führen wollen.

Alles hier war sehr friedlich und liebenswürdig. Engstirnige Geister würden es vielleicht langweilig nennen. Selbst das städtische Postamt vermittelte den Eindruck, seine Angestellten könnten gelegentlich ein wenig verstimmt oder verärgert sein, aber ganz sicher niemals wirklich sauer.

Der Mercedes hielt direkt vor dem Postgebäude. Jay war die ganze Nacht gefahren, um diesen Ort zu erreichen, und er sah sauer genug aus, um ein ganzes Bataillon Postangestellter auszustechen.

Und die lange Fahrt war nicht der einzige Grund für seine miese Stimmung.

»Sie sind immer noch wütend«, ließ sich Franks reumütige Stimme von der Beifahrerseite vernehmen.

»Halten Sie die Klappe.«

»Ich musste pinkeln«, jammerte der Mops. »Was ist daran so schlimm?«

»Wir arbeiten verdeckt«, konterte Jay, als könnte er nicht glauben, was er da hörte. »Verdeckt heißt nicht, dass Sie einfach in eine Tankstelle marschieren und sagen: ›Wo zum Teufel ist der Schlüssel für das verdammte Klo?‹«

»Wenn sie es nicht abgeschlossen hätten, wäre das nie passiert«, konterte Frank in selbstgerechtem Ton. »Außerdem glaube ich, Sie benutzen diesen Neuralisator *gern.*«

Jay schälte sich aus dem Wagen und deutete mit dem Finger auf seinen Partner. »Platz!«

Der Mops musterte ihn mit finsterer Miene. »Ich sehe vielleicht aus wie ein Hund, aber eigentlich spiele ich nur einen, solange ich auf der Erde bin«, erklärte er beleidigt.

Die Einrichtung des Postamtes von Truro war alles andere als bemerkenswert, dafür auf seine ganz eigene zweckmäßige Art und Weise malerisch und anheimelnd. Eine Reihe von Schaltern nahm eine Wand ein. Über jedem hing ein großes Schild mit einem Buchstaben des Alphabets. Kunden wanderten auf und ab oder warteten in der Schlange mit der gleichen stoischen Haltung, die sie auch durch Kriege, Wirbelstürme und Nächte ohne Kabelfernsehen brachte, dass sie an die Reihe kämen.

Unter dem großen, viereckigen Schild des Schalters ›C‹ hielt der ehemalige MIB-Agent Kay die Stellung. Sein wettergegerbtes Gesicht hatte sich kaum verändert, genauso wenig wie sein Umgangston.

»Bürger von Truro, Massachusetts, darf ich um Ihre Aufmerksamkeit bitten«, rief er. Jay blickte wie alle anderen auf und fragte sich, was zur Hölle denn nun wieder los war.

»Wenn wir Ihre Frachtpost ordnungsgemäß befördern sollen, muss ich Sie daran erinnern, dass alle Pakete anständig verpackt werden müssen«, fuhr Kay fort.

Dann hielt er ein Paket hoch, das man auch bei großzügigster Auslegung kaum noch als irgendwie »verpackt« bezeichnen konnte. Das Packpapier war an einem Dutzend Stellen aufgerissen und mit unzähligen Lagen Klebestreifen befestigt, und das Ergebnis legte deutlich Zeugnis darüber ab, das wer auch immer dafür verantwortlich war, genauso wenig imstande war, Dinge unter Dach und Fach zu bringen wie die Bundesregierung.

Die Frau vor dem Schalter C wand sich hochroten Kopfes, die Augen stur zu Boden gerichtet, aber Kay war viel zu pflichtversessen, sich von so unbedeutenden Details wie der öffentlichen Demütigung anderer Personen von seiner Lektion abbringen zu lassen. Zum Wohle vieler mussten eben manchmal die Bedürfnisse des Individuums geopfert werden.

»Nun, dies ...« Er vergewisserte sich, dass sämtliche Besucher des Postamtes das Unmut erregende Paket gut sehen konnten. »... dies ist ein Grund, seinen Besitzer nach Hause zu schicken, damit er es noch einmal versuchen kann. Ich denke, Sie verstehen, was ich meine, Mrs. Vigushin«, sagte er und widmete sich ganz der Frau, die versucht hatte, einem hart arbeitenden Angestellten des United States Postal Service diesen Affront anzudrehen. »Sie können das besser, und Sie werden es besser machen. Packpapier und Paketschnur sind die bevorzugten Hilfsmittel. Ich danke Ihnen allen für Ihre kostbare Zeit.«

Als Mrs. Vigushin ihr klägliches Paket wieder an sich nahm und davonschlich, um sich einen Stein zu suchen, unter dem sie sich verkriechen konnte, trat Jay an den Schalter.

»Kay?«, fragte er.

Kay blickte auf und deutete auf das Schild über dem Schalter. »C«, korrigierte er. »Expressdienst, Achtundvierzig-Stunden-Luftfracht.«

Sein alter MIB-Name schien ihm rein gar nichts mehr zu

sagen. Damit hatte Jay zwar so oder so nicht gerechnet, doch irgendwo in seinem Hirn hockte eine winzige Zelle, die sich hartnäckig an der Hoffnung festklammerte – einer unvorstellbar winzigen Hoffnung –, dass Kay sich an ihn erinnern würde.

Der Typ rekrutiert dich, holt dich in die Organisation, arbeitet mit dir, hält dir den Rücken frei, riskiert sein Leben für dich, da musst du doch annehmen, dass irgendetwas *zurückgeblieben ist*, dachte er. *Verdammt, ist dieser Neuralisator gut.*

Er seufzte schwer. *Verdammt.*

Dann warf er einen Blick auf das Namensschild seines ehemaligen Partners: KEVIN.

»Kevin«, las er laut. »Kevin. Irgendwie habe ich Sie mir nie als ...« Er unterbrach sich. Kay starrte ihn an, als hätte er den Verstand verloren. »Sie erinnern sich nicht an mich, aber wir haben früher mal zusammen gearbeitet«, erklärte er.

Kay musterte Jays schlichten schwarzen Anzug. »Ich habe nie in einem Beerdigungsinstitut gearbeitet«, sagte er, ehe sein Blick zu der Schlange wanderte, die hinter Jay immer länger wurde. »Kann ich irgendwas für Sie tun, Junge?«

»Okay ...« Überzeugt, dass der direkte Weg auch der beste war, beugte sich Jay vor. »Kommen wir gleich zur Sache: Sie sind ein ehemaliger Agent einer streng geheimen Organisation, die außerirdische Aktivitäten auf der Erde überwacht. Wir sind die Men in Black. Und wir haben einen Notfall. Wir brauchen Ihre Hilfe.«

Kay verzog keine Miene. »An der Ecke Lilac und East Valley gibt es eine Nervenheilanstalt.« Dann blickte er an Jay vorbei und rief: »Der Nächste.«

Im nächsten Moment wurde Jay von einer Achtjährigen zur Seite geschubst. »Zwanzig Rugrats-Marken, bitte«, verlangte sie.

»Elizabeth, die Post der Vereinigten Staaten ist nicht ganz auf der Höhe, was den Geschmack der heutigen Jugend betrifft. Könnte ich dir vielleicht etwas anderes anbieten?« Kay öffnete seine Schublade, blätterte in den Briefmarkenbögen und versuchte Elisabeth für Gedenkmarken der Berliner Luftbrücke, Marken mit Quiltmustern der Amish und Marken mit berühmten Opernsängern zu begeistern. Sie lehnte rundheraus ab.

Ehe Kay Elitabeth noch weitere Vorschläge unterbreiten konnte, drängte Jay sich erneut vor Kays Schalter. »'tschuldigung, Kleine, aber ich muss den Planeten retten«, murmelte er, hob sie energisch hoch und stellte sie zur Seite.

»Wo, glauben Sie, sind Sie gewesen, bevor Sie hierher gekommen sind?«, fragte er, wieder an Kay gewandt. »Hat Ihnen dafür irgendjemand eine Erklärung geliefert? Eine vernünftige Erklärung?«

Kay blätterte kommentarlos weiter in seinen Briefmarken.

»Man hat Ihnen gesagt, Sie hätten jahrelang im Koma gelegen, richtig?«, drang Jay weiter in ihn. »Nur dass es gar kein Koma gab. Das Koma war lediglich Tarnung.«

Kay schloss die Schublade und blickte mit ausdrucksloser Miene auf, einer Miene, die Jay schon viele Male gesehen hatte, einer Miene, die sagte, dass es möglich war, kühl und doch nicht kalt zu sein, sich um seinen Job zu kümmern und trotzdem empfindsam mit den Menschen in seiner näheren Umgebung umzugehen. Ihre Zusammenarbeit hatte nicht sehr lange gedauert, und doch gab es immer noch eine Verbindung zwischen ihnen: teils wechselseitiger Respekt, teils Bewunderung, teils wahre Freundschaft.

Wie schade, dass das jetzt alles so einseitig ist, dachte Jay.

Kay kniff die Augen zusammen. »Wer sind Sie?«, fragte er barsch.

»Die Frage ist, wer sind *Sie*?«, konterte Jay.

»Postamtsvorsteher von Truro, Massachusetts«, antwortete Kay mit militärischer Präzision. »Und als solcher fordere ich Sie auf, dieses Gebäude zu verlassen. Pause!« Er schloss seinen Schalter, machte schwungvoll kehrt und ließ eine enttäuschte Elizabeth ohne Rugrats-Marken stehen.

Kay ging direkt zu der Sortieranlage des Postamtes hinüber. Entweder merkte er nicht, dass Jay ihm auf dem Fuße folgte, oder es kümmerte ihn nicht; wie auch immer, er würde schon damit fertig werden. Er verströmte Kompetenz wie andere Männer den Duft ihres Rasierwassers. Kaum hatte er die Schwelle überschritten, da erblickte er einen seiner Untergebenen, einen jungen Postangestellten, der seine Zeit an der Kaffeemaschine vertrödelte.

Bummelanten hatte Kay schon zu seiner Zeit bei den Men in Black nicht ausstehen können.

»Koffeinfrei?«, schnappte er.

Der Kaffeebecher entglitt den zitternden Händen des jungen Mannes und zerschellte am Boden. Manche Leute waren einfach nicht für den Dienst an der Waffe geschaffen, besonders solche, die eine Laufbahn in einem Postamt angetreten hatten.

»Entschuldigung«, sagte er, und seine Stimme zitterte noch schlimmer als seine Hände.

Entweder liegt es am Koffein oder an Kay, dass der Junge so hektisch ist, dachte Jay. *Und auf den Kaffee würde ich nicht wetten.*

Ja, die MIB konntest du verlassen, Kay, aber, Mann, du hast dich überhaupt nicht verändert. Vielleicht wirst du es mir doch noch leicht machen. Vielleicht.

Als wollte er Jay beweisen, wie Recht er doch hatte, trat Kay vor den Augen seines ehemaligen Partners in Aktion. »In Ordnung, Leute, wir haben hier ein Problem«, verkündete Kay und deutete auf den kaputten Kaffeebecher. »Farrell, riegeln Sie den Bereich ab. Billings, in weitem Umkreis wischen …«

»Kay …«, unterbrach ihn Jay in der Hoffnung, seine Aufmerksamkeit auf sich zu lenken.

Und das gelang ihm auch. Kay sah ihn, verbuchte den Vorfall in seinem Bewusstsein und entschied, was weiter zu tun war. »Farrell, bitte eskortieren Sie diesen unwichtigen Zivilisten hinaus. Sofort!«

Jay schüttelte Farrell ab, der sich überaus bemüht zeigte, den Anweisungen seines Vorgesetzten zu folgen, und drang erneut auf Kay ein. »Hören Sie sich doch mal an, was Sie da sagen!«, befahl er. »Wer redet denn so? Wegen einem verdammten kaputten Kaffeebecher. Was ist bloß notwendig, damit ...«

Die Inspiration traf ihn wie ein Blitz. Er zog einen PalmPC aus der Tasche und hielt ihn vor den versammelten Postangestellten in die Höhe. Fremdartige Zeichenketten liefen über den kleinen Bildschirm, informatives Überbleibsel eines Absturzes, das Jay verriet, von welchem Planeten diese Leute gekommen waren und welche Sprache sie sprachen.

Jay blickte auf und sagte laut und deutlich: *»Skalluch.«*

Die anderen Männer hörten unvermittelt auf, zu tun, was immer sie gerade getan hatten. Jay zog seinen MIB-Dienstausweis hervor und hielt ihn so, dass alle ihn sehen konnten.

»Hytuu saee habbilmuu«, befahl er ihnen in ihrer eigenen Sprache, eine Variation des Standard-Polizeikommandos *»Fallen lassen.«*

Und sie taten, wie ihnen geheißen. Menschliche Verkleidungen fielen schneller zu Boden als zuvor der Kaffeebecher. Die gesamte Mannschaft des Postamtes von Truro, Massachusetts, stand in ihrer wahren Gestalt vor ihm, komplett mit Schnäbeln, hervorquellenden Augen, Schuppen, Tentakeln und einer ganzen Reihe anderer physischer Charakteristika, welche die Erdenbewohner außerirdischer Herkunft so ... optisch interessant machten.

Kay war immer noch damit beschäftigt, die Lage zu begreifen, als Jay unter die Sortieranlage griff und einen Code in eine verborgene Tastatur in einer Nische tippte. Eine Tür schwang auf, hinter der weder Drähte noch voll gestopfte Platinen noch Elektromotoren, Dingsbums, elektronische Irgendwasse zum Vorschein kamen, sondern ein vielgliedriger Außerirdischer, der mit seinen zahlreichen Armen die Briefe mit phänomenaler Geschwindigkeit in die richtigen Fächer sortierte. Ein freies Körperglied hielt eine Zigarette, ein anderes einen *Latte Grande* von Starbuck's. Selbst die überraschende Entdeckung drückte die Arbeitsgeschwindigkeit der Kreatur nicht um eine Millisekunde. Offenbar war es ein *Latte Grande* mit einem doppelten Espresso.

»Warum, glauben Sie, arbeiten Sie jetzt in einem Postamt?«, fragte Jay. »Das sind alles Außerirdische. Sie sind es gewohnt, mit Aliens zu arbeiten; darum fühlen Sie sich hier so wohl.«

Kay tat, als wäre Jay ein stumm geschalteter Fernseher und das Programm verdammt schlecht. Er betrachtete eingehend seine neuerdings so veränderten Mitarbeiter, ließ die ganze Geschichte eine Weile auf sich wirken und ging dann direkt auf die vielgliedrige Kreatur in der Postsortiermaschine zu.

»Rauchen verboten«, verkündete er barsch und konfiszierte die Zigarette. Dann betrachtete er die Kreatur noch einmal eingehend, führte die Zigarette an seine Lippen und nahm mit zitternden Händen einen tiefen Zug, ehe er kehrtmachte und zur Tür hinausmarschierte.

Jay rannte ihm nach. Als Kay gerade in den posteigenen Jeep steigen wollte, holte Jay seinen ehemaligen Partner ein. Natürlich rechnete er mit den üblichen Fragen und Widerworten, wie sie jeder MIB-Agent von Zivilisten zu hören bekam, die mit der unmöglichen Erkenntnis konfrontiert worden waren, dass wir tatsächlich nicht allein sind. Wenn Kay auch früher alle Antworten gekannt hatte, saß er nun durch die Neuralisation doch im selben Boot wie der Rest der uneingeweihten Erdenbevölkerung, also ging Jay davon aus, dass er die ganze Geschichte würde erzählen müssen, das ganze Was, Wann, Wo, und Warum verliere ich bloß den Verstand?

Doch Jay irrte sich.

»Meine Frau und ich waren mal in Las Vegas«, sagte Kay trocken. »Haben gesehen, wie Siegfried und Roy einen weißen Tiger durch den Raum haben fliegen lassen. Ihre Nummer ist auch nicht besser, Junge.« Und schon machte er Anstalten, den Jeep zu starten.

Jay hielt sich an Rückspiegel und Türrahmen fest. Ehe er von New York hergekommen war, hatte er die Standardeinweisung erhalten und in kurzen Worten alles erfahren, was in Kays Leben vorgefallen war, nachdem er die MIB verlassen hatte. Einiges davon war recht schmerzhaft, und er hatte keine Lust, die alten Wunden seines Freundes wieder aufzureißen, aber hier ging es ums Geschäft. Ein Mann musste tun, was sein Job verlangte, das hatte Kay ihm selbst beigebracht.

»Sie sehen nachts zum Himmel hinauf und denken, Sie wüssten mehr über das, was da draußen vor sich geht, als über das, was hier unten passiert«, sagte Jay eindringlich. »Sie haben das Gefühl, Sie wüssten nicht, wer Sie sind, und dieses Gefühl nagt jeden Tag Ihres Lebens an Ihnen. Darum hat sie Sie verlassen, Kay. Das ist der Grund, warum Ihre Frau Sie verlassen hat.«

Jay sah Kays Faust nicht kommen, ehe sie Kontakt zu seinem Kinn knüpfte und ihn einige Schritte zurückbeförderte. Er schüttelte sich und stellte, nicht ohne einen Hauch Stolz auf seinen alten Partner, fest: »Sie haben sich gut gehalten.« Dann fuhr er in ernsterem Ton fort: »Hören Sie, wenn Sie wissen wollen, wer Sie wirklich sind, dann begleiten Sie mich. Wenn nicht, gibt es hier bestimmt ein paar Leute, die ungeduldig auf ihre Fernsehzeitschrift warten.«

Dabei beließ er es und ging davon. Manchmal gab es einfach nichts mehr zu sagen. Er kehrte zu dem Mercedes zurück und klemmte sich hinter das Steuer.

Augenblicke später öffnete Kay die Beifahrertür und ließ sich neben ihn auf den Sitz fallen.

»Nur eine kleine Spazierfahrt«, erklärte er. »Und wenn mir nicht gefällt, was ich sehe, dann *hasta luego*. Verstanden, Junior?«

»Verstanden.« Jay gab sich alle Mühe, nicht zu lächeln, doch es fiel ihm schwer. Die Art, wie Kay ihn »Junior« genannt hatte, erinnerte ihn zu sehr an die alten Zeiten. Mühsam beherrschte er sich und startete den Wagen.

Ein leises Geräusch von der Rückbank erregte Kays Aufmerksamkeit, und er drehte sich um, um die Quelle ausfindig zu machen. Frank der Mops strahlte ihn mit hündisch heraushängender Zunge an und wedelte mit seinem fetten kleinen Stummelschwanz.

»Hey, Kay«, sagte er. »Lange nicht gesehen.«

»Ihr Ersatzmann«, erklärte Jay, der die Situation im Stillen in vollen Zügen genoss. »Also, wen nennen Sie hier ›Junior‹?«

Er trat das Gaspedal durch, und der Mercedes schoss schleudernd im Rückwärtsgang davon und spuckte eine mächtige Qualmwolke aus, ehe er mit brüllendem Motor um die nächste Ecke verschwand.

KAPITEL 9

Seit Jay ihn kannte, war Kay kein Mann vieler Worte gewesen, aber was er nun erlebte, war schon beinahe lächerlich. Auch bei Höchstgeschwindigkeit dauerte die Fahrt von Truro zur MIB-Zentrale ziemlich lange, doch die Konversation im Inneren des Wagens fiel so spärlich aus, dass er genauso gut einen Grabstein hätte mit nach Hause bringen können.

Vielleicht tue ich das ja wirklich, überlegte er. *Hier liegt Agent Kay. Er hinterlässt eine Exfrau und einen Postamtsleiter aus Truro namens Kevin.*

Kevin! Das schlägt doch einfach alles ...

Schlimmer als Kays Schweigen waren jedoch Franks unbezähmbare Versuche, die nicht existente Konversation ganz allein am Leben zu erhalten. Als der Mercedes endlich auf seinem Parkplatz hielt, war Jay dicht davor, den verfluchten Mops kastrieren zu lassen.

Kays Miene verriet nicht die Spur eines Wiedererkennens, als sie das Gebäude betraten, in dem er so viele Jahre loyal seinen Dienst verrichtet hatte. Das Rauschen der gewaltigen Ventilatoren auf beiden Seiten des Eingangsbereiches entlockte ihm kaum ein Blinzeln.

»Schön, Sie zu sehen, Kay«, grüßte der Wachmann, wie üblich, ohne von seiner Zeitung aufzublicken.

»Schön, Sie zu sehen«, gab Kay zurück, aber die auflebende Hoffnung, die sich in Jays Innerem regte, wurde bereits wieder im Keim erstickt, als sie den Fahrstuhl betraten und Kay murmelte: »Wer zur Hölle Sie auch sein mögen.«

Dann wandte er sich zu dem niedergeschlagenen Jay um. »Okay, dann sehen wir mal, was Sie so zu bieten haben, Sportsfreund.« Er brauchte nicht extra hinzuzufügen, was er dachte: *Ich hoffe nur, es ist die lange Fahrt wert.*

Jay konnte sich ein kleines Grinsen nicht verkneifen, als er die leidenschaftslose Miene seines alten Freundes betrachtete. Dann blickte er an Kay herunter, musterte die Bermudashorts, Teil der offiziellen Sommeruniform der Postangestellten der Vereinigten Staaten, erhaschte einen Blick auf die Knie seines ehemaligen Partners und musste noch breiter grinsen.

»Gott, ich habe Sie vermisst«, sagte er kopfschüttelnd.

In Kays versteinerter Miene regte sich noch immer nichts, als die Fahrstuhltür aufglitt und den Blick auf die Haupthalle der MIB-Zentrale freigab. Nichts schien ihn zu erschrecken, zu ängstigen oder auch nur genug zu beeindrucken, als dass sich irgendeine Emotion für eine andere Person sichtbar in seinen Zügen niedergeschlagen hätte.

Was fließt bloß durch seine Adern?, überlegte Jay. *Eiswasser?*

Das oder was auch immer. Jedenfalls schritt Kay nun mitten durch die versammelten Aliens, die sich eine Ruhepause auf diesem Planeten erhofften, als begegne er ihresgleichen tagtäglich. Nun, in Truro hatte er einigen von ihnen tatsächlich Tag für Tag die Hand geschüttelt, zumindest denen, die Hände hatten, doch er hatte sie bis zum heutigen Tag nie in ihrer wahren Gestalt gesehen.

Blauhäutige Klöße mit Warzen, Kreaturen mit Tentakeln, halb Wombat, halb Verkaufsautomat, schleimüberzogene Vielfüßer, die aussahen wie extravagante Damenhüte und deren ständig wechselnde Hautfarbe niemals zu den Vorhängen in irgendeinem Zuhause passen würde, all diese und noch viel mehr glitten und watschelten und schlurften durch Kays Blickfeld und hinterließen doch keinen stärkeren Eindruck bei ihm als ein Moskitostich bei einem Nilpferd.

Der Typ ist ein Naturtalent, dachte Jay. *Gut, dass gerade er damals in diese erste Begegnung reingestolpert ist. Ausbildung ist eine Sache, aber wer zu den MIB will, der muss es einfach schon von Natur aus draufhaben.*

Er rückte seine Krawatte zurecht und fuhr sich mit den Fingern durchs Haar, während er daran dachte, dass dies derselbe Mann war, der ihn dazu gebracht hatte, sich den Men in Black anzuschließen. Unwillkürlich musste er lächeln. *Der Mann hat Talent, und er ist klug genug, auch die Talente eines anderen zu erkennen.*

Dann erlosch sein Lächeln. *Verdammt schade, dass er sich an nichts mehr erinnern kann.*

Was in Jays Augen nicht nur wahr, sondern auch schmerzlich anzusehen war. Obwohl Kay sich aufmerksam umsah, klingelte es offensichtlich nicht in seinem Hirn. Zumindest war ihm keine Reaktion anzusehen.

Andererseits mochte zwar der Anblick der MIB-Zentrale

auf Kay keine Wirkung haben, Kays überraschendes Auftauchen hatte dagegen eine umso größere Wirkung auf die MIB-Zentrale.

Das Erste, was Jay auffiel, war das Geflüster, das rundherum aufbrandete, als er und Kay den Raum durchquerten, dahinplätschernde Geräusche aus den Mündern jener Dienst habenden Agenten, die Zeuge der Rückkehr einer Legende wurden. »Kay …«

»Hey, sehen Sie mal, ist das nicht …?«

»… sein Bild gesehen. War vor meiner Zeit, aber …«

»… dachte, er wäre …«

»… natürlich ist er nicht tot. Welcher Arsch hat Ihnen denn den Quatsch erzählt?«

»Das ist er, das können Sie mir glauben.«

»… Klon?«

»Ich schwöre bei Gott, wenn ich das Arschloch in die Finger kriege, das diese blöde Klongeschichte verzapft hat, dann …«

»Ja, das ist Kay.«

»Kay? Wirklich?«

»Was macht der denn wieder hier?«

»… meinen Sie, er erinnert sich noch an mich?«

»Willkommen zu Hause.«

»Schön, Sie zu sehen.«

»Agent Kay …«

Einige quittierten seine Rückkehr mit einem freundlichen Nicken, einige mit einem taktvollen Gruß, einige streckten nur so schnell und kurz die Daumen hoch, dass der Vorgang an sich durchaus zu kontroversen Diskussionen hätte führen können. Das Geflüster, die gemurmelten Grüße und hastigen Gesten folgten den beiden ehemaligen Partnern quer durch die Haupthalle.

Ein eifriger junger Frischling, dem man die überbordende Begeisterung des Anfängers noch an der Stirn ablesen konnte, lief hinter ihnen her. Sein Geburtsname war Vergangenheit, alle Spuren seiner früheren Existenz waren ausgelöscht worden, ebenso wie seine Fingerabdrücke, doch er war noch so neu bei dem Verein, dass ihm das alles nichts ausmachte. Im Moment ging es ihm allein darum zu beweisen, dass er seinen Job beherrschte, der Welt zu zeigen, dass Agent Gee wirklich zu den Besten der Besten gehörte.

Mit der Konzentration eines Laserstrahls stürzte er sich auf die Erfordernisse des Augenblicks, was allzu oft dazu führte, dass ihm alles entging, was sich nicht unmittelbar in seinem Blickfeld befand. Folglich ging ein großer Teil seiner Zeit für verspätete Reaktionen und verblüfftes Stutzen drauf.

Gerade jetzt musste er dringend mit Agent Jay reden. Als er sein Zielobjekt entdeckt hatte, rannte er sofort los, um sein Opfer nicht entwischen zu lassen.

»Ich möchte nicht stören, Agent Jay«, setzte er an, schneidig wie sein frisch gestärkter Hemdkragen. »Aber falls Sie …«

Und dann entdeckte er Kay. Stellen Sie sich das Kind vor, das in der Grundschule in Ihre Klasse ging, der Kleine, der alle Episoden jeder Staffel von *Raumschiff Enterprise* aufgenommen hatte und den größten Teil der Dialoge auswendig zitieren konnte. So, und nun stellen Sie sich vor, dieser Knabe geht zu einem Grillfest in der Nachbarschaft und trifft dort Leonard Nimoy. Wenn Sie nun diesen Eindruck verdoppeln, dann bekommen Sie eine schwache Vorstellung von der Verwandlung, die Agent Gee in diesem Moment überkam. All seine gebügelte Professionalität war vergessen, und zum Vorschein kam die zarte Seele eines reinen, unverfälschten, schwärmerischen Fans. Kein schöner Anblick.

»Oh … mein … Gott. Sie sind Agent Kay!«, rief er verzückt.

»So sagt man«, erwiderte Kay ungerührt.

»Das … das ist eine Ehre.« Und schon hatte er Jay ohne ein

Wort der Entschuldigung von seinem Platz verdrängt, um sich schnellstmöglich mit aller Kraft bei Kay einzuschmeicheln.

»Gee«, stammelte er, was auch ein Ausruf der Bewunderung hätte sein können, in diesem Fall jedoch eine Vorstellung war. »Agent Gee.« Dann drehte er sich zu Jay um, als wollte er ihm die streng geheimen Informationen offenbaren, die ihm den Weg zu König Salomons Gold weisen würden, und erklärte unnötigerweise: »Kay: die Legende. Höchst geachteter Agent in der Geschichte der MIB. Gefürchtetster Humanoide im ganzen Universum. Leibhaftig.«

Jay setzte seine aussagekräftigste *»Red du nur du Idiot«*-Miene auf. Sinnlos. Agent Gee hatte vollständig und unrettbar in seinen ganz persönlichen, krankhaften, aber engagierten Heldenbewunderungsmodus umgeschaltet. Jay hatte schon Beaglewelpen gesehen, die weniger enthusiastisch waren und ihren Speichelfluss besser unter Kontrolle hatten.

Gees Blick wanderte zurück zu Kay, während er nach den richtigen Worten suchte, um seine absolute Erfüllung als menschliches Wesen kundzutun, nun, da er diesem Mann persönlich hatte begegnen dürfen.

»O Mann, ich kann nicht ... ich kann einfach nicht ...« Ganz offensichtlich konnte er nicht, also schaltete er um und versuchte, sich auf eine andere Art bei seinem Idol einzuschleimen. »Vielleicht darf ich Sie irgendwann zu einem Kaffee einladen«, schlug er vor, darum bemüht, seine Worte klingen zu lassen, als wären sie einander beinahe gleichgestellt. »Und mir ein paar von Ihren alten Geschichten anhören.«

Kay zog eine Braue hoch. »Schwarz, zwei Stück Zucker, wenn Sie schon dabei sind«, sagte er.

»Ist mir eine Ehre.« Gee war gefährlich nahe dran, in preußischer Tugendhaftigkeit die Hacken zusammenzuschlagen, ehe er sich eilends davonmachte.

»Ich hätte gern einen ... Hey!« Aber Jays Versuch, ebenfalls in den Genuss eines Kaffees zu kommen, kam zu spät. *Verdammt*, dachte er. *Vor einer Stunde war ich hier noch der Star. Eine Minute, bevor der Knabe Kay gesehen hat, hätte er sich noch überschlagen, um* mir *einen Kaffee zu holen, und sich dabei genauso geehrt gefühlt. Widerlicher kleiner Arschkriecher.*

Ach, Scheiße, wen will ich hier verarschen? Ich bin nicht mehr die Nummer Eins, und das fühlt sich eben genau so an.

Ihr Weg führte sie direkt auf das tote Alien zu. Es war immer noch tot, lag immer noch auf demselben Rollwagen wie zuvor, nur trugen die MIB-Agenten, die jetzt um den Leichnam herumschwärmten, Laborkittel und steckten bis zu den Ellbogen in der Autopsie. Allerlei Klumpen, Geschwülste und schwammige Teile und endlose Stücke organischer Röhren präsentierten sich in einem magenverdrehenden Aufgebot, mit dem man die Herausgeber sämtlicher Boulevardblätter hätte in Exstase versetzen können.

Einer der Agenten blickte von dem Leichnam auf und entdeckte Jay. »Der Frachtaufzug funktioniert nicht«, sagte er. »Wir müssen die Autopsie hier durchführen. Aber der Bursche kriegt keine schlechtere ...« In diesem Moment erkannte er Kay. Seine Reaktion war weitaus weniger aufdringlich als Gees, doch das gehörte zu den Dingen, die einen Anfänger von dem erfahrenen Personal unterschieden. »Hey, Kay! Sie sind ja wieder da«, meinte er grinsend.

»Jep«, antwortete Kay.

Ein zweiter Agent blickte von der Autopsie auf. »Irgendeine Idee, was den hier geschafft haben könnte?« Immerhin hatte man nicht jeden Tag Gelegenheit, einen der Gründungsväter um Rat zu fragen. Dies war eine weit größere Anerkennung für Kay als tausend jubelschreiende Frischlinge, die ihm seinen Kaffee ins Büro liefern wollten. Wenn die alten Kollegen wie selbstverständlich davon ausgingen, man würde ohne weitere Umstände seine Arbeit wieder aufnehmen, als wäre man nie fort gewesen, war das oft die beste Begrüßung für einen Zurückgekehrten. Dazu bedurfte es keines großen Getues.

Kay betrachtete die Leiche und schürzte die Lippen. »Ich hatte mal einen Cousin, der war genauso groß. Ist an 'ner Erdnuss erstickt«, kommentierte er und ging ohne ein weiteres Wort davon.

»Erstickt …«, murmelte der erste Agent nachdenklich. »Wäre möglich.« Er grübelte kurz, in welcher der Körperöffnungen der verstorbenen Kreatur die schuldige Nuss stecken mochte. Dann sagte er zu Jay: »Schön, dass er wieder da ist.«

»Ich schmeiße nachher eine Party«, entgegnete der vollständig in den Hintergrund gedrängte Jay mit mürrischem Blick.

In seinem Büro erledigte Zed gerade seine Tagesarbeit am Eierschirm, als Jay hereinkam. Die Landschaft, die auf dem Schirm zu sehen war, war eine Einöde aus Schnee und Eis, ein eisiger Alptraum, der irgendwo aus der antarktischen Wildnis zu stammen schien. Mitten in dieser frostigen Wüstenei stand ein Mann in einem MIB-Anzug und unterhielt sich per Kommunikator mit Zed. Das musste wirklich ein toller Anzug sein, überlegte Jay, um seinen Träger derart immun gegen die beißende Kälte zu machen.

Natürlich war der Anzug nicht unbedingt das Erstaunlichste an der Szene, die der Eierschirm zeigte. Das war die Identität des Anzug*trägers*. Entweder hatte Zed eine Vorliebe für Pop-Videos entwickelt, oder der King of Pop hatte beschlossen, sich zum König der Eiszapfen krönen zu lassen.

Wenn man andererseits die wahre Identität und den Herkunftsplaneten des berühmten Stars bedachte, war ein Gig in der Antarktis für ihn das, was für echte Erdlinge ein Strandspaziergang war.

»Wie ist es gelaufen?«, wollte Zed von dem Alien wissen, das der Öffentlichkeit unter dem Namen Michael Jackson bekannt war – sein richtiger Name war definitiv *nicht* dazu gedacht, von Menschenzungen artikuliert zu werden.

Michael schien sehr mit sich zufrieden zu sein, als er berichtete: »Zed, die Drolacks sind weg, und das Abkommen ist unterzeichnet.«

»Gut gemacht«, lobte Zed. In Wirklichkeit hörte er nur halb zu. Es war schwer, sich auf Feld-Wald-und-Wiesen-Berichte zu konzentrieren, wenn der ganze Planet auf einem Seil über einem Krokodilteich schlafwandelte.

Michael wusste dies jedoch nicht. Er verfolgte seine eigenen Ziele. »Zed, was ist mit dem Job bei den MIB, den Sie mir versprochen haben?«, erkundigte er sich.

»Wir arbeiten noch an dem Gleichberechtigungs-Programm für Aliens«, erwiderte Zed. »Ich halte Sie auf dem Laufenden.«

»Moment mal«, protestierte Michael. »Das ist aber nicht das, was Sie mir versprochen haben!«

Zed wandte sich von dem Bildschirm ab und ging davon. »Die Verbindung bricht zusammen. Ich kann Sie nicht mehr hören«, sagte er, ohne mit der Wimper zu zucken.

»Zed? Hallo? Zed?«, rief Michael verzweifelt in seinen Kommunikator.

»Ich rufe Sie zurück.«

»Ich könnte Agent Em sein!«

Der Rest seines Einspruchs wurde von einem Klick abgewürgt, dem das Freizeichen folgte, als Zed sich umdrehte, um Agent Jay zu begrüßen. Dann sah er, wer außer Jay sein Büro betreten hatte.

»Kay!«, rief er und klopfte ihm freundschaftlich auf den Rücken. Doch seine anfängliche Freude über das Wiedersehen mit seinem alten Waffenbruder verblasste schnell angesichts der drohenden Gefahr. »Mein Freund«, sagte er. »Ich glaube, die Erde steckt in Schwierigkeiten, und Sie sind vielleicht der Einzige, der sie retten kann.«

Kay schien nicht sonderlich beeindruckt. »Weder Regen noch Schnee können mich aufhalten«, verkündete er mit einer nachlässigen Geste.

»Guter Mann«, sagte Zed, ohne zu kapieren, dass er soeben einen Teil des Glaubensbekenntnisses eines Postangestellten vernommen hatte, das plötzlich für das Schicksal eines ganzen Planeten relevant sein sollte. Sein Blick wanderte zu Jay. »Besorgen Sie ihm eine Waffe und erklären Sie ihm die Lage«, wies er ihn an. »Dann gehen sie mit ihm rüber zur Deneuralisation.«

Jay machte sich nicht die Mühe, Zeds Befehle zu bestätigen. Das war auch nicht notwendig. Er kam ihnen schlicht mit der gleichen Geschwindigkeit und Tüchtigkeit nach, die auch einen wurmzerkauten U-Bahnwagon außer Sichtweite und das ganze unerfreuliche Geschehen aus dem Gedächtnis von ungefähr fünfundachtzig Personen verbannen konnte. Er schickte sich an, mit seinem alten Partner zu verschwinden.

Frank der Mops trottete hinter ihnen her, als Zeds Ruf ihn mit der Macht eines Würgehalsbandes zurückzerrte. »Äh, Frank, diesen Fall werden die beiden zusammen bearbeiten«, sagte er, was so viel bedeutete wie: *nur die beiden*. Immerhin war er so freundlich, sich eines beinahe entschuldigenden Tonfalls zu befleißigen, doch das machte die Sache auch nicht besser. Der kleine Außerirdische ließ sichtlich enttäuscht den Kopf hängen.

Zed galt nicht gerade als zart besaitet. Er war der große Boss der MIB, und er trug eine jederzeit humorlos-geschäftsmäßige Haltung zur Schau, gegen die sogar Kays eigener schroffer Stil so weich wie ein drei Wochen alter Pfirsich erschien. Nichtsdestotrotz …

»Frank«, sagte er sanft. »Ich bin auf der Suche nach einem neuen Assistenten.«

Der Mops blickte auf.

»Kein Außendienst«, fuhr Zed fort. »Aber du bekommst eine anständige Zahnbehandlung.«

Die schlechtesten Zähne der ganzen Organisation – gelb, unregelmäßig und dicht über den Wurzeln von einer dünnen, braunen, klebrigen Masse überzogen – zeigten sich Zed in all ihrer scheußlichen Pracht, als ein zufriedenes kleines außerirdisches Hündchen ihn mit einem breiten Lächeln anstrahlte.

KAPITEL 10

Innerhalb der Organisation nannte sich einer der vielen, durch Glaswände von der Haupthalle der MIB-Zentrale abgetrennten Räume offiziell Tech Unit. Dies war das Land, in dem die Träume jedes großen Kindes wahr wurden, das sich je an einem Feuerwerk oder dem Besitz eines Luftgewehres erfreut hatte – oder an dem, was passiert, wenn man einen brennenden Chinakracher in der Schultoilette runterspült.

Ja, dies war das MIB-Lager für alle möglichen Arten aufregender Alien-Technologie, in dem sich sonderbare Maschinen und bizarre Gerätschaften ebenso fanden wie Waffen, deren unglaubliche Feuerkraft man auf den ersten Blick nicht einmal annähernd erahnen konnte.

Jay nannte diesen Raum den Spielzeugladen. Dies war der Ort, den man aufsuchen sollte, wenn man einen Planeten retten wollte und auf der Suche nach überzeugenden Mitteln der Überredungskunst war, nur für den Fall, dass jemand anderer Meinung sein sollte. Wenn Sie es mit Kreaturen zu tun haben, die über Mr. Smith und Mr. Wesson nur lachen würden, als wären es Mr. Laurel und Mr. Hardy, dann ist dies das Wunderland, wo bereitliegt, was immer Sie brauchen, um das entscheidende Argument auf Ihrer Seite zu wissen.

Jay erinnerte sich noch genau daran, wie er zum ersten Mal außerirdische Waffen zu Gesicht bekommen hatte, damals, in

Jeebs' Pfandleihe. Zuerst war er hin und weg gewesen, doch das hatte nicht lange vorgehalten. Seine Begeisterung hatte sich schnell gelegt. Ebenso rasch war die leise Stimme in seinem Kopf verstummt, die beharrlich behauptet hatte, was er da sähe, könne gar nicht real sein. Beides war dem unwiderstehlichen Drang gewichen, diese Dinger in die Finger zu kriegen, um herauszufinden, wozu so ein Baby imstande war.

Später hatte Kay ihn auf die nächste Ebene geführt, als er ihn in die Zentrale der Men in Black gebracht und ihm gezeigt hatte, was die Tech Unit zu bieten hatte. Jeebs' Pfandleihe konnte da schlicht nicht mithalten. Jay hatte sich etwa so gefühlt wie das arme Kind, das sehnsüchtig in das Schaufenster des Spielzeugladens geschaut hatte, um sich dann plötzlich mit einer American Express Gold Card in New Yorks Spielzeugpalast Nummer Eins, F.A.O. Schwarz, wiederzufinden.

Für Kay war der Spielzeugladen nun nicht einmal mehr eine Erinnerung, und es war Jays Aufgabe, dies so schnell wie möglich zu ändern. Die Tische in diesem Raum waren mit allem möglichen unglaublich faszinierendem Zeug beladen, und zum ersten Mal, seit sie Truro verlassen hatten, sah Jay so etwas wie Interesse in Kays Augen aufleuchten.

»Tech Unit«, machte Jay seinen Partner mit seiner Umgebung bekannt. »Die fortschrittlichsten Technologien des ganzen Universums befinden sich in diesem Raum.« Obwohl er sich innerlich immer noch jedes Mal vorkam wie ein kleines Kind zu Weihnachten, wenn er diesen Raum betrat, fühlte er sich irgendwie genötigt, so zu tun, als wären all diese Wunder um sie herum völlig alltäglich. Aus einem Grund, den er selbst nicht ganz verstand, wollte er mehr als alles andere, dass Kay ihn ... cool fand.

Kay schlenderte zu einer Maschine hinüber, in deren Zentrum sich eine glühende holografische Kugel befand. »Was ist das?«, wollte er wissen, während er lässig mit dem Finger auf die Kugel tippte. Sein Finger tauchte in den holografischen Ozean ein und löste ein Kräuseln auf der Oberfläche aus.

Jay spielte immer noch den coolen Typen und blickte nur nachlässig über die Schulter. »Nicht anfassen«, sagte er automatisch.

Ein guter Rat. Leider kam er zu spät für Jarithia 5, eine nette kleine Welt, etwa 50 Millionen Lichtjahre von der Erde entfernt. An jenem schicksalhaften Tag hatte das Leben in dieser Welt zunächst seinen üblichen Gang genommen. Die Bewohner kamen und gingen, trugen ihr kleines Gezänk und ihre großen Konflikte aus, gaben sich ihrer Liebe und ihrem Hass hin, ihrem Äquivalent irdischer Boxershorts-versus-String-Tanga-Debatten, ihren … Nun, Sie können es sich sicher vorstellen.

Plötzlich, ohne jede Vorwarnung, schien sich der Himmel vor ihren erschrockenen Augen zu öffnen und ein gewaltiges, rosarotes … Ding tauchte im Zenit auf. Die Sprache der Jarithianer kannte keine Worte, um eine derartige Erscheinung zu beschreiben, obwohl »Würg« dem Ganzen schon recht nahe kam. Später beschrieben Zeugen die Erscheinung als »… fast wie ein Fischstäbchen, nur viel bösartiger«.

Die Zeit blieb beinahe stehen, so wie sie es immer zu tun scheint, wenn eine unfassbare Krise direkt bevorsteht, als das Unidentifizierte Fischartige Objekt langsam herabsank und in den Ozean stürzte. Der Aufprall löste eine gigantische Flutwelle aus, die aus tiefster Tiefe aufstieg und mit unfassbarer Gewalt auf die Küste zuraste.

Von Panik ergriffen standen die Jarithianer wie vom Donner gerührt da, als das todbringende Wasser seinen Schatten über die leuchtenden Türme, die üppigen Parkanlagen und das geschäftige Treiben auf den Straßen ihrer ganzen Stadt warf. Dann erst ging ihnen das ganze Grauen ihrer Lage auf, und sie rannten davon und schrien jämmerlich in ihrer eigenen Sprache: »Alles ist verloren! Alles ist verloren!«

Auf der Erde hingegen inspizierte Jay den holografischen Globus mit einem kritischen Blick.

»Nichts passiert«, sagte Kay, und plötzlich erinnerte er weniger an einen stahlharten Helden, als an einen kleinen Jungen, der beim Spielen mit Papis Bandschleifmaschine und Mamis bester Porzellanteekanne erwischt worden war.

»Die Hände in die Taschen«, befahl Jay streng. Innerlich allerdings grinste er dümmlich vor sich hin, als er sich an den Schaden erinnerte, den er selbst verursacht hatte, als Kay ihn zum ersten Mal in diesen Raum gebracht hatte. Im Grunde hatte er genau das Gleiche getan und etwas angerührt, wovon er besser die Finger gelassen hätte, worauf etwas, das wie ein harmloser Spielzeugball aussah, wie ein Querschläger mit hoher Geschwindigkeit seinen zerstörerischen Flug durch die Zentrale angetreten hatte.

So dämlich sehe ich jetzt nicht mehr aus, was?, freute er sich im Stillen. *Jetzt sind wir quitt.*

Er öffnete einen Metallschrank, griff hinein und schnappte sich eine der größten, kompliziertesten und einschüchterndsten Waffen, die je auf dem Planeten Erde gesehen worden waren. »Serie-4-Deatomisator«, erklärte er Kay.

Dieser griff beinahe instinktiv nach der Waffe, nur um festzustellen, dass Jay für ihn etwas Kleineres vorgesehen hatte, viel kleiner und in visueller Hinsicht nicht viel beeindruckender als eine 49-Cent-Wasserpistole. Das Ding besaß nicht einmal einen erkennbaren Lauf, sondern bedrohte die Welt stattdessen mit etwas, das aussah wie ein überdimensionierter Moskitorüssel. Neben diesem niedlichen Zerstörungswerkzeug hätte sich sogar die gute alte Derringer mit dem Perlmuttgriff erhaben ausgemacht, einst im Wilden Westen die Verteidigungswaffe der Wahl für jedes aufgeweckte Saloongirl.

Der Name, den die Außerirdischen, die sie gebaut hatten, dieser Waffe gegeben hatten, war unaussprechlich, weshalb sie innerhalb der Organisation unter der Bezeichnung *Zirpende Grille* bekannt war. »Grille« war angemessen, wenn man sich allein auf die Größe der Waffe bezog, ›zirpend‹ war angesichts ihrer Durchschlagskraft dagegen eine höllische Untertreibung.

»Ihre Dienstwaffe«, verkündete Jay, als er Kay die Grille überreichte. Kay nahm sie entgegen, nur um die zierliche Waffe sogleich geringschätzig zwischen Daumen und Zeigefinger zu halten, als wäre sie ein Kätzchen, das sich ungehöriger Handlungen auf dem guten Aubussonteppich schuldig gemacht hatte.

»Es kommt nicht auf die Größe an«, belehrte ihn Jay. »Sondern darauf, was man mit dem Ding anstellen kann.«

»Dienstwaffe«, wiederholte Kay, offensichtlich nicht überzeugt.

Jay schaltete seinen Charme ein. »Würde Ihr vorgesetzter Offizier Sie belügen?«

»Ich habe mal Anweisungen von Ihnen befolgt?« Kays Stimme klang zweifelnd, zynisch und ungläubig.

»Ich habe Ihnen alles beigebracht, was Sie wissen, Sportsfreund«, sagte Jay mit einem strahlenden Lächeln. Schön, das entsprach nicht ganz der Wahrheit; na und? Das hier war seine ganz persönliche Revanche dafür, dass er durch Kays Rückkehr draußen in der Haupthalle anscheinend unsichtbar geworden war. Kleinlich, sicher, doch es war harmlos, und es tat verdammt gut!

»Können wir jetzt endlich weiter?«, fragte Kay gereizt.

»Nicht in dieser Jungpfadfinderuniform«, entgegnete Jay mit einem langen Blick auf Kays Postbeamten-Dienstkleidung. *Mann*, hatte der Kerl komische Knie!

Wird schön sein, dich wieder in deinen üblichen Klamotten zu sehen, Kay, dachte er. *Und noch besser, wenn du erst deneuralisiert bist.*

Laut sagte er: »Kommen Sie mit.«

Ein großer Teil der Haupthalle der MIB-Zentrale war der Zollabfertigung vorbehalten. Sie unterschied sich kaum von ihren Schwesterbehörden der Regierung, deren Zollabfertigungen auf jedem Internationalen Flughafen und an sämtlichen Grenzen und Überseehäfen zu finden waren. Hier mussten sich alle ankommenden Aliens dem gleichen Brimborium unterziehen wie jeder Erdling, der die Landesgrenze überschreiten wollte, ob er nun eine Geschäfts- oder Vergnügungsreise unternahm, um Asyl bitten wollte oder schlicht auf ein besseres Leben im Land der unbegrenzten Möglichkeiten hoffte.

Die Ankunftshalle war jedoch ganz sicher kein kahles, hallendes Lagerhaus für die Massenabfertigung von Immigranten im Stil von Ellis Island. Die Zeiten ändern sich, auch wenn die Bürokratie dabei nicht mitmacht.

Die Bedürfnisse der neuen Erdenbesucher wurden nicht ignoriert, ob es nun um Nahrung, Kleidung oder ein schickes neues Mobiltelefon ging. Auf der Seite der Halle, die dem Abfertigungsbereich gegenüberlag, gab es einen Burger King, einen Duty Free-Shop und einen »I ♥ New York«-Laden. Warum auch nicht? Schließlich konnten die Men in Black die Neulinge genauso gut gleich vor Ort an die wundervolle Welt der Konsumgesellschaft gewöhnen. Außerdem hatten einige der anreisenden Aliens Kinder bei sich, und es ist eine universal anerkannte Wahrheit, dass man wimmernden Nachwuchs am besten dazu bringen kann, still sitzen zu bleiben und die Klappe zu halten, indem man ihm etwas zu essen oder zum Spielen gab.

Ob der Besuch auf der Erde ganz ungezwungene Gründe hatte oder hohen Idealen diente, eines blieb immer gleich: Warteschlange aussuchen, ruhig stehen bleiben und warten, bis man an der Reihe ist. Ach ja, und beten, dass was-oder-wer-auch-immer hinter einem steht, nicht (a) ein Feind, (b) ungeduldig und/oder (c) hungrig ist.

Sollte Möglichkeit (c) sowohl wahrscheinlich als auch bedrohlich real erscheinen, so war es das Beste, die Kreatur, die *vor* einem in der Schlange stand, zu bitten, einem den Platz freizuhalten. Derweil konnte man losgehen und allen ein paar Whopper spendieren, mit Extra-Käse, versteht sich.

Die Agenten, die in der Zollabfertigung arbeiteten, waren das unbesungene Fußvolk der Men in Black, die pflichtversessenen, emsigen Datenfresser der Organisation. Wenn sie Glück hatten, lief alles mehr oder weniger nach den Richtlinien ab: nächste Kreatur aufrufen, ihm/ihr/ihnen ein paar Fragen stellen, Dokumente prüfen – Pass, Arbeitserlaubnis, die ganze Palette –, und schon war alles erledigt.

Diese Agenten hörten sich an, wie Kreaturen, die aussahen wie das Resultats eines One-Night-Stands von David Bowie mit einem gigantischen Wellensittich, sich darüber beklagten, dass sie auf ihrem neuen Passfoto irgendwie *katzenartig* aussähen. Sie versicherten aufgebrachten Immigranten, die sich beschwerten, der Geldautomat hätte ihre Karte gefressen, dass es schlimmer hätte kommen können: Der Typ, der den Geldautomaten reparierte, hätte *sie* fressen können. Sie befriedeten kleinere Scharmützel und erstickten Buschfeuer im Ansatz.

Irgendwann gingen sie dann in den wohl verdienten und gut bezahlten Ruhestand. Es machte ihnen nichts aus, dass sie keine aufregenden Einsätze erlebten, von denen sie zu Hause Frau und Kindern erzählen konnten, denn sie hatten weder Frau noch Kinder. Und sollten sie es fertig bringen, noch eine Familie aufzubauen, nachdem sie aus der Organisation ausgeschieden waren – kein Problem. Neuralisierte Rentner brauchten keine Geschichten, sie konnten genauso gut angeben wie jeder andere Durchschnittsbürger auch.

An diesem speziellen Tag war die Schlange der Immigranten und Touristen ordnungsgemäß in Bewegung, als eine attraktive Frau in schwarzem Leder an die Reihe kam und zum

Tresen gewunken wurde. Nach irdischen Maßstäben sah sie ziemlich normal aus, obwohl ein Pedant sicher darauf bestanden hätte, dass sie nach irdischen Maßstäben einfach toll aussah. Sogar mit dem gewaltigen Bissen Hamburger im Mund war sie noch bezaubernd. Nun, je länger die Schlange vor der Zollabfertigung wird, desto besser läuft das Geschäft bei Burger King.

Begleitet wurde sie von einer schmuddeligen Gestalt, die man im weitesten Sinne als humanoid bezeichnen konnte, wenngleich die irdischen Maßstäbe hier keine Anwendung fanden, zumindest, solange sich der Typ nicht mit einem einzigen Kopf zufrieden gab.

Der Agent hinter dem Tresen blickte kaum auf, als sich die kleine Reisegesellschaft vor ihm aufbaute. Er hatte diese stets gleich bleibenden Formalitäten heute schon hundertmal hinter sich gebracht, womit ihm bis zu seinem Feierabend noch weitere hundertmal bevorstanden, höchstens. Eigentlich standen ihm eine Kaffeepause und eine Mittagspause zu, aber irgendjemand hatte Mist gebaut und vergessen, seine Ablösung reinzuschicken. Was vermutlich ganz gut so war, denn derselbe Verwaltungstrottel hatte auch seine Toilettenpause vergessen.

»Name und Herkunftsplanet?«, fragte er automatisch.

Die Dame schluckte einen Mund voll Hamburger und fixierte ihn mit einem durchdringenden Blick. »Serleena Xath«, sagte sie, und ihre Stimme klang rauchiger als jene legendären Hinterzimmer am sechzigsten Tag einer wochenlangen politischen Tagung. »Planet Jorn. Kylothianisches System.«

Vorschriftsgemäß gab der Agent die Informationen in seinen Computer ein. Serleenas verführerischer Tonfall hatte auf ihn ebenso wenig Wirkung wie ihre glühenden Augen. Die Dienstordnung der Men in Black verbot ausdrücklich jegliche Verbrüderung mit Außerirdischen, was hieß, dass dieser

Sachbearbeiter entweder loyal war und den erlernten Maßstäben buchstabengetreu Folge leistete, oder im Zuge seiner Arbeit in der bürokratischen Unterwelt all seine natürlichen menschlichen Reaktionen eingebüßt hatte.

»Haben Sie Obst oder Gemüse bei sich?«, fragte er.

»Ja«, antwortete Serleena, die sich prächtig amüsierte, obwohl es ihr nicht gelungen war, den Agenten mit ihren weiblichen Tricks einzuwickeln. »Zwei Kohlköpfe.« Sie deutete auf Scrad und Charlie.

Auch dieser Scherz vermochte den überarbeiteten Agenten nicht aus der Reserve zu locken. So etwas hatte er sich schon viel zu oft angehört. Was zur Hölle war nur mit einigen dieser Aliens los, dass sie sich, kaum hatten sie einen Fuß auf die Erde gesetzt, gleich für Jerry Seinfeld halten mussten? Gut, wenigstens hatte Jerry selbst den Anstand besessen, nach seiner Ankunft sechs Monate zu warten, ehe er beschlossen hatte, sich als Stand-up Comedian zu versuchen. Aber er hatte nie versucht, seinen so genannten Humor einem hilflosen Zollagenten aufzudrängen, nein, Sir. Ja, das hatte Klasse.

»Grund Ihres Besuches?«

»Bildung«, gurrte Serleena und legte noch ein wenig mehr Hitze in ihre Stimme. »Ich möchte eine Ausbildung zum Unterwäschemodel machen.«

Endlich blickte der Agent auf. Das klang in der Tat interessant.

Und siehe, da war schwarze Spitze. Und siehe, da war ein tiefes Dekolleté.

Offensichtlich hatte der Immigrationssachbearbeiter im Zuge der Ausbildung bei den MIB doch nicht alle menschlichen Grundbedürfnisse aufgegeben. Sicher, er kannte die Regeln, er hatte sie auswendig gelernt, und er wusste genau, dass er sich grundsätzlich und ausnahmslos professionell zu verhalten hatte, denn immerhin gehörte er zu den Besten der Besten. Aber er war auch ein Mensch.

Seine Augen traten aus den Höhlen, sein Unterkiefer sackte herab, und er nahm angesichts der Pracht von Serleenas halb entblößten Aktivposten die Originalhaltung eines Rehs ein, das wie betäubt im Scheinwerferlicht verharrt.

Er war nicht der Einzige. Die Men in Black waren stolz auf ihre Teamfähigkeit, und diese Gelegenheit stellte keine Ausnahme dar. Der Anblick von Serleenas vollkommenem Körper in der besten und dürftigsten Wäsche, die *Victoria's Secret* zu bieten hatte, gekrönt durch ein paar handgefertigte Ergänzungen aus Leder, erregte die ungeteilte Aufmerksamkeit jedes einzelnen Zollagenten im Abfertigungsbereich. Ihr Busen übte auf sämtliche verfügbaren männlichen Augäpfel die Anziehungskraft eines Schwarzen Loches aus. Rückenwirbel krachten hörbar, während die eine oder andere Kinnlade wie ein Sack Mehl auf den Boden zu klatschen schien.

Das war der Augenblick, in dem Scrad und Charlie Phase Zwei initiierten.

Der zweiköpfige Außerirdische brach geräuschvoll zusammen. Charlie verdrehte dramatisch die Augen, während ein jämmerlich gequälter Scrad brüllte: »Hilfe! Hilfe! Ein Herzanfall!« Er verdrehte seinen Kopf in dem Versuch, Leben in Charlies Mund zu blasen, während er sich gleichzeitig rhythmisch auf die eigene Brust schlug und sich so seine ganz eigene, abscheuliche Art der Herzmassage verpasste.

»Kratz mir bloß nicht ab, Mann!«, wimmerte er. »Komm schon, du verdammter Drecksack, tu das nicht! Nicht sterben! Verdammt, kann uns denn nicht endlich jemand helfen?«

Die wenigen MIB-Agenten, die nicht voll und ganz Serleenas prachtvollem Busen erlegen waren, eilten herbei, um erste Hilfe zu leisten. Darauf hatte sie nur gewartet.

Wie die verzauberten Rosen in Dornröschen sprossen neurale Wurzeln aus Serleenas Händen hervor, wuchsen mit sagenhafter Geschwindigkeit, rollten sich auf und bildeten unzählige graue, schlangendicke Stränge, die sich gleich darauf um die Leiber sämtlicher MIB-Agenten in ihrer Umgebung wanden. Die Wurzeln wurden zu unentrinnbaren Fesseln, dann zu einem undurchdringlichen Dickicht, das die Besten der Besten auf Erden festhielt wie Fliegen in einem Spinnennetz.

Serleena warf den Kopf zurück und lachte, ein gekünsteltes, melodramatisches, übertrieben schurkisches Lachen bösartigen Triumphs, aber bei Gott, sie hatte es verdient.

In der Zwischenzeit machte Jay seinen Partner in einem Raum, dessen gewölbte Glaswände an das größte Goldfischglas der Welt gemahnten, mit einem handlichen kleinen Gerät bekannt, das in keinem ordentlichen Haushalt fehlen sollte.

»Deneuralisator«, sagte er und deutete auf die fremdartige Maschine, die den größten Teil des Fußbodens in dem gigantischen Goldfischglas einnahm.

Kay betrachtete das Gerät gleichmütig. Er war von seiner U.S.-Postal-Service-Uniform befreit worden und trug jetzt die gleiche klassisch schwarze Kleidung wie sein ehemaliger Partner. Jetzt fehlte nur noch eine Ray-Ban.

Nicht dass Kay eine Sonnenbrille brauchte, um cool auszusehen. Das tat er von Natur aus. Jay wusste das, und es nervte ihn. Klar, er war froh, dass sein alter Freund wieder da war, und er war überzeugt, auch Kay würde froh darüber sein, wenn er erst den Deneuralisator über sich hatte ergehen lassen. Trotzdem: Woher nahm der Typ seine Gelassenheit? Gab es denn gar nichts, das ihn irgendwie beeindrucken konnte? Konnte irgendjemand so knallhart sein – und das so mühelos?

Aber wenn jemand die Coolness gefressen hatte, sie bezahlt, mit seinem Monogramm versehen und in Geschenkpapier verpackt hatte, dann, so dachte Jay, war er das. Und er wusste auch, dass er, wollte er Anspruch auf diese Coolness erheben, irgendetwas finden musste, das selbst Kay aus der

Fassung brachte, oder er hatte verloren, Spiel, Satz und Sieg, und der alte Knabe kassierte die Lorbeeren.

Jay wusste nicht einmal, was man mit Lorbeeren machen konnte, aber er hoffte, Kay mit diesem Stück neuer Alien-Technologie beeindrucken zu können, das ihm hier im wahrsten Sinne des Wortes zu Füßen lag.

»In wenigen Augenblicken wird transversale magnetische Energie durch Ihr Gehirn strömen und die Informationen hervorlocken, die darin verborgen schlummern und der Schlüssel zum Überleben der Erde sein könnten.« Er hörte sich an wie einer dieser verrückten Wissenschaftler in einem 50er Jahre Sci-Fi-Streifen, der versuchte, die Funktionsweise seines atomaren Eintopfgerichts zu erklären, aber Übertreibung schien genau das Richtige zu sein: Kay strich mit dem Zeigefinger über die juckende Innenseite seines Kragens.

»Ach ...«, sagte er, wobei er ganz offensichtlich nicht zuhörte.

»Okay, was ist das da für ein Ding?«, fragte Jay und zeigte auf den Deneuralisator.

In der Haupthalle war Serleenas Triumph vollkommen. Sie hatte jeden einzelnen Agenten an allen vieren gefesselt, so dass sie alle machtlos in dem Durcheinander neuraler Wurzeln hingen. Während Scrad/Charlie ihre Anführerin und ihr Werk bewundernd anstarrten, beäugte sie die wenigen Mitleiderregenden Hände und Füße ihrer Gefangenen, die aus dem Gewühl hervorragten.

»Idiotischer Planet«, stellte sie verächtlich fest. »Um hier zu herrschen, ist nichts weiter nötig als die richtigen Milchdrüsen.«

Charlie nickte und sagte zu Scrad: »Britney Spears.« Er erhielt keine Widerworte.

Serleena ging hinaus und feilte sich die Fingernägel, um jeglichen Schaden zu beseitigen, den das Austreiben der schweren Neuralwurzeln an ihrer Maniküre hinterlassen hatte. Scrad/Charlie trotteten so folgsam hinter ihr her wie Marys – in diesem Fall zweiköpfiges – kleines Lamm aus dem Kinderlied.

Stille blieb in der Halle zurück. Keiner der Anwesenden rührte sich. Eher würde sich das halb obduzierte tote Alien bewegen als einer der Agenten, die Serleena in ihr Netz verwickelt hatte.

Dann bewegte sich das Alien tatsächlich.

Es war nur eine kaum wahrnehmbare Regung, doch sie war echt und hatte ihren Ursprung unterhalb des gummiartigen Körpers.

Kaum war er sicher, dass die Luft rein war, steckte Frank seinen Kopf aus seiner kalten, toten Deckung hervor und sah sich mit einer Armesündermiene in der Halle um. »O Mann!«

Womit so ziemlich alles gesagt wäre.

Ohne etwas von der gewaltsamen Übernahme zu ahnen, bereiteten Jay und Kay den Deneuralisator vor. Nachdem Jay seinen Patienten angeschlossen hatte, trat er an die Computertastatur und gab die einleitenden Informationen ein, die zur Wiederherstellung von Kays Erinnerungen notwendig waren.

»Alles klar?«, fragte er, als er fertig war.

»Sind Sie sicher, dass dieses komische Ding mir meine Erinnerungen zurückbringt?«, fragte Kay in einem Ton, der darauf schließen ließ, dass er das erst glauben würde, wenn er es sehen würde, und selbst dann lege er noch Wert auf ein paar beeidigte Aussagen von Zeitzeugen.

»Ja, wenn sie nicht bereits Ihrem fortgeschrittenen Alter zum Opfer gefallen sind«, konterte Jay. Kay öffnete den Mund, bereit, eine passende Antwort abzufeuern, aber Jay nutzte die Gelegenheit, um ihm das Mundstück zwischen die Zähne zu schieben, noch ehe er einen Ton herausgebracht hatte.

Jay schaltete seinen Kommunikator ein: »Zed, wir sind bereit.« Er erhielt keine Antwort. »Zed?« Stille.

Unerwartete Stille auf Zeds Seite war *kein* gutes Zeichen.

Es gab eine Erklärung für Zeds Schweigen, auch wenn Jay davon noch nichts wissen konnte. Kay war nicht der Einzige, der derzeit kaum zu Wort kam. Zed befand sich in seinem Büro in einer ähnlichen Lage, auch wenn sein Problem nichts mit dem Mundstück eines Deneuralisators zu tun hatte. Ihm wurde lediglich von einem besonders schönen und verdammt wütenden Alien die Luft abgedrückt.

Doch selbst als seine Füße vom Boden abhoben und Serleenas Hand seine Kehle wie ein Schraubstock umklammerte, zeigte Zed, aus welchem Holz er geschnitzt war, und krächzte: »Serleena, bitte …«

Sie schleuderte ihn zu Boden wie ein gebrauchtes Papiertaschentuch. »Fünfundzwanzig Jahre, Zed«, fauchte sie. Die Augen über der perfekt geformten Nase blickten verächtlich auf ihn herab. »Schön, dass du dich an mich erinnerst.«

»Schönheit bleibt mir stets unvergesslich – welcher Art auch immer«, konterte Zed trocken. Dann tastete er unter seinen Schreibtisch, als suche er nach etwas, was ihm helfen würde, wieder auf die Beine zu kommen. Tatsächlich griff er nach einer der etwa fünfzig leuchtend roten Paniktasten. Er brauchte nicht hinzusehen, um zu wissen, dass er die richtige erwischt hatte: Sein Finger senkte sich zielstrebig auf die Taste mit der Aufschrift: DENEURALISATIONSRAUM.

Immer alles an seinem Platz, sogar die Alarmknöpfe für den Notfall; so war Zed nun einmal.

Ein lautes Hupen hallte durch den Deneuralisatorraum, gefolgt vom Heulen einer Sirene. Jays Kopf ruckte herum, als die Glastür ins Schloss fiel und ihn und Kay im Zimmer mit den durchsichtigen, runden Wänden einschloss.

»Alarm«, schnappte Jay angespannt. Hastig befreite er Kay aus dem Deneuralisator. »Wir sind feuersicher abgeschottet und werden rausgespült.«

»Gespült?«, wiederholte sein ehemaliger Partner misstrauisch.

»Gespült«, bestätigte Jay.

»Erklärung!«, kommandierte Kay.

»Schon mal auf einer Wasserrutsche gewesen?« Jay verschränkte die Arme vor der Brust und bedachte Kay mit einem Blick, der ihn auffordern sollte, seinem Beispiel zu folgen.

Sein Partner ahmte Jays Haltung instinktiv nach, verlangte jedoch immer noch beharrlich: »Erklä ...«

Dies war ein verdammt schlechter Tag für Kay, wenn es darum ging, zu Wort zu kommen. Noch ehe er die letzte Silbe über die Lippen gebracht hatte, öffnete sich der Boden unter ihren Füßen, wurde zu einem gewaltigen Abfluss, während sich von oben gewaltige Ströme leuchtend blauen Wassers in den gläsernen Raum ergossen und die beiden Männer mit unwiderstehlicher Kraft mit sich rissen. Mit brutaler Gewalt wurden Jay und Kay zweimal durch den runden Raum gewirbelt, bevor ...

Als Jay gesagt hatte, sie würden rausgespült, hatte er sich durchaus präzise ausgedrückt.

Mit irrsinniger Geschwindigkeit schossen sie den Abfluss hinunter, während sich über ihnen der Boden des Raumes wieder schloss. Schreiend krachten sie auf ihrer Wildwasserfahrt gegen die gläsernen Wände des Abflussrohres. Als sie richtig auf Touren kamen, schienen sich ihre Körper in menschliche Torpedos zu verwandeln, die das Notfallevakuierungssystem kreiselnd durch seine Rohrleitungen jagte.

Kays Gesicht verwandelte sich in eine grotesk verzerrte Maske seiner selbst, dennoch gelang es ihm, den letzten Laut von sich zu geben, den er in dem Deneuralisationsraum hatte aussprechen wollen:

»… ruuuuuuuung!«

Jay wusste nicht recht, ob er den Burschen für seine Beharrlichkeit in einer Notfallsituation bewundern oder lieber ohrfeigen sollte, weil er so stur war wie ein Maultier.

Innerlich stimmte er für die Maultiervariante. Dann schrie er noch ein bisschen.

Der Times Square bildet das Herz des Great White Way, dem Zentrum des Theaterviertels, dem Dreh- und Angelpunkt der Stadt. Hier kann man auch heute noch die Neuigkeiten der ganzen Welt in Laufschriften verfolgen, die jenes berühmte Gebäude umkreisen, vor dem jedes Jahr am Silvesterabend die Post abgeht, oder sich über den Wert seiner Investitionen auf dem Laufenden halten, indem man einen raschen Blick auf das riesige LED-Display am NASDAQ MarketSite-Tower wirft.

Die Gebäude, die den Times Square flankieren, bilden Mauern aus blitzendem, glitzerndem, schillerndem Neonlicht, die samt und sonders der Produktwerbung dienen. Dieses Gebiet ist berühmt für seine gewaltigen Reklametafeln, dort, wo in vergangenen Jahrzehnten Rauchkringel aus den Mündern von Giganten aufstiegen, die sich an dieser coolen, erquickenden Zigarette erfreuten, bevor die Warnung des Gesundheitsministers in Kraft trat. Wo auch immer Sie hinsehen, man drückt Ihnen die Werbung direkt aufs Auge. Selbst auf dem Bürgersteig unter Ihren Füßen finden Sie allerlei Botschaften, die Sie auffordern, hierhin oder dorthin zu gehen und Ihre Kohle auf den Tisch zu legen, sobald Sie angekommen sind.

Dies ist außerdem ein Ort, wo, wenn Sie lange genug dort rumhängen, die ganze Welt im Eilschritt an Ihnen vorüberzieht, unzählige Menschen, alle mit ihren eigenen Angelegenheiten beschäftigt oder von all den schönen bunten Lichtern benebelt. Vermutlich nehmen sie Sie gar nicht wahr.

Die Polizei schon. Es war noch gar nicht lange her, dass der Times Square ein Synonym für den Sittenverfall war. Die liebenswerten Halunken aus den Kurzgeschichten von Damon Runyon waren weit weniger romantischem Gesindel gewichen, Horn&Hardart-Fressautomaten hatten samt Sitzbereichen den Peepshows und Erwachsenen-Kinos Platz gemacht.

Und dann, als es schien, keine Flasche mit Bleiche könnte groß genug sein, all die Flecken vom Great White Way zu waschen, wurde der Times Square aufgeräumt und in einen touristenfreundlichen Themenpark umgewandelt, und die Polizei patrouilliert zu jeder Tages- und Nachtstunde und sorgt dafür, dass sich der neue Glanz nicht gleich wieder abnutzt, wenigstens nicht allzu sehr.

An der Ecke 44. Straße West und Broadway standen zwei große Stahltanks. Beide trugen die Aufschrift: STICKSTOFF, und beide hatten unzählige Doppelgänger an anderen Straßenecken überall in der Stadt. Nur ein ganz gewöhnlicher Bestandteil einer urbanen Landschaft, ein visuelles Äquivalent zu Hintergrundgeräuschen oder -musik. Tausende von Menschen liefen zu Tausenden von Zeiten jeden Tag daran vorbei, und niemand schenkte den Tanks Beachtung, genauso wenig, wie man beim Überqueren der Straße einen Bordstein zur Kenntnis nehmen würde.

Und sollte doch jemand auf die Tanks aufmerksam werden, so würde er sie vermutlich keines zweiten Blickes würdigen. Stickstoff? Was zum Henker weiß der Durchschnittsbürger über Stickstoff? Besonders der New Yorker Durchschnittsbürger.

Diese Stickstofftanks jedoch ... Nun, diese Tanks waren etwas Besonderes.

Dämmerung senkte sich über die Stadt und über die Ecke 44. und Broadway, als sich ein Paar identischer Türen öffneten, die nahtlos in die Außenwände jener beiden speziellen Tanks eingearbeitet waren. Und dort standen Jay und Kay, klatschnass vom Scheitel bis zur Sohle. Auch die aufregendste Wildwasserfahrt musste irgendwann einmal enden, und hier war Endstation.

Gemeinsam betraten sie den Bürgersteig, auf dem die Fußgänger an ihnen vorbeirauschten, unterwegs zu einem ganz bestimmten Ort, zu einer ganz bestimmten Person oder einem ganz bestimmten Feierabenddrink.

New York … man muss es einfach lieben.

Es heißt, während der schlimmsten Tage der spanischen Inquisition wäre ein großer Gelehrter in den Verdacht geraten, ein Ketzer zu sein. Die Häscher ergriffen ihn, als er gerade eine Vorlesung vor seinen Schülern hielt; sie brachten ihn fort, um ihn dem hochnotpeinlichen Verhör zu unterziehen. Er wurde im Kerker der Inquisition gefangen gehalten, doch trotz aller Mühe gelang es seinen Peinigern nicht, sich ein Todesurteil aus den Fingern zu saugen, und so kam er nach drei Jahren oder so wieder frei.

Worauf er zurück zu seiner Universität ging, sich vor seinen Studenten aufbaute und in lateinischer Sprache sagte: »Wie wir bereits neulich besprochen haben …«, als wäre nichts Erwähnenswertes vorgefallen.

Als Jay aus seinem Tank trat, wandte er sich zu Kay um und sagte: »Gespült.« Und hätte er selbst ein wenig Latein beherrscht, so hätte er vielleicht »Q.E.D.« – *quod erat demonstrandum* – hinzugefügt, die altrömische Entsprechung für: »Sag ich doch!«

Doch man brauchte kein Latein zu können, um Kays triefendem Gesicht anzusehen, dass er drauf und dran war, sich nach dem nächsten Bus nach Truro umzuschauen. Jay dachte blitzschnell nach, dann setzte er ein breites Grinsen auf und ließ einen Strom rasend schnellen Geplappers vom Stapel: »Gespült!«, rief er begeistert. »Mann, damals, als Sie noch Agent waren, sind Sie total auf die Spülerei abgefahren.« Ein rascher Blick zeigte Jay, dass Kay ihm das nicht abkaufte, also sattelte er noch drauf. »Echt, jeden Samstagabend war's das Gleiche, ›Spülen Sie mich, Jay! Spülen!‹ Und ich dann immer: ›Nein …‹«

Er verstummte. Die Masche zog einfach nicht. Nun wieder ernst, wandte er sich mit der ganzen Aufrichtigkeit seines Herzens an seinen früheren Partner.

»Sie können mich jetzt nicht hängen lassen, Kay.«

»Ich rette die Welt, und dann erzählen Sie mir, warum ich nachts die Sterne anstarre.« Kay stand immer noch bewegungslos vor seinem Tank. Er rückte seine triefende Krawatte zurecht.

»Cool!« Jay war erleichtert, dass er Kay nicht so schnell wieder verlieren würde, wie er gefürchtet hatte.»Einsteigen«, kommandierte er, zog seinen Schlüsselbund aus der Tasche, an dem der kleine Sender baumelte, und drückte auf einen Knopf.

»Wo einsteigen?«, erkundigte sich Kay.

Der elegante schwarze Mercedes, Jays ganzer Stolz, seine Freude und Egopumpe auf Rädern, kam mit kreischenden Pneus und einem MIB-Agenten am Steuer um die Ecke und hielt genau vor ihnen an. Jay drückte auf einen anderen Knopf, und der Agent schrumpfte zusammen. Eine aufblasbare Puppe tut so etwas, wenn der eingebaute Mechanismus das PVC-Modell wieder in sein Fach in der Lenksäule saugt.

»Gehört das zur Standardausrüstung?«, wollte Kay wissen, als sie in den Wagen stiegen und die Türen zuknallten.

»War mal 'n Schwarzer«, erklärte Jay trocken. »Ist einmal zu oft von den Cops angehalten worden.«

Der Wagen glitt durch die Straßen wie ein Traum, während Jay am Steuer versuchte, Kontakt zu irgendjemandem aufzunehmen, der ihm hätte verraten können, was den feuchten Zwischenfall ausgelöst hatte, und ihm vielleicht eine vage Vorstellung vom Zustand der Zentrale hätte vermitteln können. Er betätigte eine Taste am Lenkrad und befahl: »Computer. Überwachung. MIB.«

Sogleich klappte vor ihnen ein Videodisplay auf, über das eine Reihe wechselnder Bilder flackerte, von denen jedes einen anderen Blickwinkel auf Räumlichkeiten der Men in Black bot.

Es sah nicht gut aus. Serleenas Neuralwurzelbündel hatten die ganze Haupthalle fest im Griff. Die Aliens, die die Zollabfertigung passieren sollten, waren verschwunden, entweder verscheucht, geflohen oder ihrerseits Serleenas Machtübernahme zum Opfer gefallen. Und nirgends regte sich auch nur ein einziger MIB-Agent.

Aber ein paar von uns müssen doch entkommen sein, dachte Jay. *Ein paar von uns müssen da rausgekommen sein. Wer auch immer das getan hat, war gut, aber nicht so gut wie wir. Unmöglich.*

Ehe ihr es euch verseht, sind wir in Runde zwei, und dann wird abgerechnet, Baby.

Seine Finger spannten sich um das Lenkrad. »Die Zentrale ist vollständig abgeriegelt«, war alles, was er sagte.

Plötzlich erregte etwas in einem der wechselnden Bilder seine Aufmerksamkeit. »Computer«, sagte er, und seine Ungeduld schimmerte durch die Tünche kühler Professionalität. »Kamera sechs vergrößern.«

Der Computer gehorchte, und der Rollwagen mit dem toten Alien füllte den kleinen Bildschirm aus. Leider beschränkte sich der Kadaver, was »Auspacken« betraf, anstelle wertvoller Informationen auf seine Gedärme.

Dann traf ihn die Erkenntnis wie ein Faustschlag, und Jay drückte auf einen Knopf, der einen Sprechkanal öffnete. Irgendwo im Inneren des unglücklichen Außerirdischen war ein Geräusch zu vernehmen, leise, aber klar und deutlich und definitiv nicht die akustische Begleitung entweichenden Gases.

Frank der Mops streckte die Schnauze aus den Eingeweiden des Aliens hervor wie ein schwachsinniger Präriehund; auf seinem Kopf saß ein Funkkopfhörer samt Mikrofon. »Jay?«, flüsterte er ängstlich. »Wo sind Sie, Partner?«

»Rausgespült.«

»MIB-Code 101«, berichtete Frank.

»Wer war das?«

Frank wühlte sich etwas weiter aus dem Kadaver heraus, um sich nach Serleena umzusehen. Sie war weit von dem Rollwagen entfernt; es bestand kaum Gefahr, dass sie ihr Gespräch mit anhören könnte. »So eine Puppe in Leder«, antwortete der Mops. »Ich glaube, ich habe sie schon mal in einem Katalog von *Victoria's Secret* gesehen.«

»Bleiben Sie, wo Sie sind«, befahl Jay. »Ich melde mich wieder.« Dann brach er die Verbindung ab.

Frank verschwand wieder im Gedärm des toten Außerirdischen und murrte: »Bleiben Sie, wo Sie sind. Ich melde mich wieder.« Er klang ebenso empört wie resigniert.

Im Wagen studierte Kay ein glänzendes Stück Papier. »Was können Sie damit anfangen?«, fragte er Jay. »Das habe ich in der Tasche meines Anzugs gefunden.«

Ein Foto. Einen Moment lang fragte sich Jay, wie es wohl dort hingekommen war. Dann wurde ihm klar, dass so ein Anzug sicher verwahrt und gewiss nicht an einen anderen Agenten weitergegeben werden würde, wenn eine Legende wie Kay die Organisation verließ. Das war etwa so wie mit den Trikots berühmter Sportskanonen, nur haben Trikots keine Taschen.

Kays Anzug war liebevoll in dem Zustand erhalten geblieben, in dem er sich befunden hatte, als er ihn zum scheinbar letzten Mal abgelegt hatte. Gemäß der natürlichen Ordnung der Welt hatte niemand damit gerechnet, dass er je zurückkäme, um ihn erneut anzuziehen.

Als er dann doch wieder in der Zentrale aufgetaucht war

und Jay ein Anforderungsformular für einen Anzug für ihn eingereicht hatte, hatte ihm der zuständige Agent schlicht und einfach Kays eigenen alten Anzug herausgesucht.

Das Foto zeigte einen sehr viel jüngeren Kay, der lächelnd auf etwas deutete, auch wenn es unmöglich war festzustellen, was dieses Etwas war. Der Hintergrund des Bildes war leicht verschwommen.

»Verrückt«, bemerkte Kay.

»Ja«, stimmte Jay zu. »Sie lächeln.«

Kay wechselte das Thema. »Dieser Deneuralisator«, sagte er. »Gibt es nur einen davon?«

»Offiziell ja«, gestand Jay. »Aber vor ein paar Jahren sind die Baupläne durchgesickert und im Internet aufgetaucht. Zed sagt immer, die Chancen stünden gut, dass irgendein Kind das Ding in seinem Kinderzimmer nachgebaut hat.«

»Also?«

»Computer«, sagte Jay. »Internet.«

Die vertraute AOL-Startseite tauchte auf dem Videoschirm des Mercedes auf, und eine Stimme, deren sanftes, freundliches Timbre Millionen von U.S.-Bürgern vertraut war, verkündete: »Willkommen ...«

Jay drückte einen anderen Knopf. Ihm war egal, ob er Post bekommen hatte. Jedenfalls im Moment. Die Webseite von E-Bay baute sich auf, und er tippte mit fliegenden Fingern das Wort DENEURALISATOR in die Suchmaske.

Kay folgte den Vorgängen skeptischen Blickes. »Und Sie glauben tatsächlich, Sie finden ...«, setzte er an.

»Schon gefunden«, sagte Jay.

Hatte er. Keine Frage. Die Webseite lieferte folgende Information:

GEFUNDEN WURDEN 1 ARTIKEL UNTER DEM SUCHBEGRIFF ›DENEURALISATOR‹.

Jay klickte den Eintrag an und las: NIE BENUTZT. MINDESTGEBOT $200.000 ODER TAUSCH GEGEN NEUEN BMW Z8.

Jay scrollte weiter, um den Namen des Verkäufers in Erfahrung zu bringen, mit dem sie es zu tun bekommen würden. Als er ihn gefunden hatte, lächelte er.

»Perfekt«, sagte er. »Ein alter Freund.«

Ein geisterhafter Lichtschein erhellte das Innere des Mercedes, während die Daten des Verkäufers den Bildschirm füllten:

JACKJEEBS@AOL.COM

Perfekt.

KAPITEL 11

In einem Punkt sind sich alle wirklich erfolgreichen Eroberer der Geschichte einig: Den Fuß auf einen Fetzen Land zu setzen ist relativ einfach. Die Eroberung zu sichern und die eigene Position zu festigen – das ist der schwierige Teil.

Die mazedonischen Griechen unter Alexander dem Großen unterjochten ein gewaltiges Reich, das ihnen bald darauf wieder entglitt. Die Römer unter Julius Cäsar überrannten ein noch größeres Reich und waren imstande, es Jahrhunderte lang unter Kontrolle zu halten – Jahrtausende, wenn Sie die vielen hilflosen Schulkinder mitzählen, die im Laufe der Zeit gezwungen worden sind, Latein zu lernen. Das lehrt uns drei Dinge.

Erstens: Wir alle sollten dankbar für den Verlauf sein, den die Geschichte genommen hat, weil Dinge wie *Q.E.D., sub rosa, Nova* und *E Pluribus Unum* auf Latein viel einfacher auszusprechen sind als auf Griechisch.

Zweitens: Jeder kann eine Schlacht gewinnen, aber nur, wer planvoll vorgeht, gewinnt den Krieg. Deshalb hat der Salat »Alexander« es auch nicht auf die Karten besserer Restaurants allerorten geschafft, mit oder ohne Anchovis.

Drittens: Wenn es um die Frage ging, wie man seine Macht

sichern sollte, hätten sowohl Alexander als auch Julius noch eine Menge von Serleena lernen können.

Serleena hatte ein Ziel, Serleena hatte einen Plan, und Serleena hatte die MIB-Zentrale fester verschnürt als das Hinterteil einer wohl gefüllten Ente. Sobald sie sicher war, dass sie die Lage im Griff hatte, schickte sie ihre/n Gefolgsmann/männer auf die Suche nach jenem einen Individuum, welches die Information besaß, die sie brauchte.

Mit anderen Worten: Findet Kay.

Schäumend vor Zorn und Enttäuschung wanderte sie durch die Korridore. Ihre eigene Suche war ergebnislos geblieben, und das machte sie wütend. Sie wusste, dass sie besonders gut aussah, wenn sie wütend war, doch da sie Schönheit nur als eine weitere Waffe in ihrem umfangreichen Arsenal betrachtete, hätte ihre physische Anziehungskraft sie in diesem Augenblick kaum weniger interessieren können.

Sie konnte nur hoffen, dass Scrad/Charlie in dem ihnen zugewiesenen Teil des Gebäudes mehr Erfolg bei der Jagd nach dem schwer fassbaren Kay hatten, denn sollten sie ebenfalls unverrichteter Dinge zurückkehren …

Die Vorstellung, was sie ihnen antun könnte und würde, erfüllte ihr virtuelles Herzersatzorgan mit einer bösartigen Vorfreude, die beinahe stark genug war, ihre Stimmung zu heben. Erregt beschleunigte sie ihre Schritte, begierig sich entweder im Erfolg zu baden oder die Gelegenheit wahrzunehmen, eine Menge höchst kreativer Foltermethoden zum Einsatz zu bringen.

Gleich an der nächsten Ecke wäre sie beinahe mit Scrad/Charlie zusammengestoßen, die ihr mit der gleichen Geschwindigkeit entgegeneilten.

»Alle gefangenen Aliens sind frei und bewaffnet«, berichtete Scrad.

Kleine Fische in Serleenas Augen.

»Habt ihr Kay gefunden?«, fragte sie gereizt.

»Neuralisiert«, meldete Scrad.

»Nicht aktiv«, fügte Charlie hinzu. »Zivilist.«

»*Was?*« Diese Enthüllung brachte selbst Serleena aus der Fassung, und sie sah gar nicht erfreut aus. Wie Scrad/Charlie nur allzu gut wussten, pflegte Serleena, wenn sie unzufrieden war, dafür zu sorgen, dass auch in ihrer weiteren Umgebung niemand zufrieden sein konnte. Oder am Leben.

Hastig spuckten die zwei Köpfe wie in einem Pingpongspiel weitere Informationen aus, in der verzweifelten Hoffnung, Serleenas gute Seite wecken zu können.

»Aber er war ...«

»... hier.«

»Um sich ...«

»... deneuralisieren zu lassen.«

»Deneuralisieren?«, wiederholte Serleena. Leider war es schwer zu sagen, wie sie diese Nachricht aufnahm.

»Erinnerung im Eimer«, sagte Scrad hastig. »Ausgelöscht. Aber wir finden ihn.«

»Steck uns nichts in die Ohren«, bettelte Charlie, der es nicht lassen konnte, die Dinge auf den Punkt zu bringen.

Scrad brachte ihn zum Schweigen, fest entschlossen, Serleenas Aufmerksamkeit auf das zu lenken, was er/sie geleistet hatten, statt auf das, was sie bisher nicht geschafft hatten. Also bemühte er sich, ihr Interesse an den befreiten Gefangenen zu wecken, die auf ihre Inspektion warteten.

Das Motto der Men in Black – offiziell oder inoffiziell – lautete von jeher: *Rettet die Erde vor dem Abschaum des Universums.* So zumindest stand es im Internet. Und diese Aliens waren der Inbegriff des Abschaums.

Serleena stolzierte an der Reihe soeben befreiter Gefangener entlang wie General George S. Patton bei der Truppenparade, oder genauer wie Lee Marvin bei der Begutachtung der verschiedenen Sadisten, Kriminellen und Idioten in dem Film *Das dreckige Dutzend.*

Ihr gefiel, was sie sah.

»Gefangene der MIB«, sagte sie langsam und nachdenklich, nicht ohne den Augenblick ausgiebig zu genießen. »Der Abschaum des Universums. Nun, dann ist jetzt wohl der Abschaum am Zug. Mir läuft die Zeit davon, also werde ich mich kurz fassen: Wer mir Kay bringt, bekommt die Erde.«

Ein ganz einfaches Geschäft; unkompliziert und überaus verlockend für die frisch gemusterte Truppe. Die bunteste Truppe, die man sich vorstellen konnte. Einige der Gefangenen sahen definitiv humanoid aus – humanoid genug, um sich mitten unter die Erdlinge zu mischen, ohne dass auch nur ein Mensch mit der Wimper zucken würde. Andere sahen nicht ganz so normal aus – hier war einer, dessen Mund so klein war, dass es ein Wunder wäre, sollte er mehr als Spagetti essen können; dort stand einer, der aussah, als hätte er sich im Grimassenschneiden geübt und sein Gesicht wäre dabei einfach erstarrt.

Wieder andere hatten überhaupt nichts Menschliches an sich, abgesehen davon, dass sie sich auf ihren Beinen fortbewegten und über zusätzliche Glieder am Oberkörper verfügten. Wenn – und falls – diesen Kreaturen die Möglichkeit eingeräumt würde, sich frei unter den Erdbewohnern zu bewegen, so konnten sie das nur in vollständiger Verkleidung tun.

Eines jedoch einte alle Gefangenen: Bösartigkeit. Nein, mehr als nur Bösartigkeit, dieses Pack war furchtbar, schrecklich, entsetzlich und uneingeschränkt böse. Und das gefiel ihnen. Und noch mehr gefiel ihnen Serleena, denn wahrhaft Böses erkennt seinesgleichen. Außerdem hatte Serleena sie befreit, damit sie ihr Bestes tun sollten, nämlich ihr Schlimmstes.

Die, die dazu imstande waren, lächelten in gehässiger Vorfreude, und ihre Zähne waren ebenso abscheulich wie ihr Charakter. Jene, die des Lächelns nicht mächtig waren, zeigten ihren Eifer, Serleena – und natürlich auch ihren eigenen Interessen – zu dienen, auf andere Art, was bei einigen ziemlich Übelkeit erregend ausfiel.

Serleena wandte der aufmarschierten Truppe den Rücken zu und fixierte Scrad/Charlie. »Fangen wir damit an, dass wir einen Deneuralisator auftreiben«, instruierte sie ihn/sie. »Sie werden versuchen, sein Gedächtnis wiederherzustellen. Findet den Deneuralisator, und ihr findet Kay.«

Einer der ehemaligen Gefangenen meldete sich zu Wort, als Scrad/Charlie gerade davoneilen wollten, um Serleenas Wunsch nachzukommen. »Ich kenne da einen schleimigen Typen, der so ein Ding haben könnte.«

»Nehmt die hier mit«, befahl Serleena ihrem zweiköpfigen Günstling und deutete auf die Reihe der Exhäftlinge. »Wenn ihr versagt, dann …« Sie ließ Scrad/Charlie Zeit, in Bezug auf dieses »Dann« ihre eigene Fantasie spielen zu lassen, ehe sie fortfuhr, »… bringe ich euch um und lasse euch dabei zusehen.«

»Dieses erste ›Euch‹«, sagte Charlie zu Scrad, als sie hinaushasteten, gefolgt von den Aliens, die Serleena zu ihrer Unterstützung abkommandiert hatte. »Waren das wir oder …?« Nicht dass das noch allzu viel ausgemacht hätte, wenn die neuralen Wurzeln sich erst mal in Bewegung setzten, aber Charlie wusste nun einmal gern genau, woran er war.

Nicht alle befreiten Gefangenen begleiteten Scrad/Charlie. Serleena richtete ihren Blick auf das letzte Alien in der Reihe und bedeutete ihm, zu ihr zu kommen. Alle acht Füße unter einem langen schwarzen Umhang verborgen, wandte es sich langsam um. Sein runzliges altes Gesicht sah ohne die Gitterstäbe seiner Zelle sogar noch böswilliger aus.

»Jarra«, begrüßte Serleena ihn wie einen alten Kameraden. »Schön, dich zu sehen. Es ist wirklich eine Schande, dass sie ein Genie wie dich in dieser Kloake eingesperrt haben.«

»Dieser Oberpfadfinder, Agent Jay, hat mich dabei erwischt, wie ich irdisches Ozon abgesaugt habe, um es auf dem Schwarzmarkt zu verkaufen«, grollte der Alte. »Die sind hier ein bisschen empfindlich wegen dieser ganzen Geschichte mit der globalen Erwärmung.«

Was Serleena anging, hatten sie damit genug Höflichkeiten ausgetauscht. Im Grunde interessierte sie die soeben beendete Gefangenschaft Jarras ebenso wenig wie die Frage, ob die polaren Eismassen der Erde nun schmolzen, gefroren blieben oder sich kleine Kühlventilatoren wachsen ließen. Zuerst, zuletzt und in der Zwischenzeit war Serleena ausschließlich daran interessiert, die Welt zu einem lebenswerteren Ort für Serleena zu machen.

Ohne weitere Umschweife kam sie zur Sache. »Ich brauche ein Raumfahrzeug«, sagte sie. »Etwas, das sich mit dreihundertfacher Lichtgeschwindigkeit fortbewegen kann. Stärker und schneller als alles, was es hier gibt.«

Jarra zuckte die Schultern. *Aber natürlich ... Q.E.D ... kein Problem ... wenn's weiter nichts ist ...*

»Bau es mir, und ich gebe dir, was immer du willst.«

»Gib mir Jay«, entgegnete Jarra, und seine Augen funkelten vor Boshaftigkeit. »Dann sind wir quitt.«

Serleena nickte. Feilschen war etwas für Dummköpfe. Außerdem: Was bedeutete ihr schon das Leben eines MIB-Agenten?

Ihre Zustimmung war alles, worauf Jarra gewartet hatte. Er verschwand ohne ein weiteres Wort. Serleena war zufrieden: Sie konnte sich auf ihn verlassen. Das war es, was sie an Jarra so mochte, die Art und Weise, wie er nicht um den heißen Brei herumtanzte, wie er seine Karten auf den Tisch legte, die Dinge nicht verkomplizierte, einem einfach seinen Preis nannte, ja oder nein.

Nun ja, das und die abgrundtiefe Verachtung, die er den Erdlingen entgegenbrachte. Das mochte sie auch an ihm.

Jetzt gab es nur noch eine Angelegenheit zu erledigen.

Sie ging zu einem kleinen Alienroboter hinüber und sagte: »Komm mit, Gatbot. Für dich habe ich etwas ganz Besonderes.« Und der kleine Roboter folgte ihr bereitwillig.

Serleena dachte sich gern für jede Person, der sie begegnete, etwas ganz Besonderes aus, selbst wenn es sich dabei nur um einen besonders schmerzhaften Tod handeln sollte.

Manche Leute lebten eben nur für andere.

KAPITEL 12

Jack Jeebs' Pfandleihe war ein schmieriges Loch an einer schmierigen Ecke in einem der schmierigeren Viertel der Stadt. Wäre die ganze Kombination noch schmieriger gewesen, dann wäre sie wohl ein Donut-Laden, der Bekanntschaft mit Godzillas Füßen gemacht hatte.

In so einer miesen Gegend fiel der teure Schlitten vor der Tür umso mehr auf. Der Bentley am Straßenrand schimmerte sogar bei Dunkelheit wie eine schwarze Perle. Jay und Kay musterten den Wagen kritisch, ehe sie den Laden betraten. Jay konnte seine Bewunderung für den schnittigen Sportwagen nicht ganz verbergen.

Kay konnte alles verbergen.

Jeebs stand hinter dem Ladentisch, als die Men in Black über seine Schwelle traten. Auf den ersten Blick gab es in der Pfandleihe nichts Außergewöhnliches zu sehen – nur Schaukästen, in denen eine Auswahl an Schmuck und anderen Wertgegenständen ausgestellt war, verpfändet, als ihre früheren Besitzer in Not geraten waren. Der gegenwärtige Eigentümer all dieser Dinge war allerdings eine andere Geschichte. Jeebs war ein Gauner, ein abgrundtief hässlicher Fiesling mit welligem schwarzem Haar, wulstigen Hängelippen und den hervorquellenden Augen eines Zeichentrickfrosches mit einem Pressluftschlauch im Maul. Außerdem hatte er spitze

Ohren, die vermutlich sogar die Radiosendungen aus Arizona empfangen konnten, eine Nase, wie sie auf dem Weihnachtswunschzettel jedes Ameisenbären ganz oben steht, und Bartstoppeln, die sich wie Schuhwichse über seine Hängebacken ausbreiteten.

Seine Kleidung war der Gipfel der Geschmacklosigkeit – die goldenen Ketten an Hals und Handgelenken mochten teuer sein, an ihm sahen sie billig aus. Und wer ihn gut genug kannte, wusste, dass sie ihm lediglich als Ausgleich für seinen Mangel an physischer Anziehungskraft dienten, ein Mangel, der bei einem weinerlichen, feigen, egozentrischen, opportunistischen Widerling wie ihm zwangsläufig auftreten musste.

Als er Jay sah, lächelte er. Leider waren seine Zähne genauso miserabel wie seine Persönlichkeit.

»Hey, Jay!«, rief er. »Lange nicht gesehen. Haben Sie meinen Wagen bemerkt?« Mit einem Nicken deutete er zur Tür, um seinem Besitzerstolz auf den Bentley zu genügen. »Das Internetgeschäft blüht. Ich …«

Da betrat Kay den Laden. Ebenezer Scrooge hatte den Geist der zukünftigen Weihnacht in seinem schwarzen Leichentuch weit gefasster begrüßt.

»Oh-oh«, stammelte Jeebs.

Wie so viele Außerirdische mit ständigem Wohnsitz auf der Erde, die sich entschlossen hatten, durch das Grenzland zwischen der ehrbaren Gesellschaft und der Unterwelt zu schleichen, hatte er in der Vergangenheit schon etliche Zusammenstöße mit Kay erlebt, von denen keiner seinen Wünschen entsprechend verlaufen war.

Jeebs zog den Kopf ein und verschwand hinter dem Ladentisch. Nur seine nasale Stimme zeugte wehklagend von seiner Anwesenheit. »Er ist im Ruhestand! Er … er …«

»Jeebs, wir brauchen den Deneuralisator«, sagte Jay. Er hatte wirklich keine Lust, sich Jeebs ausdauerndes Gequassel anzutun. Nicht, solange die MIB-Zentrale abgeriegelt war,

Zed seine Rufe nicht beantwortete und die Zukunft der Erde ziemlich kurz zu werden drohte. Zur Hölle, selbst ohne all diesen Dreck verspürte er wenig Neigung, sich mit Jeebs zu befassen. Der Typ war wie eine Schnecke; er hinterließ überall in seiner Umgebung eine Schleimspur. Wirklich bedauerlich, dass man diesen Schädling nicht loswerden konnte, indem man ihn einfach mit Salz bestreute.

Jeebs' Kopf tauchte wieder hinter dem Ladentisch auf. Sein Blick fiel auf Kay, der ihn mit absolutem Desinteresse betrachtete. Nichts in den Augen des ehemaligen MIB-Agenten ließ darauf schließen, dass er Jeebs wieder erkannt hätte, doch das hatte nichts zu bedeuten.

»Sie scherzen«, sagte Jeebs vorsichtig.

»Die Uhr läuft, Jeebs«, erwiderte Jay, nur um ihn sacht darauf aufmerksam zu machen, dass er sich lieber in Bewegung setzen sollte.

Jeebs kam hinter seinem Ladentisch hervor und stolzierte direkt auf Kay zu. »Kennen Sie mich?«

»Kann ich nicht behaupten«, entgegnete Kay. »Hab ein gutes Gedächtnis für Gesichter. Schätze, Ihres hätte ich nicht vergessen.«

Jeebs warf den Kopf zurück und stieß ein bellendes, hämisches Gelächter aus. »Ha! Der große Kay ist eine Nullnummer. Toll. Einfach t ...«

Kays Gesicht schob sich so dicht an die hässliche Visage des Pfandleihers heran, dass dieser problemlos die Wimpern seines Gegenübers zählen konnte. »Freundchen, Sie stehen zwischen mir und meinen Erinnerungen«, erklärte ihm Kay in unmissverständlichem Tonfall. »Haben Sie das Ding, oder haben Sie es nicht?«

»Nein«, sagte Jeebs. Jay bedachte ihn mit einem drohenden Blick, und schon plapperte der kleine Schleimbeutel munter drauflos.

»Selbst wenn ich ihn hätte ... Wenn er nicht funktioniert,

stirbt er, und Sie bringen mich um. Und wenn er funktioniert, dann habe ich ausgerechnet Kay zurückgeholt, der mich bis an mein Lebensende verfolgen wird. Wo liegt der Vorteil bei der ganzen Sache?«

Jay zielte mit seiner Waffe direkt zwischen Jeebs' vorstehende Augen. »Zählt Freundschaft denn gar nicht, Jeebsie?«, säuselte er.

Da hatte er seinen Vorteil.

Jeebs schluckte krampfhaft und schien bereit, nachzugeben. Ohne weitere Umschweife ging er zur Kellertür, öffnete sie und stieg die Treppe hinunter.

»Er ist da unten, gleich neben der Schneefräse, *Freund.*« Seine Stimme hallte aus der Tiefe heraus, als Jay und Kay ihm die Treppe hinunter folgten, sorgsam darauf bedacht, ihren gerissenen Kunden nicht außer Reichweite kommen zu lassen. Schleim hat die hässliche Eigenschaft, einfach in der nächsten Ritze zu versickern, wenn man ihm die Gelegenheit dazu gibt.

Jeebs' Version eines Deneuralisators hatte wenig Ähnlichkeit mit dem Spitzenmodell, das nun unerreichbar in der abgeriegelten und ausgespülten MIB-Zentrale stand. Es sah aus wie eine Gemeinschaftsproduktion aus sämtlichen Laboratorien der verrückten Wissenschaftler in den guten alten B-Filmen der 50er Jahre. Der Stuhl, auf dem das Opfer – äh, der Patient – sitzen sollte, stammte aus der Praxis eines Zahnarztes und befand sich inmitten eines überwiegend offenen kugelförmigen Metallgestells. Einige der Drähte lagen bloß. Zusammengehalten wurde das Gebilde von dem allgegenwärtigen Bühnenklebeband. Hier und dort ragte ein Stück Rohr in den Raum. Die Innereien eines ausgeschlachteten iMac-Computers hingen an Gott-weiß-was-für-Einzelteilen aus den schlimmsten Alpträumen jedes fachkundigen Elektrikers.

Das Unheimliche an der ganzen Sache war, dass dieser ganze Apparat fatal an einen elektrischen Stuhl erinnerte, und ausgerechnet Kay sollte es sich auf dem Elektrogrill bequem machen. Nichtsdestotrotz setzte er sich.

»Ist das Ding schon mal benutzt worden?«, erkundigte er sich, während sich seine Finger um die Enden der Armlehnen krümmten.

»Mit dem Abluftventilator habe ich einmal Popcorn gemacht, aber das ist alles«, erwiderte Jeebs und stopfte Kay ein Mundstück zwischen die Lippen. Ein ekliges Mundstück.

»Haben Sie all Ihren Schmuck abgelegt?«, fragte Jeebs.

Kay nickte.

»Sind Sie allergisch gegen Schalentiere?«

Kay starrte ihn verständnislos an. Der Pfandleiher zuckte die Schultern. Die Frage mochte sinnlos erscheinen, doch er war nun schon lange genug auf der Erde, um zu wissen, wie wichtig es war, sich so umfassend wie möglich gegen eine Klage wegen Fahrlässigkeit abzusichern, wie unwahrscheinlich sie auch sein mochte. Er fürchtete die Men in Black, vor Anwälten jedoch hatte er panische Angst.

»Okay«, sagte Jeebs, nachdem er seine Vorbereitungen abgeschlossen hatte, und legte einen Schalter um.

Die Maschine erwachte zum Leben.

Elektrische Ströme flossen durch unbekannte Kanäle. Der Abluftventilator zischte und drehte sich in hohem Tempo. Kays Pupillen weiteten sich, bis beinahe die ganze Iris schwarz war.

Draußen im Laden und überall in Manhattan, auf den Straßen, in Wohnungen und Büroräumen, flackerten Lampen auf, erloschen und flackerten erneut, als ein gewaltiger Spannungsstoß die Stadt schüttelte. Funken flogen, Lichtbögen flammten auf, Computer husteten ein-, zweimal jämmerlich, rollten sich auf die Seite und spielten toter Mann. Und siehe, es erhob sich ein Jammern und ein Klagen und ein mächtiges Zähneknirschen, und ein wilder Ansturm auf die Service-Hotline des technischen Supports setzte ein.

Das alles dauerte nur einen Augenblick.

»Das war's«, sagte Jeebs und schaltete den Apparat aus.

Kaum hörte der Strom auf zu fließen, stürzte Kay rückwärts von dem Stuhl und krachte zu Boden. Sein ganzer Körper zitterte unkontrollierbar. Rauch drang aus seinen Ohren, während ein völlig entsetzter Jay hilflos daneben stand.

Dann war es vorbei. Er lag still.

Totenstill.

Jay und Jeebs beugten sich über den reglosen Mann. »Kay?«, fragte Jay, nicht gewillt, das Undenkbare zu denken.

Jeebs war weniger feinsinnig. »Tot«, verkündete er unbekümmert. »Na ja, was soll's.«

Sein Kopf explodierte.

Jay zuckte mit keiner Wimper, als der Schuss sein Ziel fand. Er wusste genau, dass es nur eine Möglichkeit gab, dieses widerliche Hohngrinsen aus Jeebs' Gesicht zu wischen, und die zog nun einmal auch den Rest seines scheußlichen Kopfes in Mitleidenschaft. Er blickte auf Kay hinunter, der sich gerade aufsetzte und die Zirpende Grille in der Hand hielt, welche soeben ihren Teil zur Verschönerung der Stadt beigetragen hatte.

»Kay, sind Sie wieder da?«, fragt er. Natürlich meinte er das Gedächtnis seines Partners. Tote neigten im Allgemeinen nicht zu impulsiven Wutausbrüchen.

»Nein«, antwortete Kay.

»Woher wussten Sie dann, dass sein Kopf nachwächst?«, fragte Jay, denn genauso war es: Jeebs war in vielerlei Hinsicht verwundbar, nur sein Kopf war unverwüstlich. Sicher, es war schmerzhaft und abstoßend, trotzdem wuchs ihm jedes Mal im Handumdrehen ein Ersatzkopf.

»Der wächst nach?«, fragte Kay mit unverhohlener Enttäuschung.

Während sie sich unterhielten, regenerierte Jeebs' Kopf sich bereits. Wie eine schmierige Miniatur seines früheren Selbst, dessen Züge teilweise schaurig unproportional und gegeneinander verschoben waren, wölbte er sich aus dem zerfetzten Hals heraus. Dann blies er sich auf wie ein abgrundtief hässlicher Luftballon, bis er wieder seine gewohnte Größe hatte.

»Reizend«, kommentierte Jeebs sarkastisch, noch ehe der Prozess abgeschlossen war. »Wirklich reizend.«

»Kay, sind Sie sicher, dass Sie sich nicht ...«, hakte Jay nach.

Kay stand auf, klopfte sich den Staub von den Kleidern und sagte: »Alles Gute«, ehe er die Stufen hinaufstieg.

»Kay ...!«

Doch Jays Ruf verhallte unbeachtet.

»Kay, warten Sie!«, rief Jeebs. »Ich habe das Software-Update nie bekommen. Das Gerät arbeitet immer noch mit der Version 6.0. Ihr Gehirn muss neu gebootet werden! Geben Sie ihm eine Minute Zeit, verdammt noch mal!«

Es half nichts. Kay stieg die Treppe hinauf und verschwand.

Jeebs drehte sich zu Jay um und sah ihn aus feuchten Augen mitfühlend an. »Aus tiefster Seele, Jay«, sagte er. »Es tut mir Leid. Ich hoffe, unsere Freundschaft wird darunter nicht leiden. Immerhin können wir auf Jahre der Loyalität, des Vertrauens und des gegenseitigen Respekts zurückblicken.«

Vielleicht hätte er noch mehr gesagt, vielleicht auch nicht, vielleicht hätte er auch eine Pause gebraucht, um einen neuen Eimer Schmalz zu holen. Wie auch immer, er kam nicht mehr dazu, denn in diesem Moment ertönte ein ohrenbetäubendes Krach-Bumm-Klirr, als die rückwärtige Wand des Kellers eingetreten wurde und vier bösartig aussehende, bis an die Zähne/Kiemen/Tentakel bewaffnete Aliens hereinstürmten.

Jay sah die ungebetenen Gäste und brachte sich hastig hinter dem Deneuralisator in Sicherheit.

»Wo ist er?«, fragte das erste Alien Jeebs mit grollender Stimme.

»Da drüben«, antwortete Jeebs und deutete ohne das geringste Zögern auf den Deneuralisator. Das könnte man als Verrat auffassen, doch Jeebs würde darauf bestehen, dass dies ein Verrat war, geboren aus einer Freundschaft, getragen von Jahren der Loyalität, des Vertrauens und blabla.

Der Außerirdische visierte den Deneuralisator an und feuerte. Jeebs' zusammengestückeltes Stück Technomüll löste sich mit einem lauten Donnern in seine Bestandteile auf und gab den Blick auf Jay frei, der inzwischen seine eigene Furchterregende Waffe gezogen hatte und auf die Aliens zielte …

… deren Waffen auf ihn gerichtet waren.

Langsam umkreisten sich die Kontrahenten, gefangen in einer klassischen Pattsituation, die unter den Men in Black als gurkhoozianische Sackgasse bekannt war.

»Wo ist er?«, fragte der Außerirdische erneut. »Wo ist Kay?«

Bei Jay wäre die Frage auf taube Ohren gestoßen, Jeebs jedoch scheute sich nicht, sich öffentlich zu äußern. Er klappte den Mund auf, um seinen neuen Freunden zu helfen, doch seine Geschwätzigkeit verschwand überraschend, ebenso wie sein Kopf, in einer Explosion klebriger Feuchtigkeit. Durch schnell nachwachsende Lippen jammernd stolperte er zur Tür hinaus: »Genau in den Mund. Nichts wird mehr richtig schmecken.«

»Keine Ahnung«, sagte Jay, ohne dabei seine vier Gegner aus den Augen zu lassen.

Er kannte jeden von ihnen aus den Gefängniszellen der MIB: Dies war nicht der Abschaum des Universums, dies war das Getier, das sich von diesem Abschaum ernährte, und hässlich noch dazu. Diese Burschen waren der leibhaftige Beweis dafür, dass das Sprichwort: »Edel ist, wer edel handelt«, auch im Umkehrschluss uneingeschränkt zutraf. Im Geist ging er alles durch, was er von diesen Gestalten wusste, von ihren Heimatplaneten über ihr Strafregister bis zu dem Zeitraum, den sie im Gefängnis hätten verbringen sollen, hätte sie nicht irgendjemand befreit und ihm auf den Hals gehetzt.

Ihm und Kay.

Diese Typen waren rücksichtslose Killer, die das Wort »Mitgefühl« nicht einmal im Wörterbuch finden könnten, vor allem, weil sie den Bibliothekar, der ihnen gezeigt hätte, wie sie sich in dem Buch zurechtfinden konnten, auf der Stelle verschlungen hätten. Und wenn das die Handlanger waren, konnte Jay es kaum erwarten, ihrem Boss zu begegnen.

Er musterte die Gesichter, die ihm finster entgegenstarrten. *Verglichen mit denen sieht der gute alte Jeebs aus wie Brad Pitt*, dachte er. Vorsichtig trat er den Rückzug an und brachte eine der noch stehenden Mauern des Kellers in seinen Rücken.

»Gib auf«, zischte eines der Aliens.

Jay zeigte ihm die Zähne. »Warum? Meine Chancen stehen doch gut.«

Man sollte niemals mit dem Universum würfeln.

Zwei außerirdische Arme brachen hinter Jay durch die Mauer. Einer legte sich um seinen Hals, der andere riss ihm die Waffe aus der Hand, allerdings nicht bevor er einen vernichtenden Schuss abgefeuert hatte, der eines der Aliens um seine untere Körperhälfte erleichterte.

Im Gegensatz zu Jeebs wuchs bei diesem Kerl nichts mehr nach.

»Wo ist Kay?«, wiederholte eine der verbliebenen Kreaturen.

Jay sagte keinen Ton und setzte die versteinerte Miene auf, die Kay viele Male zuvor in ähnlichen Situationen getragen hatte. Sein stoisches Schweigen stieß bei seinem Inquisitor nicht auf Gegenliebe. Der Außerirdische zog ihn vom Boden hoch und schleuderte ihn quer durch den Raum, wo ihn mitten im Flug ein anderer mit seinem harten Unterarm an der Kehle erwischte.

Jay ging zu Boden und streckte alle viere von sich.

Langsam öffnete er die Augen und sah in ein neues Gesicht. Ein neues Gesichterpaar. Scrad/Charlie starrten aus kurzer Entfernung mit einem geduldigen, mitleidigen Blick auf ihn herab, der etwa so glaubwürdig war wie das Versprechen eines Politikers, nach der Wahl die Steuern zu senken und die Staatsfinanzen zu sanieren.

»Wir brauchen Kay dringend.« Scrad sprach mit ihm, als reiche es vollkommen aus, Jay die Situation zu erklären, um die gewünschten Ergebnisse zu erzielen.

»Er ist Zivilist«, presste Jay aus seiner gequetschten Kehle hervor. »Er wurde neuralisiert.«

»Erzähl uns lieber etwas, das wir nicht wissen«, konterte Scrad.

»Genau!« Charlies Kopf ruckte hoch, als er seinen Senf dazugab. »Erzähl uns etwas, das wir nicht …« Sein Beitrag zu der Befragung wurde abrupt durch ein gewaltiges, feuchtes Niesen unterbrochen, das Scrads ganzen Kopf in Mitleidenschaft zog. Scrad richtete sich auf und starrte gekränkt die nächste Wand an.

»Tut mir sooooo Leid«, winselte Charlie unterwürfig.

Scrad zeigte ihm die kalte Schulter und konzentrierte sich wieder auf Jay, der von den außerirdischen Ex-Häftlingen umringt wurde. »Ich bin kein Freund von Gewalt …«, setzte er an. Dann winkte er einem der Aliens zu, das Jay sogleich erfreut einen Tritt in den Magen versetzte. Der MIB-Agent rollte sich grunzend zusammen. »… aber wenn ich Kay nicht auftreibe, wird eine ganz bestimmte Person *mir* in den Arsch treten. Also, wo ist er?«

»Keine … Ahnung«, stieß Jay nach Atem ringend hervor.

Der Außerirdische, der ihn getreten hatte, beugte sich mit einem gehässigen Grinsen über ihn. »Du siehst gar nicht gut aus«, stellte er selbstgefällig fest.

»*Du* siehst aus wie eine ausgekotzte Schüssel Haferschleim«, konterte Jay, was immerhin eine recht akkurate Beschreibung war. Das fragliche Alien hatte einen picklig gelben Teint, allerdings erinnerte es durch die stacheligen Auswüchse rund um sein Gesicht eher an eine Krötenechse – modelliert aus Haferschleim.

Nicht dass Jay Zeit oder Gelegenheit gehabt hätte, eine genauere Beschreibung zu ersinnen. Stattdessen schlug er hart zu, hart genug, dass das grässliche Gesicht der Kreatur aufplatzte. Eines der anderen Aliens lachte, was Jay veranlasste, sich zu ihm umzublicken und zu bemerken: »Und *du* siehst aus wie das, was hinten aus dem Köter rausgekommen ist, der ihn gefressen hat.«

Und das war wirklich akkurat; widerlich akkurat. Auf heimatlichem Boden allerdings hatte dieser Außerirdische zu den besonders attraktiven Vertretern seiner Gattung gezählt. Tatsächlich war er sogar auf dem Weg zu einer Karriere als Supermodel gewesen, ehe er in schlechte Gesellschaft geraten war, sich dem Verbrechen hingegeben hatte und schließlich zur Erde geflohen war. Für ihn war die Erkenntnis, dass seine Erscheinung hier in der Tat nur einen kleinen Schritt von dem üblichen Inhalt einer Schaufel zur Beseitigung von Hundekot in jeder größeren urbanen Umgebung entfernt war, ein Quell tiefster Erbitterung.

Aufgebracht stieß das Opfer von Jays Spott mit dem Kolben seiner Waffe zu.

Verdammte Auswärtige … verstehen einen Witz nur dann, wenn er auf Kosten Dritter geht. Der Gedanke schoss durch Jays Kopf und lenkte ihn ein wenig von seinen Schmerzen ab.

»Beugt ihn«, kommandierte Scrad.

Was für ein einfacher Befehl. Der Außerirdische mit dem Grützegesicht hob Jay hoch, hielt ihn über seinen Kopf und fing an, seinen Rücken langsam nach hinten durchzubiegen, etwa so, wie der starke August im Zirkus eine Eisenstange verbiegen dürfte.

Aber Eisenstangen fühlen keinen Schmerz.

»Wo ist Kay?«, fragte Scrad noch einmal, während Jays Rückgrat immer weiter und weiter gebogen wurde, bis es einem Wunder gleichkam, dass es nicht brach.

»Wo ist Kay?«, wiederholte Scrad laut genug, um Jays gequälten Schmerzensschrei zu übertönen.

Die Antwort auf Scrads Frage stand vor Jeebs' Pfandleihe auf dem Bürgersteig und versuchte, die Straße zu überqueren.

Der Verkehr in den Straßen New Yorks war nur ein kleines bisschen ... hektischer als in Truro. Sein erster Versuch hätte beinahe auf der Stoßstange eines Taxis geendet. Kay konnte sich gerade noch rechtzeitig an den Straßenrand retten.

Während er darauf wartete, eine Lücke im endlosen Strom der ungezählten Fahrzeuge zu finden, sah er sich ein wenig um. Seltsam, wie manche Dinge einfach nur Teil eines flüchtigen Geschehens waren, während andere ...

... andere aus der Menge hervorstachen und einem ins Auge fielen.

Ein Postbote kam vorüber. Kay folgte ihm mit den Augen und stellte fest, dass er kaum einen Schritt innehielt, als er einen langen, schuppigen Schwanz zurück in seine Shorts stopfte.

Ein Tandem sauste vorbei, umgeben von blinkenden Lichtern. Der Ghettoblaster am Lenker hüpfte auf und nieder.

Ein Obdachloser kam vorbeigeschlurft und schob einen Einkaufswagen mit allerlei Unrat vor sich her, Nachlese aus dem Müll anderer Leute. Kay starrte in den Wagen, als er neben ihm war. Zwei glühende rote Augen starrten zurück. Ein paar kleine Alienhände verhakten ihre Finger im Drahtgitter des Wagens.

Kay schüttelte den Kopf. Das hier war schlimmer als der Vorfall im Postamt von Truro. Warum *sah* er Dinge? Warum sah er *diese* Dinge? Das war nicht gut. Er musste von hier verschwinden. Irgendwie war er überzeugt, dass für all das – all diese Verrücktheiten – New York City in irgendeiner Form verantwortlich sein musste. Er musste zurück nach Truro, dann würde alles wieder in Ordnung sein. In Truro konnte ein Mann seine fünf Sinne noch beieinander behalten.

Wenn er nur endlich zurück nach Truro könnte.

Wenn er nur endlich diese gottverdammte New Yorker Straße überqueren könnte!

Dann sah er, dass sich eine Lücke im Verkehr öffnete, und schickte sich an, auf die Straße zu treten. Als er auf seine Füße hinunterblickte, entdeckte er eine Schabe, eine jener großen, muskulösen, steroidverseuchten Schaben, die vermutlich die Legende von den Alligatoren in den Abwasserkanälen begründet hatten. Instinktiv hob er den Fuß, um das widerliche Insekt zu zerquetschen wie … na ja, ein Insekt.

Plötzlich hielt er inne, und sein Schuh blieb direkt über dem dem Untergang geweihten Ungeziefer in der Luft hängen.

Etwas passierte in seinem Kopf. Eine Serie kurzer Blitze, als explodiere eine ganze Reihe Glühbirnen. Ein Stroboskop, das sein Licht auf sein Gedächtnis warf und eine wachsende Anzahl einzelner Augenblicke der Finsternis einer verlorenen Vergangenheit entriss.

Ein Bild huschte vorüber, das Bild einer anderen Schabe, einer Schabe, von der er wusste, dass sie keine Schabe war. Und er kannte den Namen dieser Schabe.

Edgar?

Und auf einmal wusste er, dass nicht jede Schabe in den Straßen von New York das war, was sie zu sein schien. Nicht jeder Postbote oder jeder Obdachlose, oder …

Sacht setzte Kay seinen Fuß direkt neben der Schabe auf den Boden. Das Insekt blickte zu ihm auf.

»Das war verdammt anständig«, bemerkte es und flitzte davon.

Kay hörte nicht zu, sondern blickte zum Nachthimmel hinauf. Nach und nach stahl sich der Hauch eines Lächelns gleich einer fernen Sternschnuppe auf seine Lippen.

Unten im Keller von Jeebs' Pfandleihe war Jay ganz und gar nicht nach Lächeln zumute.

Scrad/Charlie und die übrigen intergalaktischen Scheißefresser sahen fasziniert zu, wie ihr Komplize das Rückgrat des MIB-Agenten immer weiter durchbog, als wäre es ein Strohhalm. Schweiß strömte an Jays Körper hinunter, der zudem furchtbar zitterte, während sein Eigentümer verzweifelt gegen den Schmerz ankämpfte und ihn durch die Kraft seines Willens zu vertreiben suchte.

Zumindest auf einen der Zuschauer hatten Jays Qualen spürbare Auswirkungen. Charlie senkte den Kopf. Er sah ein bisschen grün im Gesicht aus. »Ich glaube, mir wird schlecht«, würgte er hervor.

»Das lässt du schön bleiben«, warnte Scrad, der sich noch allzu gut an das gewaltige Niesen erinnerte.

Und dann, gerade, als es so aussah, als müsste gleich das Krachen berstender Rückenwirbel durch den Keller hallen, erschlaffte Jays Körper wie ein Blatt Kopfsalat in kochendem Wasser. Sein außerirdischer Peiniger schleuderte den reglosen MIB-Agenten mit einem höhnischen Grinsen zu Boden. Der Mann hatte eine Folter über sich ergehen lassen, die grausam genug war, eine Marmorstatue zum Plaudern zu bringen, und er hatte keinen Ton gesagt. Das ließ nur einen Schluss zu.

»Ich glaube, er sagt die Wahrheit«, stellte Scrad fest.

»Dann ist er nutzlos für uns«, meinte der Folterknecht und verzog die Lippen zu einem Lächeln, das einen Mund voller Zähne offenbarte, die einem weißen Hai gut gestanden hätten. Dann zog er eine ganz besonders hässliche Waffe und zielte auf den hilflosen Mann vor seinen Füßen. Ein lautes Krachen erschütterte den Raum, und die Einzelteile eines eben noch lebendigen Wesens flogen kreuz und quer durch die Luft.

Jay war immer noch da.

Haizahn nicht. In der Kellerluft schimmerten die Partikel eines vollständig verdampften außerirdischen Schlägertypen.

Kay blickte auf seinen Partner hinab, in der Hand die Zirpende Grille, die Haizahn in die Ewigkeit befördert hatte, und sagte: »Habe ich Ihnen denn gar nichts beigebracht, Kleiner?«

Dieses Mal bestand kein Zweifel: Kay war wieder da. Voll und ganz.

Die verbliebenen Außerirdischen stürzten sich auf ihn; sie dürsteten nach Blut und waren ganz wild darauf, derjenige zu sein, der dieser lebenden Legende ein unrühmliches Ende bereitete.

Scrad/Charlie suchten in der Ecke Zuflucht, in der Jeebs eine gewaltige Masse beleihbaren Plunders angehäuft hatte. Für einen Augenblick fragte sich der zweiköpfige Gefolgsmann, ob es wohl eine gute Idee wäre, die Jungs daran zu erinnern, dass Serleena Kay lebend wollte. So wie es aussah, hatten seine Helfershelfer das längst vergessen. Scrad klappte den Mund auf, um etwas zu sagen, worauf Charlie seinen Kopf in den Vordergrund drängte und ihn in unendlicher Weisheit schüttelte.

Scrad erkannte die Logik dieser Geste und tauchte unter den Plunder ab. Vielleicht war Kay noch am Leben, wenn das hier vorbei war, vielleicht auch nicht. Und wenn nicht, dann konnte er sich später immer noch überlegen, was er Serleena erzählen sollte. Morgen war schließlich auch noch ein Tag. Oder so.

Am Boden gab ein arg mitgenommener Jay den strategischen Verbalhelden, während Kay sich der letzten drei Aliens allein annahm. Einer von ihnen hatte ein Gesicht, das irgendwie an frühkindliche Experimente mit einem Knetgummiklumpen erinnerte, und eben der zog nun ein Messer und stieß damit nach Kay.

»Gayroon, Kay!«, brüllte Jay. »Sie müssen seine Kontakttentakel kappen!«

Kay packte das wirre Durcheinander rankenartiger Auswüchse, die aus dem Kinn des messerschwingenden Aliens sprossen, und riss sie ab. Der Außerirdische ließ das Messer fallen, brach zusammen und wand sich unter höllischen Schmerzen am Boden.

Ein humanoides Alien mit einer tief in die Stirn gezogenen Mütze sprang herbei und nahm seine Stelle ein.

»Zirbelauge«, rief Jay.

Ohne das geringste Zögern riss Kay dem Angreifer die Kappe vom Kopf, unter der ein knollenartiges drittes Auge zum Vorschein kam. Diesem verpasste er einen Fausthieb, und die Kreatur ging zu Boden.

»Links von Ihnen!«, warnte Jay.

Kay wirbelte herum und sah sich dem dritten Alien gegenüber. Dieses trug einen Rollkragenpullover, der beinahe die ganze untere Hälfte seines Gesichts verdeckte, und das aus gutem Grunde: Irgendein evolutionärer Streich hatte diese Spezies veranlasst, sich zwei große, baumelnde Fleischbälle unter dem Kinn wachsen zu lassen.

»Sie müssen …« Weiter kam Jay nicht.

»Spricht für sich selbst«, unterbrach ihn Kay und versetzte den Bällen einen Schwinger. Der Außerirdische ging taumelnd außer Dienst und würde von nun an Sopran singen.

»Sieht aus, als hätten Sie in der Klemme gesteckt, Sportsfreund«, bemerkte Kay, während er Jay auf die Beine half.

Jay ließ sich nicht darauf ein. »Ich hatte alles im Griff.«

Genau diesen Augenblick wählte der Gayroon, um, seiner Ranken und seiner Geduld verlustig, hinter ihm aufzutauchen, bereit, auf der Stelle ein anständiges Blutbad zu improvisieren.

Kay richtete die Zirpende Grille auf Jay, worauf jener in die Luft sprang und die Beine spreizte. Kay feuerte zwischen seinen Schenkeln hindurch, und die Grille riss den Gayroon in Stücke, noch ehe Jay wieder den Boden berührte.

Kay sicherte die Waffe und verkündete: »Sie brauchen einen Partner.«

»Ich hatte einen«, erwiderte Jay mit einem vielsagenden Blick auf Kay. »Aber der Job wurde zu hart für ihn. Jetzt trägt er Grußkarten aus.«

»Ich bin wieder da«, entgegnete Kay lakonisch. »Stecken Sie Ihr Hemd in die Hose.«

»Ihr Gedächtnis ist vollständig wiederhergestellt?«, fragte Jay misstrauisch, obwohl er nichts lieber glauben wollte.

»Stimmt.«

»Das Licht von Zartha«, soufflierte Jay und wartete auf die Erklärung, die große Offenbarung, die Lösung des Rätsels.

»Nie davon gehört«, sagte Kay. »Gehen wir.« Und schon schickte er sich an, die Treppe hinaufzusteigen.

Jay warf noch einen Blick über die Schulter und betrachtete den verwüsteten Keller. In dem Raum herrschte jene Unheil verkündende Stille, die jeder großen Schlacht zu folgen pflegt. Jeebs' Keller war voll toter Aliens und der Partikelmasse toter Aliens. Es war schwer zu bestimmen, wie viele Kay vaporisiert hatte, doch Jay war ziemlich sicher, dass es ihm gelungen war, die Anzahl der Außerirdischen im Blick zu behalten.

Und die passte nicht zu der Anzahl der Kadaver.

»Ist Ihnen beim Reinkommen so eine zweiköpfige Missgeburt begegnet?«, wollte er wissen.

»Nein«, entgegnete Kay. »Mir ist nur Jeebs ohne Kopf begegnet, der die Gasse runtergerannt ist.«

Jay runzelte die Stirn, vorübergehend ein wenig verwirrt. Aber verdammt, es war einfach schön, wieder mit Kay zusammenzuarbeiten!

Auch er stieg die Treppe hinauf. Kaum waren ihre Schritte verklungen, bebte der Haufen Plunder in der Ecke, und Scrad/Charlie tauchten wieder auf.

»Wir haben ein Problem«, verkündete Scrad.

»Seit unserer Geburt«, stimmte Charlie zu.

KAPITEL 13

Der schwarze Mercedes wartete immer noch treu und brav am Straßenrand, als sie die Pfandleihe verließen. Der New Yorker Durchschnittsbürger – falls es so etwas wie einen New Yorker Durchschnittsbürger überhaupt gab – hätte ein wenig erschreckt reagieren können. Nicht dass ein Klasseauto wie dieses in den Straßen der Stadt nicht sicher wäre, nein, nein.

Aber New York ist eine magische Stadt, und Klasseautos führten hier im Allgemeinen einen atemberaubenden Verschwindetrick auf, wenn man sie in bestimmten Gebieten des Big Apple sich selbst überließ. Entweder das, oder sie ließen sich Beine wachsen und liefen einfach davon, was auch eine Art Zauberei war. Was soll man machen?

Nicht jedoch der Mercedes. Ein so außergewöhnlicher Wagen wie dieser war sogar in Jeebs' Nachbarschaft sicher. Jeder Ganove, der sich für Manns genug hielt, nur zum Spaß eine Spazierfahrt mit diesem Wagen zu unternehmen, dürfte sich schon bald um die Erfahrung bereichert fühlen, dass er nie wieder so etwas wie Spaß erleben würde.

Falls er überhaupt noch irgendetwas erlebte.

»Wenn Ihre Erinnerung wiederhergestellt ist, warum können Sie sich dann nicht an das Licht von Zartha erinnern?«, beharrte Jay, als sie gemeinsam zum Wagen gingen.

»Muss mich selbst neuralisiert haben«, sagte Kay. »Damit ich mich nicht daran erinnern kann.« Er sagte das, als wäre alles vollkommen klar, was möglicherweise auch der Fall war, allerdings nicht für seinen Partner.

»Toller Plan«, kommentierte Jay mit einem sardonischen Zug um die Lippen.

Kurzfristig kam es zu einem Konflikt, als beide Männer sich sofort auf die Fahrerseite stürzten.

»Ich fahre«, erklärte Kay, um seine alte Vormachtstellung als Seniorpartner des kleinen Teams wieder zur Geltung zu bringen.

»Ja, einen kleinen blauen Van mit der Aufschrift: U.S. Mail«, konterte Jay.

Er war froh, Kay wiederzuhaben, das stand außer Frage, aber er wollte verdammt sein, wenn er seine Rechte an diesem Wagen aufgab. Zu Kays aktiver Zeit hatten die MIB immer noch die alten Ford LTDs gefahren. Was dachte er, wer er war, dass er erwartete, auf Anhieb wieder an oberster Stelle der Hackordnung geführt zu werden?

Keine zehn Minuten ist er wieder da, und schon geht der gleiche alte Mist wieder los, wütete Jay im Stillen, während er sich bemühte, seine Haltung und sein Recht auf das Steuer des Mercedes zu wahren.

Kay beachtete ihn nicht weiter, schob sich einfach an ihm vorbei und nahm auf den Fahrersitz Platz. Irgendwie wirkte er unangenehm berührt.

»Fühlt sich irgendwie falsch an«, meinte er.

»Weil die Briefkästen auf der anderen Seite sind«, erklärte Jay.

»Ich meinte, dass Sie so tun, als hätten Sie hier das Kommando«, konterte Kay. »Tatort«, fügte er dann hinzu, um ihr nächstes Ziel zu definieren.

Oder brauchte er eine Wegbeschreibung?

Jay stand einfach nur da.

Kay bedachte ihn mit einem tadelnden Blick.

Jay zuckte die Schultern. »Hab vergessen, wo das ist. Muss

mich wohl selbst neuralisiert haben.« Spiel, Satz und Sieg. Wortlos bedeutete er Kay auszusteigen.

Mürrisch fügte sich Kay, und Jay nahm seinen Platz am Steuer des Wagens ein, während sein Partner mit dem Beifahrersitz vorlieb nehmen musste.

»Sie haben sich zu einem echten Klugscheißer entwickelt«, stellte Kay fest.

»Sie haben mir alles beigebracht, was ich kann, Sportsfreund«, entgegnete Jay grinsend, während sich der Wagen vom Bordstein löste und Richtung Soho rollte.

Unterwegs schilderte Jay seinem Partner den Fall so umfassend wie möglich. Als der Mercedes vor *Ben's Famous Pizzeria* hielt, war er immer noch nicht fertig.

»Er war Zarthaner, und sie war Kylothianerin, so viel steht fest«, beendete er seine Beschreibung von Opfer und Täter. »Laura – die Zeugin hat alles mit angesehen.«

»Wenn Sie mit dem Verhör der Zeugin fertig waren, warum haben Sie sie dann nicht neuralisiert?«, wollte Kay wissen.

Jay wich der Frage aus, indem er die Tür öffnete und aus dem Wagen stieg. »Tatort«, verkündete er und hastete zur Tür der Pizzeria, ehe Kay noch ein weiteres Wort verlieren konnte.

Aber es war nicht einfach, den wiedergewonnenen Agenten Kay an der Nase herumzuführen, wenn dieser einen Verstoß gegen die Regeln der MIB witterte. Während sie durch das dunkle Restaurant gingen, schaltete er in den Predigermodus.

»… MIB-Verfahrensregel Nummer Sieben-sieben-drei-Strich-eins verlangt, dass sämtliche zivilen Zeugen neuralisiert werden, und zwar innerhalb …«

Mitten im Satz verstummte er und zog gerade noch rechtzeitig den Kopf ein, um dem Pizzablech auszuweichen, das aus der Dunkelheit auf ihn zugekommen war.

Kays Reflexe waren ebenfalls wiederhergestellt.

Jay war nicht ganz so schnell. Das Pizzablech traf ihn mit einem lieblichen Glockenschlag mitten ins Gesicht, und er ging zu Boden. Die Szene hätte aus einem Bugs-Bunny-Film stammen können, nur dass nicht der vorlaute Hase das Blech hielt, sondern Laura. Kaum einen Lidschlag später zielte Kay bereits mit der Zirpenden Grille auf sie.

»Nein!«, brüllte Jay über das scheußliche Klingeln in seinen Ohren hinweg und riss Kays Arm herunter.

»Jay!«, schrie Laura, ließ sich auf die Knie fallen und presste das Blech an ihre Brust. »Ich habe Geräusche gehört und … Es tut mir Leid.«

»Schon gut, alles in Ordnung«, beruhigte Jay sie, während sie ihm aufhalf. Dann drehte er sich zu Kay um. »Die Zeugin. Laura, das ist Kay, mein ehemaliger Partner.«

»Freut mich«, sagte Kay mit aller Freundlichkeit, die ihm gegeben war.

Laura beachtete ihn gar nicht. Sie hatte nur Augen für Jay. »Danke, dass Sie mir diese Agenten geschickt haben, die letzte Nacht auf mich aufgepasst haben«, sagte sie lächelnd. »Das war wirklich süß von Ihnen.«

Von Jays Seite aus mochte das eine süße Geste gewesen sein, Kay bugsierte diese Bemerkung geradewegs zurück in den Sattel seinen hohen Rosses. »MIB-Verfahrensregel Nummer Fünf-neunzig-vier-B verlangt klar und deutlich, dass das Personal der MIB niemals …«

»Der Zarthaner«, unterbrach ihn Jay. »Ben … Er wurde hier vaporisiert.«

Bei der Erwähnung des irdischen Namens des Zarthaners veränderte sich Kays Miene. Irgendwie wirkte er abgelenkt und starrte ins Nichts, als würden noch mehr von diesen neuralen Blitzlichtern durch sein Gedächtnis zucken.

»Was ist?«, fragte Jay, bemüht, seinen Partner zurück ins Hier-und-Jetzt zu holen.

»Ben, etwa einsechsundsiebzig?«, fragte Kay, während er den Blick noch immer in weite Ferne richtete. »Stattliches Kerlchen? Dünnes Haar?«

»Sie kannten ihn?« Laura starrte Kay verwundert an.

Der wiederhergestellte MIB-Agent ging auf ein gerahmtes Foto an der Wand der Pizzeria zu. Es war ein sehr altes Foto aus einer Zeit weit vor der Digitalfotografie, sogar vor der Sofortbildtechnik. Das Schwarzweißbild zeigte Ben an einem Pier, der aussah wie die Piers draußen auf den Inseln – Montauk, möglicherweise. Er hatte die Standardhaltung eines Mannes eingenommen, der soeben höchstpersönlich den Urgroßvater aller Tunfische gefangen hat und seine überragende Leistung nun der ganzen Welt präsentieren will. Der Fisch baumelte kopfüber an einem Holzgestell, während Ben strahlend vor Stolz den Arm um ihn gelegt hatte. Alles in allem war nichts sonderlich Bemerkenswertes an dem Bild, bis auf die Tatsache, dass der Hintergrund ...

... dass der Hintergrund nicht zu dem Foto zu gehören schien. Das war seltsam, und weil es so seltsam war, musste Kay darauf aufmerksam werden. Mehr noch, er konnte gar nicht anders. Er musste einfach den Drang verspüren, dieses Foto näher zu untersuchen – er hatte immer schon ein Auge für jegliche Art von Unstimmigkeit gehabt.

Nur dieses Mal nicht. Dieses Mal studierte er das Foto nur einen Augenblick lang und sagte:

»Hab ihn noch nie gesehen. Toller Fisch.«

Und das war noch seltsamer als alles andere.

Er wandte sich von dem Foto ab. Jay wollte ihm gerade folgen, als ihm eine bohrende Erkenntnis dämmerte. Er sah sich nach dem Foto von dem glücklichen Fischer um, ging direkt darauf zu und studierte es seinerseits aus der Nähe. Es erinnerte ihn an irgendetwas, irgendetwas, das er gesehen hatte, irgendwo, vor nicht allzu langer Zeit.

»Kay ...«, rief er seinen Partner zu sich, und als Kay bei

ihm war, zog er ein anderes altes Foto hervor, den Abzug, den Kay in der Tasche seines alten MIB-Anzuges gefunden hatte.

Jay legte das Foto von Kay über das Bild des toten Tunfischs und bewegte es ein wenig auf und nieder, bis die beiden Hintergründe perfekt zueinander passten. Nun zeigte das Bild Ben, der den Arm um Kay gelegt hatte, welcher lachend auf etwas deutete.

Die Frage war: *Worauf* deutete er?

»Toller Fisch«, murmelte Jay.

Er betrachtete das zusammengestückelte Bild aus verschiedenen Blickwinkeln, bemüht herauszufinden, auf was dieser viel jüngere Kay deuten mochte.

Was immer es war, es war nicht mit im Bild.

Und es war keine natürliche Pose; dieses Foto war mit Bedacht aufgenommen worden, zu einem bestimmten Zweck, aber warum …

»Sie haben Hinweise hinterlassen«, stellte Jay fest.

»Ja«, entgegnete Kay trocken. »Für den Fall, dass ich deneuralisiert werden müsste, weil mein Nachfolger mit der Situation nicht fertig wird.«

»Vielleicht hätte die Person, die deneuralisiert wurde, die ganze Situation erst gar nicht schaffen sollen«, konterte Jay.

»Jungs …«, mischte sich Laura ein, ehe die beiden wieder vereinten Partner sich noch weiter in die Haare geraten konnten. Keinem der beiden entging der Unterton in ihrer Stimme, der so viel bedeutete wie: Ich habe keine Zeit für eure Kindereien. Ertappt maßen sie einander mit einem langen, unerbittlichen Blick und konzentrierten sich wieder auf ihre Arbeit.

»Sieht aus, als ob Sie in diese Richtung deuten«, sagte Jay und zeigte auf Kays verräterischen Finger. »Sie deuten auf etwas …« Er sah sich um, und sein Blick blieb an dem Foto eines Astronauten hängen, das Ben auf der anderen Seite des Restaurants aufgehängt hatte. Ein echter amerikanischer Held, genau die Sorte, die die Wände unzähliger Pizzerien in allen fünf Stadtbezirken schmückten.

»Sie zeigen – Entschuldigung –« Jay schob sich an seinem Partner vorbei, um der unsichtbaren Spur zu folgen. »Sie zeigen auf diesen Astronauten ...«

»Jay ...«, bemühte sich Kay, ebenfalls einmal zu Wort zu kommen.

Das hätte er sich ebenso gut sparen können. Jay kam gerade erst in Fahrt. Eine Sekunde musterte er das zweite Foto, ehe er verkündete:

»Okay, der Astronaut deutet auf diese Pizzaschachteln.« Er ging zu dem Stapel Kartons hinüber und betrachtete sie prüfend, vor allem das Logo, das mit dem auf den Servietten identisch war: ein Pizzastück, eine Statue und ein Stern.

»Aber das Logo auf der Pizzaschachtel zeigt gar kein Pizzastück ...«, murmelte er in bester Sherlock-Holmes-Manier. Kay und Laura starrten ihn an, als rechneten sie jeden Moment damit, dass er sämtliche Verdächtigen herbeordern würde, um ihnen detailliert zu beschreiben, wie er den Mörder überführt hatte.

Jay war ganz offensichtlich mehr und mehr zufrieden mit sich, als er fortfuhr: »... das ist kein Pizzastück, sondern ein Pfeil, und der deutet direkt auf ...«

»Jay ...«, versuchte es Kay noch einmal. »Augenblick mal, Kleiner.«

Aber inzwischen hatte sich Jay in einen rollenden Lastzug deduktiver Logik verwandelt, und wehe dem, der sich ihm in den Weg stellte.

»Sie stören, Partner«, erklärte er. »Was immer wir suchen, befindet sich in diesem Schrank.« Er fühlte förmlich den Geist Sherlock Holmes' über sich schweben, als er sich dem Schrank näherte, auf den der Pizzapfeil deutete.

Was war er doch für ein helles Köpfchen.

»Jay ...!« Kay verdiente Sonderpunkte für seine Hartnäckigkeit.

Jay hörte nicht zu. Große Detektive hatten es nicht nötig, auf ihre Begleiter zu hören. Begleiter waren nur dazu da, dem restlichen Chor ihre bewundernden Stimmen hinzuzufügen, sobald der große Detektiv das Rätsel gelöst hatte. Genau das würde jetzt geschehen, und sosehr er sich wünschte, in Lauras Heldenverehrung zu baden, sobald er den Beweis erbracht hatte, dass er nicht nur stark, mutig und attraktiv war, sondern außerdem noch klug, so war ihm doch Kays Bewunderung noch weitaus wichtiger.

Fast konnte er Kays unvermeidliches ehrfürchtiges Keuchen vernehmen, als er sich bückte und mit großer Geste feierlich die Schranktür öffnete, hineingriff und verkündete: »Da haben wir es schon.«

Er ergriff das Objekt seiner Begierde, zog es heraus und präsentierte Kay eine kleine bunte Dose.

»Anchovisfilets in reinem Olivenöl!«, erklärte er triumphierend. Er wusste zwar nicht, was sie außer Anchovis in der Dose finden würden, wenn sie erst einmal offen war, aber bei Gott, er war stolz darauf, sie gefunden zu haben.

»Anchovis ...« Die logischen Rädchen setzten sich erneut in Bewegung. »Anchovis ... Fisch ... wir brauchen ein Boot.«

»Jay«, sagte Kay in einem Ton, der seinen Partner brutal zurück auf die Erde holte. Dann deutete er auf einen Schlüssel, der direkt neben dem ersten Foto an der Wand hing, und nahm ihn von seinem Nagel. »Ich hoffe, ich störe Sie nicht bei irgendwas, Junior.«

»Warum haben Sie nicht einfach ein Schild mit der Aufschrift: KAYS GEHEIMER SCHLÜSSEL an die Wand genagelt?«, verlangte der ernüchterte Agent Jay zu erfahren, als er die Dose Anchovis zusammen mit seinen zerschmetterten Träumen von Ruhm und Ehre beiseite stellte und zusah, wie Kay den Schlüssel begutachtete. Auf einer Seite standen die Ziffern: C-18, auf der anderen die Buchstaben: G.C.T. »Jetzt müssen wir nur noch herausfinden …«

»Ich weiß, wozu er gehört«, sagte Kay. Ehe er ein weiteres Wort über das Thema verlor, sah er Laura an, setzte seine Ray-Ban auf und zog den Neuralisator aus der Tasche. Ihre Augen weiteten sich, aber sie sagte nichts, während sie auf das rote Lämpchen starrte.

Jays Hand schoss vor und drückte Kays Arm nach unten, ehe er Lauras Erinnerungen wegblitzen konnte. »Nein«, widersprach er er. »Noch nicht.«

»MIB-Verfahrensregel Nummer Siebenhundertdreiundsiebzig …«, ließ Kay erneut das Unterprogramm »Regelrezitation« ablaufen, was eindeutig zu den weniger erfreulichen Dingen gehörte, die der Deneuralisator zurückgebracht hatte.

»Ich weiß!«, unterbrach ihn Jay. »Ich habe das Gefühl, sie könnte mir helfen. Uns«, korrigierte er sich sofort. »Sie könnte uns helfen.«

Kay musterte seinen Partner leidenschaftslos und sagte: »Hier kann sie nicht bleiben. Sie werden zurückkommen.« Damit machte er kehrt und verließ das Gebäude. Sein Gesicht sprach Bände. Er hatte die Standardverfahrensregeln der MIB zitiert. Wenn Junior nicht auf ihn hören wollte, aus welchem Grund auch immer, dann war das von nun an sein Problem.

Jay schenkte Laura ein aufmunterndes Lächeln und ergriff ihre Hand. Sie fühlte sich gut an, als gehöre sie in seine, als hätte er sein ganzes Leben lang nur auf diesen Moment gewartet, ihn herbeigesehnt, und jetzt …

Sie sah ihn auf eine Weise an, die ihm deutlich verriet, dass es ihr genauso ging, dass ihre Hände zusammengehörten, dass sie diese ganze unheimliche Aliengeschichte so schnell wie möglich hinter sich bringen wollte, damit sie mit dem dummen Gerede aufhören und sich auf die Worte konzentrieren konnten, von denen sie beide wussten, dass sie ausgesprochen werden mussten.

Unglücklicherweise war es noch nicht so weit.

»Sie können bei Freunden von mir unterkommen«, sagte er.

»Sind die auch wie Sie?«, wollte sie wissen.

Jay antwortete nicht. Schließlich wollte er ihr die Überraschung nicht verderben.

In sämtlichen Kumpelfilmen trifft man auf das Klischee der chaotischen Junggesellenbude. Obwohl die meisten Menschen so etwas im wirklichen Leben nie zu Gesicht bekommen, weshalb sie sich glücklich schätzen sollten. Laura Vasquez brauchte einen sicheren Ort, an dem sie bleiben konnte, und soweit Jay es beurteilen konnte, war besagte Bude besser geeignet als jeder andere Ort. Was nun die Junggesellen selbst betraf, die obligatorischen Bewohner besagter Bude, so nahm er an, dass sie, wenn sie mit dem Publikumsverkehr einer Pizzeria zurechtkam, auch mit diesen Typen keine Schwierigkeiten haben dürfte. Blieb nur zu hoffen, dass sie nicht voreingenommen war. Viele Frauen hielten einen lebenslustigen Junggesellen bestenfalls für ein kulturelles Fossil und schlimmstenfalls für eine Art widerlichen, sexistischen Wurm.

In diesem speziellen Fall …

»JAY!«

Mit zitternden Fühlern, die spindeldürren Finger zum Gruß erhoben, während ihre schwarzen Augen vor freundschaftlichem Entzücken funkelten, hieß das gesamte Pack koffeinsüchtiger Wurmkreaturen Jay und Laura in ihrem bescheidenen Heim willkommen.

Die Wohnung war klein, aber sie reichte für ihre Zwecke. Und da auch sie klein – oder eher kurz – waren, bot das Appartement auch weniger Kopffreiheit als andere. Das war die einzige Erklärung, wie sich jemand von dem Gehalt im öffentlichen Dienst eine Junggesellenbude in New York leisten konnte – Abstriche im Oberstübchen.

Auf den ersten Blick kam dem unschuldigen Betrachter dieses Domizils unwillkürlich der Begriff »Nostalgie-Trend« in den Sinn. Leider mit etwas zu viel Betonung auf dem Wort »Trend«.

Wer auch immer die Inneneinrichtung für diese schlüpfrige Schürzenjägertruppe zusammengestellt hatte, musste sich wirklich jeden Film reingezogen haben, den das Rat Pack je gedreht hatte. Der Geist von Frank Sinatra stolzierte über den Linoleumboden, während sich Dean Martin sicher auf den heuschreckengrünen Sitzelementen überaus wohl gefühlt hätte, die sich durch den Wohnbereich schlängelten.

An einer Wand gab es eine Art Kamin, der an eine überdimensionierte runde Kohlenpfanne erinnerte, mit seinem trichterförmigen Abzug aber immerhin die ganze surreale Heimstadt erwärmte. Was gut war, denn darüber hinaus rühmte sich die Wohnung einer in den Boden eingelassenen Badewanne mitten im Wohnzimmer und großzügiger Panoramafenster, die der Zugluft kaum Einhalt gebieten konnten.

Einer der Wurmbewohner dieser Reminiszenz an vergangene Zeiten – Gott sei Dank sind sie vorbei – lag ausgestreckt auf dem Sofa und blätterte in einem Reisemagazin. Ein anderer stemmte Gewichte und arbeitete verbissen daran, seinen wendigen, multisegmentierten Körper zu stählen. Ein Dritter beäugte aufmerksam die Miss Fitness USA im Fernsehen, während ein Vierter sich in vorgenannter Wanne entspannte.

Jay hatte keine Zeit für Höflichkeiten. »Die Zentrale ist abgeriegelt. Code 101«, informierte er die Würmer kurz und bündig.

Sogleich brachen sie in manisches, wildes, nasales Geschnatter aus.

»101.«

»Machtübernahme.«

»Schlimm.«

»Sehr schlimm.«

Es war nicht wichtig, wer von ihnen was sagte. Interessant war jedoch, dass sie nicht deshalb so sprachen, weil sie einem Hivebewusstsein, einem kollektiven Verstand oder irgendeinem anderen Klischee der modernen Science-Fiction-Filme angehörten. Sie hatten schlicht keine Manieren.

Worauf es Jay ankam, war, sie dazu zu bringen, sich auf ihn und das, was er zu sagen hatte, zu konzentrieren.

»Jungs, ich brauche eure Hilfe«, verkündete er, ergriff Lauras Hand und stellte sie der Bande vor. »Das ist Laura.«

»LAU-RA.«

»Hey, Laura.«

»Yeah, Baby.« Letzteres hatte ein wenig obszön geklungen, und möglicherweise hatte der fragliche Wurm auch ein lüsternes Grinsen aufgesetzt, doch das ließ sich bei diesem Gesicht nur schwer beurteilen.

Nun ja, sie waren eben Junggesellen.

Laura betrachtete sie alle bemerkenswert gefasst. Nachdem sie bereits Scrad/Charlie und Serleena und Ben in seiner wahren Gestalt, die er sonst unter einer falschen menschlichen Haut versteckt gehalten hatte, überstanden hatte, schockierte sie so leicht nichts mehr. Dennoch konnte sie sich eine Bemerkung nicht verkneifen.

»Das sind Würmer.«

Ihre Worte stießen auf allgemeine Billigung und lauten Jubel im Glied.

»Würmer!«

»Genau!«

»Bald wirst du dir wünschen, du wärest selbst einer.«

Die Würmer beglückwünschten sich gegenseitig in rasender Verzückung zu ihrem Dasein und klatschten einander vor lauter Freude in die Hände, als Kay den Raum betrat.

»Schwätzer«, erklärte er Laura. »Jedenfalls meistens.«

Laura zuckte die Schultern. »Ich war schon mit schlimmeren Typen unterwegs.« Was nicht nur eine geistreiche Antwort war oder ein Versuch, im Angesicht einer Situation, die alles überstieg, was sie je erlebt hatte, das Gesicht zu wahren. Nein, dies war die schlichte, unverfälschte Wahrheit. Jeder, der das nicht glaubt, sollte einmal versuchen, sich als allein stehende attraktive Frau eine Weile in New York durchzuschlagen. Aber sagen Sie hinterher nicht, man hätte Sie nicht gewarnt.

Kays Auftauchen war vermutlich das Einzige, was die Wurmkreaturen noch mehr in Ekstase versetzen konnte als ihre eigene Schlagfertigkeit.

»Kay! Du bist wieder da!«, krakeelten sie im Chor.

Einer von ihnen, ein Wurm mit dem wohlklingenden Namen Sleeble, sagte: »Irgendjemand hat uns erzählt, du wärst tot. Du siehst gut aus!« Schwer zu sagen, ob er meinte, »gut für einen Toten«.

»Sie sind suspendiert«, erklärte Jay seinem Partner. »Haben sich dabei erwischen lassen, wie sie Büromaterial geklaut haben.«

Ein anderer Wurm, der auf den schönen Namen Geeble hörte, schob ganz unauffällig mit dem Fuß eine Kiste mit Zigaretten zur Seite und protestierte: »Wir wurden zu Unrecht beschuldigt!«

»Zed ist ein Wurmphobiker!«, kam ihm sein Kumpel/Bruder/Mitbewohner zu Hilfe.

Kay kümmerte sich nicht darum. »Wir stehen im Halteverbot«, verkündete er. »Wenn wir eine Welt retten wollen, dann los.« Damit wandte er sich zum Gehen.

Jay wusste, das Kay Recht hatte – ihnen blieb nicht viel Zeit. Doch bevor er Laura allein ließ, wollte er sicherstellen, dass mit ihr wirklich alles in Ordnung war, also sprach er noch ein ernstes Wort mit den Würmern: »Hört mal, Laura ist wichtig für mich ...«

Kay blieb auf der Schwelle stehen, sah sich über die Schulter um und bedachte ihn mit einem forschenden Blick, worauf Jay rasch fortfuhr: »… als Zeugin und so … darum möchte ich, dass ihr sie im Auge behaltet.«

Die Würmer waren überglücklich, diese Furcht einflößende Verantwortung zu übernehmen.

»Bestimmt.«

»Gar kein Problem.«

»Passt gut auf sie auf.« Wie sollte er bloß feststellen, wann ein Wurm lüstern grinste? Mit diesen Mündern? Würmer wurden mit einem lüsternen Grinsen im Gesicht geboren.

Der Wurm, der vor dem Fernseher hockte, winkte Laura zu. »Warum setzt du dich nicht einfach zu mir«, bot er an und klopfte einladend auf den Platz neben sich.

»Du bist von der ganz schnellen Sorte, was?«, spottete der Gewichtheberwurm.

»Halt's Maul.«

»Stopf es mir doch.«

Jay und Laura ignorierten das Machogebabbel.

»Mein Kommunikator«, sagte er leise und überreichte ihr das Gerät. Wäre Kay noch in Hörweite gewesen, so hätte er vermutlich die MIB-Verfahrensregel heruntergerasselt, die es Agenten strengstens untersagte, ihre Ausrüstung einem Zivilisten zu überlassen. Aber falls Kay tatsächlich noch nahe genug war, seine Worte mit anzuhören, so beachtete er sie nicht.

Im Grunde war es auch völlig egal. Hätte er sich zu Wort gemeldet, so hätte Jay ihn aufgefordert, sich zu verziehen. Was auch immer Kay davon halten mochte, Jay wusste, dass es nun vielleicht zum ersten Mal in seinem Leben etwas in dieser Welt gab, das wichtiger war als alle Verfahrensregeln der MIB.

Jedenfalls für ihn.

Laura nahm das Gerät an sich und gab Jay einen Kuss, als wäre das die natürlichste Sache der Welt. Sie handelte völlig impulsiv, und ihre Miene verriet, dass sie selbst beinahe ebenso überrascht war wie er, aber dies war eine dieser netten Überraschungen, die das Leben viel zu selten bereithielt. Vermutlich fand sie einfach, die Welt brauche mehr davon.

Erschrocken und überrumpelt von einem chaotischen Ansturm der Gefühle, Wünsche, Pflichten und Sehnsüchte, tat Jay das Einzige, was ihm jetzt noch übrig blieb: Er warnte sie, sich von dem lüsternen Neeble fern zu halten und nicht einzuschlafen. Dann rannte er davon. Er hatte eine Welt zu retten, oder etwa nicht? Immerhin, nicht jedem war eine so überzeugende Ausrede vergönnt, um sich aus einer emotional peinlichen Lage zu befreien.

Laura sah ihm nach, nicht minder verwirrt von den eigenen Gefühlen, ehe sie sich von der Tür abwandte.

Eine farbenfrohe Spielmatte tauchte vor ihr auf. Einer der Würmer hielt es ihr mit hoffnungsvoller Miene vor die Nase.

»Twister!«, brüllten sie im Chor.

Laura zuckte innerlich die Schultern. Und? Sie hatte wirklich schon schlimmere Dates hinter sich.

KAPITEL 14

Die Grand Central Station ist einer der beiden großen Bahnhöfe des Big Apple. Ein zauberhaft altmodischer Charme umgibt das Bauwerk, eine romantische Aura, die die Geister der Vergangenheit zu beschwören scheint. Wenn Sie über den polierten Steinboden schlendern und Ihr Blick fällt auf eines der leuchtenden Zifferblätter der vierseitigen Uhr auf dem Informationsstand, können Sie sich beinahe vorstellen, gleich an der nächsten Ecke William Powell zu begegnen, der dort auf Myrna Loy wartet, um sie auf ein paar Drinks, begleitet von sentimentalen Schnulzen, ins Algonquin einzuladen. Manchmal scheint es, als müsste der nächste Zug ein Rudel 40er-Jahre-G.I.'s auf Heimaturlaub ausspucken, bereit, kräftig auf die Pauke zu hauen, oder einen Schwarm junger Damen der 50er, prachtvoll anzusehen mit ihren weißen Handschuhen, den schicken Hüten mit den knappen Schleiern, ihren hohen Pumps und den Nahtstrümpfen.

Anders als in der Pennsylvania Station ist man in der Grand Central nicht vollkommen vom Tageslicht abgeschnitten. Die hohen, an Kathedralen gemahnenden Fenster auf der Seite der Vanderbilt Avenue ließen genug Sonnenlicht herein, um die Pendler daran zu erinnern, dass es da draußen tatsächlich eine reale Welt gab und sie nicht in einem schlechten Remake von *The Mole People* gefangen waren.

Eine der vorteilhafteren Entscheidungen maßgeblicher Stellen in der jüngeren Geschichte sah vor, dem »Grand« in Grand Central Station wieder zu mehr Geltung zu verhelfen. Dem Beschluss war eine große Reinigungsaktion samt nachfolgender Luxussanierung und der zugehörigen Vertreibung gewisser Personenkreise von sozial niedrigerem Rang gefolgt. Die Finanzierung wurde gesichert, Handwerker verpflichtet. Die hohe Gewölbedecke wurde vorsichtig gesäubert, und unter dem Schmutz vieler Jahre kam ein strahlend türkisfarbener Himmel mit goldenen Darstellungen der Sternbilder zum Vorschein, die bei Dunkelheit leuchteten.

Diese Entdeckung war eine Überraschung – nein, eigentlich ein Schock – für alle Beteiligten, von den einfachen Arbeitern, die das Kunstwerk entdeckt hatten, bis hin zu den Behörden, die diese Sanierung auf den Weg gebracht hatten. Irgendjemand verglich diesen Fund sogar mit den prähistorischen Höhlenzeichnungen von Altamira und der Öffnung des Grabes König Tutanchamuns.

Das ist eine der herausragenden Besonderheiten New York Citys: Niemand weiß wirklich, was ihn erwartet, wenn er erst einmal angefangen hat, genau hinzusehen.

Im unteren Teil der Bahnhofshalle wurde ein Einkaufszentrum eingerichtet, in dem diverse Einzelhändler eine Vielzahl verschiedener Leckereien feilbieten – japanisch und indisch, Kaviar und Kekse, Käsekuchen und Tortillas –, zu dem auch ein gastronomischer Bereich gehört, dessen Kunststofftische aufgedruckte Collagen aus Tickets und Reiseandenken aus der ersten Blütezeit des Bahnhofs zieren.

Ein Supermarkt im europäischen Stil bietet alles, was Einheimische und Pendler brauchen, um sich ihre eigenen Mahlzeiten zuzubereiten – Käse, Fleisch, Fisch und die zugehörigen Erzeugnisse, Kuchen und Torten, so verlockend, dass die diätbewussten New Yorker eilends vorüberzuhasten pflegen und nicht wagen, diese Köstlichkeiten auch nur anzusehen. Andere Geschäfte bieten alles von Papierwaren über Duftlampen bis hin zu PVC-Jacken an. Wer heutzutage die Grand Central Station betritt, kann ein Zugticket nach Poughkeepsie ebenso leicht erstehen wie eine Zeitschrift aus Paris, Olivenöl aus der Toskana, eine Krawatte aus Mailand und Corned Beef aus Brooklyn.

Was man nicht finden wird, ist ein Schließfach zur Gepäckaufbewahrung. Nicht mehr, und jeder weiß, warum. So traurig es ist, die Welt verändert sich. Und so schleppen sich die Besucher mit ihren schweren Handkoffern ab und heben sich mit all ihren Einkaufstüten einen Bruch. Sehen Sie sich ruhig um, Sie werden kein Schließfach finden, auch wenn Ihr Leben davon abhängt.

Es sei denn, Sie wissen, *wo* Sie suchen müssen.

Es sei denn, Sie wissen zufällig, dass die Grand Central Station auch als Grand Central *Terminal* bekannt ist, als Kopfbahnhof und in früheren Zeiten auch ganz bescheiden als Tor Amerikas. Q.E.D.

Kay wusste dies alles, und aus diesem Grund war er auch imstande, Jay direkt zu dem Schließfach mit der Bezeichnung C-18 zu führen, irgendwo innerhalb der Grand Central Station, jedoch abseits der ausgetretenen Pfade.

Weit abseits.

»Warum sind wir …?«, setzte Jay zu einer Frage an.

Kay winkte lediglich mit dem Schlüssel und zeigte ihm die drei eingravierten Zeichen.

»Sie wollen mich doch nicht bei der Arbeit stören, oder, Frischling?«, spottete er.

»Stören? Sie?« Allmählich wurde Jay ein bisschen wütend. »Wessen Gehirn läuft denn hier mit veralteter Software?«

Kay tat, als hätte Jay kein Wort gesagt. Statt einer Antwort drückte er ihm etwas Geld in die Hand und sagte: »Warum besorgen Sie uns nicht etwas Kaffee, während ich das hier erledige?«

Die Erinnerung, wie Kay dieselbe Methode angewandt hatte, um sich des kriecherischen Anfängers, Agent Gee, zu entledigen, knisterte rot glühend in Jays Innerem, also sah er sich ganz gelassen um und entgegnete: »Oh, tut mir Leid, ich dachte, Sie reden mit Hop Sing.«

Kay gab die gönnerhafte Rolle des Seniorpartners auf. »Passen Sie auf«, sagte er mit stählernem Blick. »Ich habe keine Ahnung, was da drin ist, und ich möchte nicht, dass Ihnen was passiert, also bleiben Sie zurück.«

Jay ließ sich ebenso ungern beschützen wie herabwürdigen. Ehe er zu den MIB gestoßen war, war er Polizist in New York City gewesen. Sein Motto hatte stets gelautet, zu schützen und zu dienen, nicht, beschützt und bedient zu werden. Daran hatte sich nichts geändert.

»Wie weit darf's denn sein?«, erkundigte er sich. »Bis zum Coffeeshop? Machen Sie schon das verdammte Schließfach auf.« Ungerührt hielt er Kays Blick stand.

Kay kannte Jay lange genug, zu wissen, wann der jüngere Agent sich umstimmen ließ und wann nicht. Im Augenblick zeigte er sich stur wie ein Maulesel, wozu also bei dem nutzlosen Versuch, ihn doch noch eines Besseren zu belehren, Zeit vergeuden?

Nicht dass er tatsächlich geglaubt hätte, Jay würde sich so einfach fortschicken lassen. Kays wiederhergestellte Erinnerungen sagten ihm, dass Jay einer der besten Partner war, die er je gehabt hatte, loyal, gewitzt und ehrlich, und bestimmt nicht der Typ, der ihn freiwillig im Stich lassen würde. Gut zu wissen, dass seine Erinnerung ihn nicht getrogen hatte.

Er öffnete das Schließfach.

Ein typisches Schließfach in einem Bahnhof bietet bequem Platz für: eine Sporttasche, einen Aktenkoffer, eine kleinere Reisetasche und einen Haufen Einkaufstüten. Natürlich waren Schließfächer auch schon zu ruchloseren Zwecken missbraucht und mit weit gefährlicheren Objekten bestückt worden, was auch der Grund für den derzeitigen Mangel an solchen Fächern in der Grand Central Station war. Jay war sich dessen vollends bewusst. Was auch immer sich in diesem Schließfach befand, es konnte ebenso gut das Rätselraten um das Licht von Zartha beenden wie das Leben der Agenten Jay und Kay. Er hatte von Anfang an gewusst, dass dies ein gefährlicher Job war. Also machte er sich auf das Schlimmste gefasst, während er im Stillen hoffte, dass sie nicht mehr zu sehen bekommen würden als eine große braune Tüte von Bloomingdale's.

Die Tür öffnete sich, doch in dem Fach war keine Einkaufstüte.

In dem Fach war eine ganze Welt.

Von seinem Standort aus konnte Jay eine unglaublich kleine Miniaturlandschaft erkennen, bevölkert von winzigen Aliens, die nun in das blendend helle Licht blinzelten, das durch die geöffnete Tür in ihr Leben strömte. Diese Außerirdischen gehörten zu einer pelzig-flaumigen, freundlich blickenden Spezies mit großen, untertassenförmigen goldenen Augen, die von innen heraus zu glühen schienen. Das mussten sie wohl auch, wenn die winzigen Kreaturen in der Dunkelheit eines verschlossenen Schließfaches leben und sich zurechtfinden wollten, ohne dabei ständig gegen irgendwelche Hindernisse zu rennen. Vielleicht dienten die zierlichen Fühler auf ihren Köpfen dazu, sich in der Finsternis ihrer Welt zu orientieren. Vielleicht auch nicht.

Jay hatte längst erkannt, dass es nicht immer einen Grund für das sonderbare Aussehen Außerirdischer gab. Es war dieselbe Erkenntnis, zu der er bereits damals gekommen war, als er noch bereit gewesen war, sich auf Blind Dates einzulassen.

Diese außerirdischen Schließfachbewohner erinnerten ihn an Kreaturen, die er einmal im Zoo in der Bronx gesehen hatte: Lemuren. Genau, sie sahen aus wie Lemuren, allerdings nur im Gesicht. Ihre Körperform war eine andere Geschichte. Diese Wesen standen aufrecht. Erinnerungen an eine alte Ausgabe von *National Geographic* flackerten durch seinen Kopf. Dort war eine ganze Kolonie Erdmännchen in der afrikanischen Steppe abgebildet gewesen, wieselähnliche Kreaturen, die samt und sonders auf den Hinterbeinen standen und aufmerksam nach Raubtieren Ausschau hielten.

Die Schließfachbewohner brauchten derartige Gefahren nicht zu fürchten. Dies war keine afrikanische Steppe, ganz und gar nicht. Im Vordergrund breitete sich eine große, blühende Stadt aus, hinter der sich die Landschaft bis in die tiefsten Tiefen des Schließfaches erstreckte. Gleichermaßen neugierig und fasziniert, hätte er Kay am liebsten sanft – oder auch unsanft, die Sache mit dem Kaffee war noch nicht ausgestanden – zur Seite geschoben, um einen besseren Blick auf die Szenerie zu haben. Er bekam keine Gelegenheit dazu, zumindest nicht sofort. Kay stellte sich mitten vor dem Schließfach auf, sodass ihn die kleinen Außerirdischen, umrahmt von dem goldenen Licht der Grand Central Station, in seiner ganzen Pracht bewundern konnten.

Und siehe, es erhob sich ein großes Jubelgeschrei in der Menge. »KAY! Er ist wieder da! DER LEBENSSPENDER! Gelobt sei Kay! Gelobt sei Kay!«

Jay verzog das Gesicht. »Sind Sie der Mann, der König in einem Bahnhofsschließfach sein wollte?«, fragte er seinen Partner.

Kay antwortete nicht. Der Lebensspender lauschte aufmerksam den Gesuchen seiner frömmsten Anhänger.

»Habt Ihr uns Nahrung gebracht, gnädiger Kay?«, kreischten sie, ohne dabei den Respekt zu vergessen.

Kay runzelte die Stirn. Dann improvisierte er, fischte einen halb gegessenen Snickers-Riegel aus einem Abfallkorb und legte ihn ins Zentrum der außerirdischen Stadt, sozusagen mitten auf ihre Hauptstraße. Glücklich, zufrieden und dankbar tanzten die Aliens um die göttliche Gabe herum und verbreiteten dabei freudigen Lärm.

»Gnädiger Kay, der uns mit Überfluss beschenkt. Gelobt sei Kay!«

»Sie halten Sie für eine Art Gott«, stellte Jay fest. Er wusste nicht recht, ob er angesichts dieser Erkenntnis erstaunt, amüsiert oder beunruhigt sein sollte. Einerseits gab es mehr als genug schlimmere potenzielle Götter für diese Außerirdischen. Zumindest konnte er sicher sein, dass Kay sie nie auffordern würde, in seinem Namen die Bewohner von Schließfach C-19 auszurotten.

Andererseits ... Kay, ein *Gott?* Mit *diesen* Schuhen?

»Nein«, widersprach Kay und fegte Jays Vorstellungen von seiner ausufernden Göttlichkeit beiseite, während die Aliens noch immer seinen Namen priesen. »Eher für eine Art Papst.«

Nun, da Jay so weit beruhigt war, wandte sich Kay an die Gläubigen.

»Gute und rechtschaffene Bürger von Schließfach C-18«, sagte er. Der Singsang verstummte, und die Aliens lauschten auf seine Worte. Ja, das taten sie. Wahrhaftig. Darauf können Sie wetten. »Habe ich etwas in eurem Gewahrsam zurückgelassen?«

Einer der Außerirdischen trat vor, um als Sprecher für die

restliche Bevölkerung zu fungieren. »Ja. Den Zeitwächter. Ihr habt ihn hier gelassen, um unsere Straßen und Herzen zu erleuchten.«

Er deutete auf den Uhrenturm, der die ganze Stadt zu beherrschen schien. Auf seiner Spitze ruhte eine alte Uhr, eine Pulsar-Armbanduhr aus den 70ern, komplett mit leuchtender Digitalanzeige.

»Aaaaahhh ...«, hauchten die versammelten Aliens in ehrfürchtiger Bewunderung und blickten hinauf zu dem strahlenden Wunder in ihrer Mitte, das in all den zurückliegenden Jahren nie langweilig geworden war, nie seine gebieterische Macht eingebüßt hatte. Offensichtlich brachten sie dem Zeitwächter beinahe ebenso viel Liebe entgegen wie dem Spender des Zeitwächters.

Der Spender hatte ihn gegeben, und nun nahm der Spender ihn wieder weg. So etwas passiert dann und wann.

»Diese Uhr habe ich schon überall gesucht«, bemerkte Kay, langte in das Schließfach und nahm sie von ihrem Platz auf der Spitze des Turmes.

Ein Chor entsetzter Protestrufe erklang aus ungezählten Alienkehlen. »Aber Gütiger Herr! Der Uhrenturm! Nein, nein ...«

»Hier«, sagte Jay, nahm seine Armbanduhr ab und legte sie anstelle von Kays alter Pulsar auf die Spitze des Uhrenturms.

»Jetzt habt ihr wenigstens etwas mit Stil«, erklärte er ihnen zufrieden. »Titangehäuse. Alarmfunktion. Wasserdicht bis dreihundert Meter. Ihr werdet euch da drin vorkommen wie in Miami.«

Nach einer Weile wagte der Sprecher der Aliens, diesen neuen Gütigen Herrn anzublicken und zu fragen: »Wer seid Ihr, Fremder?«

»Jay.«

Sofort erklangen neue Jubelschreie. »Gelobt sei Jay!

Gelobt sei Jay!

Gelobt sei Jay!«

Jay lächelte. Daran könnte er sich gewöhnen. Huldvoll wie Königin Elizabeth II von England winkte er ihnen zu und griff, zufrieden mit sich und der Welt, nach der Tür.

»Wartet!«, erklang eine sonore Stimme aus der Tiefe des Schließfaches.

Jay hielt inne. Unmöglich. Auf keinen Fall konnte Charlton Heston da drin sein.

»*Die Gebote.*«

Andererseits …

»Die Tafel!«, schrie der Sprecher, und die Menge griff seine Worte auf.

»Die Tafel! Die Tafel! Die Tafel!«

Dieselbe sonore Stimme, die Jay die Unterlassungsanordnung erteilt hatte, sprach nun wieder: »Wir haben nach ihrem Wort gelebt, und Friede herrschte in unserer Welt …«

Womit ja alles geklärt wäre.

Jay und Kay starrten auf der Suche nach dem Ursprung dieser bewegenden Worte angestrengt in die Tiefe des Schließfachs. Ihr Blick wanderte vorbei an dem Stadtzentrum, vorbei an der Stadt selbst, vorbei an den Außenbezirken, über Felder und Straßen, bis sie einen großen Berg entdeckten. Oben auf dem Gipfel stand ein gealterter Vertreter dieser winzigen Alienspezies. Er war in Würde, Frömmigkeit und eine weite, fließende Robe gehüllt. Weisheit beherrschte sein Gesicht, nebst einem strahlend weißen Bart, und in der Hand hielt er … *die Tafel!*

Mit ausgestreckten Armen bot er sie Kay dar. »Reicht sie anderen weiter«, sagte er, »damit auch sie erleuchtet werden können.«

Vorsichtig streckte Kay den Arm in das Schließfach und griff nach der Tafel. Als seine Finger das verehrte Objekt berührten, brachen die Aliens erneut in ohrenbetäubendes Jubelgeschrei aus. Kay zog die Hand zurück und sah sich an, was ihm der alte Außerirdische da gegeben hatte, während Jay ihm neugierig über die Schulter blickte. Was war das für ein imposantes Artefakt, dem so viel Ehrerbietung zuteil wurde. Welche tiefe und hochmoralische Tugend mochte es bergen, dass es einer ganzen Welt, wie groß oder klein sie im Verhältnis zur Erde auch sein mochte, Frieden und Wohlstand hatte bringen können? Welch heiliges Relikt hatte der Älteste dieses Volkes Kay anvertraut?

Eine Kundenkarte von Bandwurm-Video?

Jay war sprachlos.

Kay ebenfalls. Was in seinem Fall jedoch darauf zurückzuführen war, dass er das Vermächtnis des Ältesten von allen Seiten studierte. Es war in der Tat eine Kundenkarte von Bandwurm-Video, und sie trug seinen Namen. Außerdem enthielt sie die allgemeinen Geschäftsbedingungen der Videothek, Hinweise auf Sonderangebote und die Regeln zur ordnungsgemäßen Behandlung aller geliehenen Bänder.

Letztere rezitierten die Aliens nun fromm im Chor, während der bärtige Alte in seiner Robe von seinem Berg aus die Lehren erläuterte, um ihnen zu voller Geltung zu verhelfen.

»*Sei nett, spul zurück!*«

»Geh zurück und söhne dich mit deiner Vergangenheit aus, um in der Zukunft Frieden zu finden.«

»*Zwei für eins, jeden Mittwoch!*«

»Gib zweimal so viel wie du erhältst am heiligsten aller Tage – jeden Mittwoch.«

»*Umfangreiche Unterhaltung für Erwachsene im hinteren Bereich!*«

Da streckte der Alte den Arm aus und deutete mit dramatischer Geste in die schattigen Regionen, die noch tiefer in dem Schließfach verborgen lagen als sein Berg. Die Versammlung winziger Lemuren-Erdmännchen brach in – zumindest für ihre Verhältnisse – ohrenbetäubendes Geschrei aus und setzte sich in die Richtung in Bewegung, in die der

Alte wies. Offenbar hatten sie es mächtig eilig, den Geboten der Tafel zu gehorchen. Das konnte einen schon zum Nachdenken bringen.

Was haben die da wohl?, fragte sich Jay. Dann: *Nein, ich will's gar nicht wissen. Es gibt Dinge, die ein Mensch nicht wissen sollte. Schlimm, wirklich schlimm.*

»Schließen Sie die Tür«, sagte er zu Kay. »Die haben jetzt was anderes zu tun.«

Als sie das verschlossene Fach hinter sich ließen und sich wieder den besser besuchten Bereichen der Grand Central näherten, fragte Jay: »Also, was sagt uns diese Kundenkarte?«

»Keine Ahnung«, antwortete Kay, der die Karte noch immer betrachtete.

»Warum haben Sie die Uhr bei ihnen gelassen?«

»Um mich zu erinnern.«

»An was?«, fragte Jay. Kay Informationen zu entlocken kam etwa dem Versuch gleich, eine Schildkröte zu melken.

»Ich erinnere mich nicht.«

»Dann raten Sie«, schnappte Jay.

»Okay.« Jays Nerven mochten ein wenig gelitten haben, Kay jedoch war nach wie vor der unbestrittene Meister der Coolness. Er hielt die Uhr so, dass Jay das blinkende Display erkennen konnte.

59:37

Und während er hinsah, verrannen die Sekunden. *36, 35, 34 …*

»Ich schätze, so viel Zeit bleibt uns, es herauszufinden«, sagte Kay. Nicht gerade lange, aber darüber verlor er kein Wort. Unnötig, das Offensichtliche auszusprechen. Und falls er deshalb besorgt war, so ließ er es sich nicht anmerken. Er war wieder Kay, durch und durch.

Kay ließ den Arm mit der Uhr sinken und warf erneut einen Blick auf die Kundenkarte von Bandwurm-Video.

»Sehen wir mal nach, ob es den Laden noch gibt.«

KAPITEL 15

Der überwiegende Teil der Videotheken in New York City lässt sich in zwei Kategorien einteilen: groß und klein.

Die Größeren gehören üblicherweise zu einer der bekannten Franchiseketten. Haben Sie eine gesehen, haben Sie alle gesehen. Dort finden sich stets mehrere Kopien der heißesten Neuerscheinungen und ein breit gefächertes Angebot beliebter Comedys, Action- und Abenteuerstreifen, Sci-Fi-Epen, Familienkost, Dramen, Zeichentrickfilme und so weiter, nicht zu vergessen die Kinderfilme mit dem, Sie wissen schon, dem lila Dinosaurier. Die Angestellten tragen Uniformen, Lächeln inklusive. Die Erwachsenenabteilung, so es eine gibt, versteckt sich diskret im Hintergrund.

Die kleineren Videotheken haben eher das Flair von Tante-Emma-Läden und finden sich vornehmlich in den wohnlicheren Bereichen der Stadt. Jeder dieser Läden ist einzigartig, und viele schmücken sich mit niedlichen, gescheiten oder irritierenden Namen. Bei diesen Läden muss man schnell sein, wenn es darum geht, eine der wenigen kostbaren Kopien der heißesten Neuerscheinungen zu erwischen, bevor sie zu lauwarmen Oldies werden. Natürlich kann man seinen Namen auch schon vor dem Erscheinen der Filme auf die Warteliste setzen lassen oder eine freundschaftliche Vereinbarung mit einem der Angestellten treffen, die, nebenbei bemerkt, keine Uniformen tragen und nur lächeln, wenn ihnen danach ist.

Auch hier können Sie Komödien, Actionfilme, Abenteuerstreifen, Sci-Fi-Epen etc. ausleihen, aber sie sollten mit einer erleseneren Filmauswahl rechnen. Das Angebot ist stets ein Kompromiss zwischen den persönlichen Marotten des Eigentümers und der beklagenswerten Erkenntnis, dass eine Videothek, die keine Teletubbies zu bieten hat, auch gleich

Konkurs anmelden kann. Außerdem gibt es dort ausländische Filme und sogar *Animé*, für die Nachbarschaft und all die Kunden, die meinen, man könnte nie genug von großäugigen, monsterbrüstigen, halbnackten und halbwüchsigen Schulmädchen mit Superkräften bekommen.

Die Erwachsenenabteilung – und dass nur keine Irrtümer aufkommen, hier finden Sie garantiert eine – ist fast immer außer Sichtweite in einem durch einen Vorhang abgeteilten Raum untergebracht.

Läden, die dem Kunden nichts anderes als die Erwachsenenkost anbieten, passen nicht in dieses Schema, da in derartigen Etablissements Videos zwar gemietet, aber nicht aus dem Laden entfernt werden dürfen.

Das ist es also, was New York zu bieten hat: große Videotheken und kleine Videotheken. Das ist alles. Wählen Sie zwischen zwei Möglichkeiten. Einfacher geht es doch nicht, oder?

Und dann gibt es da noch den *Bandwurm* …

Bandwurm-Video hatte auch in den späten Abendstunden geöffnet. Grundsätzlich. Jay war kaum über die Schwelle getreten, da ergriff auch schon das unerbittliche Gefühl von ihm Besitz, dass diese Videothek nur spät abends geöffnet war, weil die Stammkundschaft offensichtlich diese große gelbe Kugel fürchtete, die so blendet und leuchtet. Die Sonne und die allgegenwärtigen Augen der Regierung.

Statt der üblichen Abteilungen, wie man sie in einer Videothek vorzufinden erwartet, bot der Bandwurm seinen Kunden Filme in ganz besonderen Kategorien an, deren Bezeichnungen unübersehbar über den Regalen mit den Videokassetten prangten:

SCI-FACT UND OLIVER-STONE-FILME
OKKULTES UND OLIVER-STONE-FILME
BIZARRES UND OLIVER-STONE-FILME
VERSCHWÖRUNG UND OLIVER-STONE-FILME.

Jay wollte sich nicht den Mund verbrennen, doch er war überzeugt, so etwas wie ein Muster erkennen zu können.

Als er und Kay den kleinen Laden betreten hatten, waren noch ein paar Kunden durch die Regalreihen geschlichen, die meisten von ihnen in Kapuzenshirts und Trenchcoats mit aufgestelltem Kragen. Sie alle legten ein verstohlenes Gebaren an den Tag, das förmlich um Aufmerksamkeit bettelte. Doch kaum rochen sie die Fremden in ihrer Mitte, versanken ihre Köpfe tiefer in Kapuzen und Krägen, und sie wandten hastig die Gesichter ab.

Jay konnte das nur recht sein. Nur weil er täglich irgendwelche bizarren und teilweise abscheulichen Aliens zu Gesicht bekam, hieß das schließlich nicht, dass seine Leidensfähigkeit unbegrenzt war und er den Anblick jeder Monstrosität ertragen konnte, ohne dabei den Verstand oder zumindest sein Mittagessen zu verlieren. Irgendwie hegte er den Verdacht, dass er, wenn er sich ein paar dieser Leute genauer ansehen würde, begreifen könnte, aus welchen Alpträumen Marilyn Manson schreiend hochzuschrecken pflegte.

Außerdem fürchtete er, dass dies Menschen mit Theorien waren. Irgendwann im Verlauf ihrer Sozialisation mussten ihre Eltern und/oder Wärter vergessen haben, ihnen die Annehmlichkeiten sozialer Interaktion nahe zu bringen. Infolgedessen waren sie aus dem freundlichen Miteinander des Gebens und Nehmens ausgestoßen worden, abgesehen von dem Schläger, der ihnen ihre regelmäßige Tracht Prügel verabreichte, die sie am Boden liegend in Empfang nehmen durften. Aus einem solchen Leben entwickelte sich eine ganz besondere Belesenheit, und Belesenheit führt, so sie nicht sorgsam überwacht und kontrolliert wird, zu – der absolute Horror! – selbstständigem Denken und einer Menge Zeit, darin zu versinken.

Nun entsteht aus zu viel Zeit und zu viel selbstständigem Denken das Krankheitsbild des Wahnsinnigen Wissenschaftlers, ein Zustand, der in Publikationen wie *Scientific American* oder *Reader's Digest* oder *Cosmopolitan* hinlänglich dokumentiert worden ist. Auffälligstes Symptom der Erkrankung ist die Tendenz der Betroffenen, leise vor sich hin zu murmeln: »Ich allein kenne die Wahrheit! Irgendwann, wenn es zu spät ist, dann werden sie es verstehen. Wenn die Aliens die Erde mit ihren neutroniumgetriebenen Raumschiffen angreifen, werde nur ich imstande sein, mit ihnen zu kommunizieren, und dann …! Dann schaffe ich es vielleicht auch endlich mal, jemanden aufzureißen.«

Aber den WW-Kranken reichte es nicht, sich allein an ihrem geheimen Wissen zu weiden. Nein, sie entwickelten spezielle Theorien, die sich zumeist mit Vertuschung, Verschwörung und verwandten Themen beschäftigten. Und trotz all ihrer Geheimnistuerei und ihres Misstrauens konnten sie diese Theorien einfach nicht für sich behalten. Selbst dann nicht, wenn man sie auf Knien darum anflehte. Das kleinste Aufflackern von Interesse, real oder eingebildet, reichte ihnen, sich mit aller Vehemenz über ihre jeweilige Lieblingstheorie auszulassen. Es soll schon Leute gegeben haben, die sich bei dem Versuch, dieser Art der »Konversation« zu entgehen, ganze Körperglieder abgenagt haben.

Es ist wirklich keine schöne Krankheit. Allein die Vorstellung jagte Jay kalte Schauer über den Rücken.

Darauf bedacht, keinen Blickkontakt zu den Verdächtigen herzustellen, hielt er sich dicht an Kay.

Hinter der Ladentheke verrichtete ein süßes Mädchen in den Zwanzigern, großzügig gepierct und tätowiert, seinen Dienst. Sie hätte sogar noch süßer sein können, hätte ihr dichtes dunkles Haar mehr als nur flüchtige Bekanntschaft mit Bürste und Kamm geschlossen oder wäre ihr Teint nicht ganz so wächsern gewesen oder hätte irgendeine wohlmeinende Seele ihr erzählt, dass die letzten Lebewesen, die es geschafft hatten, mit derart dicken dunklen Strichen um die Augen herumzulaufen, zu Cleopatras Zeiten gelebt haben mussten. Waschbären selbstverständlich ausgenommen. Sie starrte leeren Blickes auf den Monitor – der, soweit Jay sehen konnte, nicht minder leer war –, als Kay ihr seine Karte reichte. Wieder zum Leben erwacht, öffnete sie sein Kundenkonto.

»Diese Karte ist aber schon lange nicht mehr benutzt worden«, sagte das Mädchen, als wollte sie Kay eines Verbrechens gegen die Menschheit anklagen, zumindest aber gegen die westliche Welt. »Das letzte Mal vor meiner Geburt.«

»War auf Geschäftsreise«, antwortete Kay.

»Hat Millionen von Vielfliegermeilen eingeheimst«, kommentierte Jay.

»Sie können ja mal versuchen, die zu nutzen.« Das Mädchen rümpfte verächtlich die Nase. »Ich wollte schon immer mal nach Kambodscha. Da gibt es Hummer für, na, ungefähr einen Dollar. Und dann hat mir die Fluggesellschaft gesagt, Urlaubsflüge sind ausgenommen. Man muss übers Wochenende fliegen. Das ist ein Komplott ...«

»Können Sie uns sonst noch etwas über dieses Kundenkonto sagen?«, unterbrach Jay sie vorsorglich.

»Nur dass Sie nie etwas ausgeliehen haben«, erwiderte das Mädchen und gab Kay die Karte zurück.

Kays Mundwinkel sackten um den Bruchteil eines Millimeters nach unten. Sackgasse. Gestorben.

Jay fühlte, wie sich seine Gedärme verkrampften. Die Zeit lief, die Sekunden verrannen. Wenn sie die Erde retten wollten, mussten sie eine neue Spur herbeizaubern, und zwar schnell. Aber woher ...

Jedenfalls nicht aus diesem Laden. Wozu die Zeit mit einer kalten Spur vergeuden. Gemeinsam mit Kay wandte er sich zum Gehen, doch die Stimme des Mädchens hielt sie auf. »Sie haben mal einen Film reservieren lassen, aber sie haben ihn nie abgeholt.« Dann wandte sie sich ab und brüllte: »Newton!«

Newton tauchte aus den geschützten, geheimnisvollen Eingeweiden des Bandwurms auf, ein Mann Mitte dreißig, der sein Schicksal wie ein Ehrenabzeichen trug. Klischees sind kein Maßstab, aber Klischees entstehen auch nicht aus dem Nichts. Sie gründen sich auf irgendetwas. Newton war die einzig wahre Quelle sämtlicher Klischees über Streber, Idioten und Sonderlinge. Er hatte lichtes Haar und glänzende Knopfaugen, die durch dicke Brillengläser in einem schwarzen Gestell starrten, und er war in einem Stil gekleidet, der zum Himmel schrie, dass er nicht nur immer noch bei seiner Mutter wohnte, sondern sich auch noch ihren Modevorstellungen unterwarf. Als er Jay und Kay in ihren schicken schwarzen Anzügen und ihrer »Wir-sind-Regierungsangestellte-und-sind-hier-um-Ihnen-zu-helfen«-Haltung vor der Ladentheke stehen sah, war er schneller auf der Hut als ein Dobermann auf der Fährte eines Einbrechers.

»Hältst du mich jetzt immer noch für paranoid, Hailey?«, fragte er seine Mitarbeiterin in bissigem Ton.

»Ja«, entgegnete Hailey. Q.E.D., aber das hatten wir schon.

Misstrauisch konzentrierte er sich auf die Besucher, deren gepflegte Erscheinung ihn sichtlich beunruhigte. »Ich bin Newton«, sagte er. »Ich manage den Laden.« Dann beugte er sich über die Theke und fragte im Verschwörerton: »Sind Ihnen in letzter Zeit irgendwelche Aliens begegnet?«

»Sie brauchen professionelle Hilfe, mein Sohn«, erklärte Kay.

»Die kriegt er schon«, verkündete Hailey ungefragt. »Hilft auch nicht.«

»Erinnern Sie sich an mich?«, fuhr Newton fort. »1997? Die Leichenhalle? Ich war der Typ, der in dem Schleim an der Decke geklebt hat?« Angesichts verständnisloser Blicke kam er zum Thema zurück. »Das Band, das Sie reserviert haben ...« Newton betrachtete die Datei, die Hailey auf dem Monitor aufgerufen hatte. Als er wieder aufblickte, schien es, als sähe er sie plötzlich mit anderen Augen. »Episode siebenundzwanzig … Das ist die über das Licht von Zartha, richtig? Die habe ich oben.«

Jetzt war es an Kay und Jay, die Ohren zu spitzen.

»Erzählen Sie weiter«, ermunterte ihn Jay.

In Zeds Büro, tief im Inneren der besiegten Zentrale der Men in Black, war Serleena soeben damit beschäftigt, die unzureichenden Leistungen ihrer Arbeitnehmer aufzuarbeiten. Sie hatte keines der unzähligen Selbsthilfebücher für das gehobene Management gelesen, und die Leiden des Comic-Helden *Dilbert* waren ihr auch nicht so recht verständlich, dennoch war es ihr auch ohne fremde Anleitung gelungen, einige eigene Regeln für Hocheffektive Neuralwurzelkreaturen zu formulieren.

Nun stand sie neben Zeds Schreibtisch und blickte auf ihren zweiköpfigen Handlanger Scrad/Charlie herab, während der bewusstlose Zed ahnungslos daneben lag. Scrad/Charlie waren zurückgekehrt und hatten Bericht erstattet, einen Bericht, der detailliert die Vorfälle auflistete, die sich an diesem Abend im Keller von Jeebs' Pfandleihe abgespielt hatten. Sie hatten sich alle Mühe gegeben, das ganze Geschehen in einem möglichst optimistischen Licht erscheinen zu lassen, doch ihre Fähigkeiten als Schönredner waren mehr als begrenzt.

Charlies Kopf war abgewandt, vielleicht aus Scham, dass sie ihre liebliche Kommandantin so bitter enttäuscht hatten, sodass Scrad wohl oder übel das Reden übernehmen musste. »Danke für deine Gnade, Serleena.«

»Du bist der lebendige Beweis, dass zwei Köpfe auch nicht besser sind als einer«, giftete sie verächtlich.

»Guter Spruch, wirklich gut.« Niemand konnte so geschmeidig in fremde Ärsche kriechen wie Scrad, vor allem, wenn sein eigener gerade auf dem Spiel stand. »Wir werden Kay finden«, versprach er.

»Euch bleibt weniger als eine Stunde. Verschwindet.«

Scrad nickte und machte gehorsam kehrt. Hinter ihm hob Charlie nun doch den Kopf und offenbarte den wahren Grund für seine auffällige Zurückhaltung: Sein Gesicht war zu blutigem Brei zerschlagen worden. Es wäre unfair, den Schaden, den Serleena angerichtet hatte, mit einem Teller rohen Hackfleischs zu vergleichen. Rohes Hackfleisch war immer noch potenziell appetitanregend. Charlies Gesicht nicht.

»Gar nicht so schlecht gelaufen«, flüsterte Scrad seiner geprügelten Hälfte zu.

»Hinter dir war es weniger schön«, nuschelte Charlie mit abgebrochenen Zähnen und geschwollenen Lippen.

»Das ist es nie.«

Nachdem sie mit ihren Handlangern fertig war, versuchte Serleena auf eine andere Weise ans Ziel zu gelangen. Sie packte den bewusstlosen Zed an der Kehle, hielt ihn über ihren Kopf und schüttelte ihn wie ein Staubtuch.

»Zed!«, brüllte sie, um ihn zu wecken. Er keuchte, zitterte, würgte, aber er kam wieder zu sich. Serleena ließ ihn runter und zog ihn dicht an sich heran.

»Sieh dich nur an«, gurrte sie. »Fünfundzwanzig Jahre, und du bist immer noch attraktiv.«

»Kein Fleisch, keine Milchprodukte«, entgegnete er. »Und sieh dich an. Immer noch ein Haufen ekliger Scheiße in neuer Verpackung.«

»Warum so aggressiv?« Die Kränkung berührte sie nicht, perlte von ihr ab wie Wasser. Stattdessen klang ihre Stimme amüsiert. »Zed, wir beide sind auf der Suche nach der gleichen Sache.« Sie stieß ihn brutal auf seinen Stuhl und drückte ihm seinen Kommunikator in die Hand. »Hol ihn her.«

»Ich glaube nicht«, widersprach Zed.

»Du wirst tun, was ich dir sage«, verkündete Serleena immer noch in liebenswürdigem Ton. »Oder hast du das kleine Geheimnis des Lichts vergessen?«

Innerhalb der MIB erzählte man sich, Kay hätte sich seinen Gesichtsausdruck bei Zed abgeschaut, dem wahren Meister emotionaler Kontrolle. Als nun ein Hauch von Beunruhigung über Zeds Züge huschte, war klar, dass er sich an das kleine Geheimnis des Lichts erinnerte und dass es sich, unter Kennern, um ein recht ungewöhnliches Geheimnis handelte.

»Die Sicherheitsvorrichtung«, krächzte er mit trockener Kehle.

»Wenn es nicht zum vereinbarten Zeitpunkt wieder auf Zartha ist, macht die Erde *pffft*«, brachte Serleena die Dinge mit einem höchst überzeugenden Lächeln auf den Punkt. »Ich verliere, und du verlierst auch. Ich gewinne, und die Erde dreht sich weiter.«

Zeds stoische Miene hielt noch einen Augenblick länger stand, ehe sie endgültig zerfiel. Plötzlich sah er aus wie ein Mann, dessen letzte Hoffnung auf Erlösung zunichte geworden war. »In Ordnung, Serleena«, sagte er. »Du gewinnst.« Er tippte eine Zahlensequenz in die Tastatur des Kommunikators und reichte ihn ihr.

Sie grinste triumphierend, als sie das vielversprechende Klingeln hörte, das Geräusch einer erfolgreich aufgebauten Verbindung, und dann …

»Das Waverly-Kino ist stolz, ihnen die tausendste Vorstellung der Rocky Horror Picture Sh …«

Gerade, als ihr das Grinsen im Gesicht gefrieren wollte, griff Zed hinter sich, packte die Schreibtischlampe und zog sie ihr über den Schädel. Dann sprang er auf und versetzte Serleenas Kopf eine Reihe mächtiger Tritte. Als er danach wieder auf dem Boden aufkam, stellte er fest, dass der Verzicht auf Fleisch und Milchprodukte wirklich geholfen hatte.

Unglücklicherweise schien Serleena einen ähnlichen Speiseplan zu befolgen. Zeds Schläge, die gereicht hätten, einen ganzen Haufen Fernfahrer auf einmal auszuschalten, brachten sie nicht einmal aus dem Gleichgewicht. Ehe er wusste, wie ihn geschah, kam sie wieder auf ihn zu, und nun lächelte sie nicht mehr.

»Wirklich sehr aggressiv«, stellte sie fest, ehe sie ihm gegen den Schädel trat. Ein Tritt reichte.

Nachdem Zed nunmehr erneut bewusstlos war, blickte Serleena hinaus in die Haupthalle der MIB-Zentrale, die sich unter ihr ausbreitete. Kein Grund zur Sorge; alles war noch genau da, wo sie es nach der gewaltsamen Übernahme hinterlassen hatte.

Oder etwa nicht?

Ihre Augenbrauen zogen sich zusammen, und ihr Blick ruhte auf dem Leichnam des toten Außerirdischen. Er verhielt sich irgendwie nicht tot genug. Etwas in ihm bewegte sich. Die Zornesfalte zwischen Serleenas Brauen vertiefte sich. Das Ding war tot, und es bewegte sich, und das sollte es nicht tun.

Nun, sie würde herausfinden, warum es das tat, und dann würde sie das Ganze beenden.

Wie Zed sicher bestätigen würde, wäre er nicht ohnmächtig gewesen, war Serleena sehr gut darin, Dinge zu beenden.

KAPITEL 16

Newton wohnte in einem Appartement über der Bandwurm-Videothek. Sein Schlafzimmer war ein chaotischer Haufen aus Zeitungsausschnitten über UFO-Sichtungen, gefälschten außerirdischen Artefakten, Raumschiffmodellen, Schildern, die rieten: *Vertrauen Sie Niemandem*, und einem Schaukasten mit peinlich sauberen, perfekt organisierten, sorgfältig etikettierten, systematisch geordneten und mit Querverweisen versehenen Videobändern. Kaum hatte er Jay, Kay und

Hailey sicher in das Sperrgebiet gelotst, schloss er die Tür und verrammelte sie mit mehreren Zusatzschlössern.

»Newton, bist du das?«, ertönte die Stimme einer älteren Frau aus irgendeinem Winkel des Appartements.

»Ja, Mom!«, rief Newton zurück. »Ich bin mit ein paar Freunden in meinem Zimmer.«

»Ich will ein Baby von dir!«, kreischte Hailey laut genug, dass Mom es hören musste. Jay sah ihr an, wie sehr sie es genoss, ihren inneren Anarchisten von der Leine zu lassen, was sich deutlich in ihrem breiten Grinsen und dem panischen Schrecken in Newtons Gesicht niederschlug.

Unbeeindruckt erklang erneut die mütterliche Stimme: »Möchtet ihr ein paar Mini-Pizzen?« Offensichtlich kannte Mom ihren kleinen Jungen ganz genau und war felsenfest überzeugt, dass Newtie sich niemals vorehelichem S-E-X hingeben würde. Nicht, solange er unter *ihrem* Dach und nach *ihren* Regeln lebte. Newton war ein *guter* Junge.

Newton sah erst Jay und Kay fragend, dann Hailey sichtlich enttäuscht an. »Mini-Pizzen?«, wiederholte er das Angebot in dem Bemühen, sich höflich zu zeigen, so wie er es aus den Seifenopern im Fernsehen gelernt hatte. Seine Gäste starrten ihn lediglich wortlos an. Newton zuckte die Schultern, als wollte er sagen: *Und von mir heißt es, ich sei unsozial*, ehe er seiner Mutter antwortete: »Danke, wir brauchen nichts!« Dann wandte er sich wieder seinen Gästen zu. »Da drüben.«

Sie folgten ihm durch die begrenzte Landschaft seines Zimmers, vorbei an Sensationsmeldungen über Alien-Autopsien und kleinen Schreinen zu Ehren von Roswell und all seinen Geheimnissen, zu den Bändern, die brav in Reih und Glied auf ihren Einsatz warteten.

»Da ist es«, sagte Newton auf Anhieb und steuerte zielstrebig auf eine der unzähligen Videokassetten zu, um sie Jay zu geben.

Das Geheimnis des Lichts von Zartha, stand auf dem Etikett, und darunter: *Erzählt von Peter Graves.*

»Endlich«, sagte Jay. »Ein hieb- und stichfester Beweis.« Es war schwer zu sagen, ob er es ernst meinte.

»Spielen Sie es für uns«, forderte Kay, und irgendwo im Hintergrund lächelte der Geist von Humphrey Bogart.

Sofort stürzte sich Newton auf den Videorekorder. Er war mehr als bereit, der Aufforderung nachzukommen. Es war, als hätte er zum ersten Mal in seinem Leben das Gefühl, wirklich etwas zu leisten. Und diese Leute waren anders als seine üblichen Gäste. Diese Typen in ihren schwarzen Anzügen hatten nichts mit den Stammkunden der Videothek gemein. Sie sahen normal aus, durchschnittlich.

Newton wusste sehr gut, wie durchschnittliche Menschen im Allgemeinen auf Leute wie ihn zu reagieren pflegten. Durchschnittliche Menschen hielten ihn für verrückt, weil er glaubte, dass es im Universum mehr gab als nur Oliver-Stone-Filme, während er es arrogant fand, wie sie sich einbildeten, sie selbst stellten die Krone des Lebens im ganzen Kosmos dar. Ob man nun ein Anhänger der Schöpfungsgeschichte war oder sein ganzes Vermögen auf den Urknall setzen würde, Newton glaubte fest, dass die Schöpfung nach Vielfalt verlangte. Um alles in der Welt, waren diese Leute denn wirklich unfähig, die Dinge zu Ende zu denken? Wie könnte nur *eine* Welt von empfindungsfähigen Wesen bevölkert sein, wenn das Universum schon vier Sorten Coca-Cola zu bieten hatte?

Im Augenblick jedoch hatte er seine Gefühle im Griff und ließ das Videoband ablaufen.

Es war die Art von Film, der solche cineastischen Größen wie Ed Wood und das komische Kind am Ende der Straße in Erinnerung brachte, das eines Tages Papis Videokamera in die Finger bekommen hatte und seine Freunde überreden konnte, sich die Haut mit Lebensmittelfarbe grün zu färben, um als Marsmenschen aufzutreten. In jeder Nachbarschaft gibt es so ein Kind. Und eine Wasserpistole in Alufolie gibt eine nette Strahlenkanone ab. Wenn der Wert Ihrer Produktion etwa dem von *Plan 9 aus dem Weltall* entspricht und Ihr Budget gerade für Bastelpapier, einen kaputten Karton und eine Kiste Legosteine reicht, kann sich Ihr Publikum auf eine erstklassige visuelle Erfahrung einrichten.

Die erste Einstellung zeigte ein Büro, das in dieser Art von pseudowissenschaftlicher »Dokumentation« schon als Standard gelten kann. Das Mobiliar war schäbig, und die komplette Einrichtung wirkte, als hätte der Produzent sie sich von Leuten geliehen, die einer regelmäßigen Tätigkeit nachgingen. Da waren Regale voller wichtig aussehender Bücher im Hintergrund, die die Illusion nähren sollten, hier hätten ordentliche Nachforschungen stattgefunden. Der Glaubwürdigkeit des Films wäre gewiss gedient gewesen, hätten die Buchrücken nicht ausgesehen wie bemalte Pappattrappen.

Peter Graves trat gewichtigen Schrittes ins Bild und setzte sich auf die Schreibtischkante. Seit *Kobra, übernehmen Sie* waren viele Jahre vergangen, doch er besaß noch immer diesen dramatischen Überfluss silbernen Haares, diese strahlend blauen Augen und die Fähigkeit, bei jedem Wort überzeugend und aufrichtig zu wirken. Nur gut, dass er sich nie der Politik zugewandt hatte.

»Auch wenn niemand in der Lage ist, ihre Existenz zu beweisen«, fing er, heftig mit der Kamera flirtend, an, »muss angenommen werden, dass eine halboffizielle Regierungsstelle, bekannt unter dem Namen *Men in Black*, hier auf Erden geheime Operationen durchführt, um uns vor Außerirdischen aus allen möglichen Galaxien zu beschützen. Sehen Sie nun eine der Operationen, die ›nie stattgefunden haben‹, aus einer der Akten, die ›nicht existieren‹.«

Jay bestaunte die wundersame Schönheit des Vortrages. Er erinnerte ihn an die Raffinesse aus Edgar Allen Poes *Der entwendete Brief*: Das beste Versteck war immer dort, wo etwas für jedermann sichtbar war. Was konnte geschickter sein, als ein Video anzufertigen, das die Wahrheit über die Men in Black enthüllt, und es so aussehen zu lassen, als wäre es das billigste Science-Fiction-Filmchen aller Zeiten, so dass niemand es für glaubwürdig halten konnte, abgesehen natürlich von Exzentrikern, Spinnern, Geisteskranken und Verschwörungstheoretikern?

Ein Sternenhimmel, der aussah wie ein schwarzes Tuch, auf das weiße Punkte mit einer im Dunkeln leuchtenden Farbe aufgetragen worden waren, füllte den Bildschirm aus, während Peter Graves mit seiner Erzählung fortfuhr:

»1978. Der grausame Krieg von Zartha wütet bereits seit fünfzig Jahren. Auf der einen Seite die Zarthaner, rein und unschuldig, auf der anderen ihre Feinde, die kylothianischen Eroberer ...«

Bücher sind über diese Momente der Filmgeschichte, in denen der kreative Geist willig, das Budget aber schwach war, geschrieben worden. In der bemerkenswerten amerikanischen Tradition, mit dem auszukommen, was vorhanden ist, wenn das eigentlich Gewünschte sich außer Reichweite befindet, waren an solchen Augenblicken stets Unmengen von Klebeband beteiligt, dessen Nutzung dem geneigten Zuschauer üblicherweise nicht verborgen bleibt.

Im besten Fall führt das zu Szenen, in denen ein römischer Zenturio die Hand zum Salut erhebt und seine Armbanduhr klar und deutlich zu sehen ist.

Die Schlachtszenen aus der »Dokumentation« des Krieges von Zartha waren für jeden cineastischen Fehlersucher eine Kombination aus heiligem Gral, Paradies und Schlaraffenland.

Ja, sie waren tatsächlich so schlecht. Verglichen mit dem, was die Agenten auf Newtons Fernsehschirm verfolgen durften, stand Ed Wood qualitativ auf einer Stufe mit Steven Spielberg. Die Art, wie die Produzenten dieser Gräueltat den

Angriff einer fliegenden Untertasse dargestellt hatten, war … war … war …

»Eine Wunderkerze auf einer Frisbeescheibe«, bemerkte Jay. »Gruselig.« Dann setzte er sich neben Kay, während Peter Graves seinen Vortrag fortsetzte:

»Aber die Zarthaner besaßen einen unschätzbaren Reichtum: Das Licht von Zartha. Eine Energiequelle, so Furcht einflößend, dass sie allein gereicht hätte, den Zarthanern zum Sieg und zum Wiederaufbau ihres Reiches zu verhelfen … oder die totale Zerstörung herbeizuführen, sollte sie den Kylothianern in die Hände fallen. Die Zarthaner beschlossen, das Licht auf einem unbedeutenden blauen Planeten, dem von der zugehörigen Sonne aus gesehen dritten, zu verstecken. Eine Abordnung Zarthas machte sich auf die Reise, angeführt von der Hüterin des Lichts …«

»Lauranna«, murmelte Kay leise, einen Augenblick, ehe Peter Graves fortfuhr:

»… Prinzessin Lauranna.«

Jay und Newton drehten sich um und starrten Kay an, der inzwischen völlig gefesselt den Vorgängen am Bildschirm folgte. Die sanfte, aufrichtige Stimme des Erzählers sprach weiter:

»Lauranna flehte die Men in Black an, ihr zu helfen, das Licht auf der Erde zu verstecken, aber diese durften sich nicht einmischen.«

Nun zeigte das Video einen Haufen Schauspieler, mehr schlecht als recht als Men in Black, Zarthaner und Kylothianer kostümiert, die in einem jener nicht näher definierbaren, aber genretypischen Maisfelder standen, die zu den beliebtesten Drehorten für Science-Fiction-, Horror-, Action- und Abenteuerstreifen zählten. Im Zweifelsfalle trifft man sich eben am helllichten Tag irgendwo im Nirgendwo einer Agrarregion. Man weiß ja nie, was sich so alles in den Cornflakes versteckt, auch wenn Selbige immer noch auf dem

Feld stehen und friedlich vor sich hin wachsen. Eine geheimnisvolle Dechiffriervorrichtung vielleicht, oder ein Rudel geheimer Regierungsagenten samt den Außerirdischen, mit denen sie es Tag für Tag zu tun haben. Der einzige Unterschied ist, dass man für die Dechiffriervorrichtung bei E-Bay eines Tages vielleicht einen anständigen Preis erzielen könnte.

Kay starrte auf die sonnengeflutete Szenerie. »Nein«, sagte er klar und deutlich zu dem Fernsehgerät. »Nacht.«

Etwas blitzte in seinem Kopf auf.

Da war es wieder, tief vergraben unter den wiederhergestellten Erinnerungen. Und es war schmerzhaft lebendig.

Es war Nacht, und er stand mitten in einem Maisfeld irgendwo im Mittleren Westen. Die Stängel überragten ihn, waren hoch genug, den MIB-Van und das goldene, tränenförmige Raumschiff vollständig vor neugierigen Blicken zu verbergen. Ganz in der Nähe hob sich reliefartig ein Maissilo vor der Dunkelheit ab. Die anderen Agenten in seiner Begleitung waren nicht länger unbedeutende Schauspieler in billigen Polyesteranzügen, sondern echte, reale, wachsame, scharfsinnige Profis. Auch die Zarthaner und die Kylothianer waren so echt, wie Kays zurückkehrende Erinnerungen sie nur darstellen konnten: die Kylothianer ein Haufen scheußlicher Neuralwurzeln, gnädig verhüllt von Kapuzen und langen Roben, die Zarthaner weit menschenähnlicher und Prinzessin Lauranna …

Prinzessin Lauranna …

Sie war wunderschön. Ein Wort, das gleichzeitig zu wenig und zu viel über sie sagte. Ihr Gesicht, umrahmt vom Saum ihrer kelchförmigen blauen Kapuze, strahlte eine exotische Schönheit aus, die sich keinem einzelnen ihrer Züge zuschreiben ließ – leuchtende Augen, volle Lippen, glänzendes, rabenschwarzes Haar –, sondern die atemberaubende Wirkung all dieser Aspekte zusammen war.

Wieder leuchtete etwas in Kays Verstand auf. Dieses Mal war es ein Blitz, das Bild eben jener Blitze, die vor 25 Jahren den Himmel über diesem Maisfeld versengt hatten. Es hatte geregnet, als Kay und die anderen sich versammelt hatten, um der jüngsten Bedrohung für die Sicherheit des Planeten Erde zu begegnen.

Von irgendwoher, unendlich weit entfernt in Newtons Zimmer, hörte Kay sich sagen: »Regen«, während er immer tiefer in seinen Erinnerungen versank.

Der Regen peitschte hernieder. Beinahe konnte er ihn fühlen, auf seinen Haaren, auf seinem Gesicht, Tropfen, die über seinen Kragen rannen, noch nach 25 Jahren. Damals war er jung und stark gewesen, neu bei den Men in Black, aber bereit zu tun, was immer notwendig war.

Was immer notwendig war.

Eine vermummte Gestalt löste sich aus den Reihen der Kylothianer und kam auf ihn zu. Aus der Tiefe unter der Kapuze sprach ein wirres Knäuel neuraler Wurzeln mit Serleenas Stimme zu ihm: »Du hast sehr klug gehandelt.« Ihr Tonfall klang scheußlich zufrieden und siegesgewiss.

»Kay. Bitte. Ich bitte Sie ...« Eine andere weibliche Stimme drang mit der Gewalt einer Pistolenkugel in sein Hirn. Prinzessin Lauranna. Und die Regentropfen jener vergangenen Nacht rannen wie Tränen über ihr liebliches Gesicht. »Wenn sie das Licht bekommen, ist das das Ende unserer ganzen Zivilisation.«

Der jüngere Kay drehte sich zu ihr um, und sein Gesicht zeigte die gleiche eiserne Miene, die innerhalb der Organisation zu seinem Markenzeichen geworden war. Agent Kay, das bedeutete: Kenne die Regeln, halte dich an die Regeln. Alles nach Vorschrift.

Ohne Ausnahme.

»Botschafterin Lauranna«, sagte er. »Wenn wir unseren Schutz über die Erde hinaus ausdehnen, bringen wir die Erde selbst in Gefahr. Wir haben keine Wahl. Wir müssen neutral bleiben.«

»Wo ist es?«, begehrte Serleena zu wissen. Gier, Ungeduld und Blutdurst tränkten jede Silbe, die sie aussprach.

Kay wandte sich der Neuralwurzelkreatur mit präzise der gleichen geschäftsmäßigen Haltung zu, die er auch schon Lauranna gegenüber eingenommen hatte. »Sie haben doch wohl nicht gedacht, wir würden es Ihnen geben?«, erwiderte er. »Wir sind neutral. Wenn Sie es haben wollen …«

Das Silo explodierte, und ein Raumschiff schoss aus der Glut feuriger Abgase zum Himmel empor, hinauf in die undurchdringliche Finsternis des interstellaren Raumes.

»… dann suchen Sie es.«

»NEIIIN!« Serleenas wütendes Gebrüll übertönte mühelos das Donnern des entkommenden Raumschiffes. Sie rannte zu ihrem eigenen Schiff, doch ehe sie die Luke schloss und sich daranmachte, das entschwindende Objekt ihrer Begierde zu verfolgen, drehte sie sich noch einmal um. Eine Waffe blitzte in der Dunkelheit auf. Sie sah lächerlich aus: ein Wirrwarr glänzender goldener Röhren, die sich zu einem Strauß trompetenförmiger Kelche öffneten, ein Kuriosum, das geradewegs aus den schlimmsten Alpträumen des Komponisten John Philip Sousa stammen mochte.

Doch dieser Ausbund wahren Grauens verbreitete keine Klänge, sondern den Tod.

Serleena feuerte die Waffe mit tödlicher Genauigkeit in dem Augenblick ab, als Kay gequält aufschrie:

»LAURANNA!«

Zu spät, die Warnung kam zu spät, und der Schuss der Kylothianerin fiel zu plötzlich, zu zielgenau, um ihm noch auszuweichen. Lauranna brach sterbend zusammen, während die anderen Men in Black sinnlos auf Serleenas flüchtendes Schiff feuerten. Der Regen fiel und durchnässte Kay, als er in dem Maisfeld niederkniete und Lauranna in seine Arme zog.

Er spürte ihn nicht. Und nicht nur Regentropfen rannen über sein Gesicht. Dort oben, auf dem Bett in Newtons Zimmer, überwältigten ihn die Bilder einer durch Selbstneuralisation lange ausgelöschten Erinnerung, und der Schmerz, der ihnen folgte, war umso schwerer zu ertragen, nachdem er ihn jahrelang unterdrückt hatte. Er wollte den Blick abwenden, doch er wusste, er konnte es nicht. Vor seinen Erinnerungen konnte er sich nirgends verstecken.

Der jüngere Kay kniete in einem Maisfeld im Mittleren Westen am Boden, Laurannas Leichnam auf dem Schoß, und blickte auf seine Hand hinunter, auf seine fest geschlossene Faust. Langsam öffnete er die Finger. Im steten Regen kam ein Armband auf seiner Handfläche zum Vorschein; ein Armband, von dem er wusste, dass er es irgendwo gesehen hatte, bevor er sich gezwungen hatte, all diesen Schmerz noch einmal durchzustehen.

Hier endeten die Erinnerungen an dieses Erlebnis, und Kay befand sich wieder in Newtons Zimmer – samt seinen Erinnerungen – und starrte auf den Bildschirm, während Peter Graves sich aus dem Off vernehmen ließ:

»Ohne zu ahnen, was geschehen war, sind die Menschen dieser Erde wieder einmal von jenen geheimnisvollen Beschützern gerettet worden, die als Men in …«

Kay stoppte das Band.

»Ich hätte nicht …«, setzte er an.

»Sie haben es gar nicht von diesem Planeten wegbringen lassen«, sagte Jay, der langsam die volle Bedeutung dessen erfasste, was er gerade gesehen hatte. »Sie haben es hier versteckt. Das war der Plan, den Sie mit Lauranna ausgeheckt haben.«

»Ich habe gegen die Regeln verstoßen«, gestand Kay, was für ihn immerhin das schlimmste Verbrechen war, das ein Agent der Men in Black begehen konnte, womit seine Worte als schlimmstmögliche Selbstverurteilung gelten konnten.

Doch ihm blieb keine Zeit für weitere Selbstanklagen. Es gab zu viel zu tun, und was die Zeit betraf, all das zu tun …

Das rot leuchtende Display der Pulsar-Armbanduhr blinkte, ein unwiderlegbarer Beweis dafür, dass die Zeit knapp wurde.

Zusammengekuschelt, Händchen haltend und laut schniefend interessierten sich Hailey und Newton wenig für die Unruhe, die von ihren Gästen Besitz ergriffen hatte.

»So traurig«, schluchzte Newton.

»So schön«, stimmte ihm Hailey leise weinend zu.

Fast wie bei einer Vorführung von TITANIC, aber Kay hatte den Film nicht gesehen. Das Schiff war gesunken, Schluss damit. Er hatte für diese Weiberfilme nichts übrig.

»Der Armreif«, sagte er zu Jay, der auch nicht erst darauf warten musste, dass der Groschen fiel. »Würmer.« Er stürzte aus Newtons Zimmer und überließ es seinem Partner, für Ordnung zu sorgen.

Jay setzte die Ray-Ban auf und hielt dem weinenden Pärchen seinen Neuralisator vor die Nasen. Diese beiden waren fraglos füreinander geschaffen, wenn auch, wie mancher Zyniker vermutlich behaupten würde, aus Ersatzteilen. Vielleicht lag es an seinem eigenen Gefühl der Einsamkeit, vielleicht auch daran, dass er beschlossen hatte, auf seine ständig quasselnde innere Stimme zu hören, auf jeden Fall wusste Jay auf Anhieb, welche Idee er ihnen nach der Neuralisation aufschwatzen würde. Er erinnerte sich daran, was Hailey unten in der Videothek über ihren Herzenswunsch erzählt hatte.

Und er erinnerte sich an den Grund für diesen Wunsch.

Der Neuralisator blitzte auf, und er sagte: »Lad sie zu einem Hummeressen ein.«

Was zunächst nicht viel, zweifellos jedoch leichter in die Tat umzusetzen war als eine gemeinsame Reise nach Kambodscha. Außerdem kam es vor, dass, wenn ein Typ wie

Newton erst den Fuß in der Tür zu einer echten Beziehung hatte, auch der Rest von ihm nachfolgte. Wissenschaftler nannten so etwas Gravitation oder Trägheit der Masse oder das Überleben des Verschrobensten oder irgendwas anderes.

Jay fragte sich, ob Amor je lange überlegt hatte, ehe er zu seiner Zeit Gespanne geschmiedet hatte, die irgendwie zusammenzupassen schienen.

Dann rannte er hinter Kay her.

KAPITEL 17

Kaum waren er und Kay in den Mercedes gesprungen, benutzte Jay den eingebauten Kommunikator, um Kontakt mit Laura aufzunehmen. Sie war immer noch in der Wohnung der Wurmkreaturen, als der Ruf über den Kommunikator gemeldet wurde, den Jay in ihrer Obhut zurückgelassen hatte.

»Hallo?«, beantwortete sie das beharrliche Summen.

»Laura, ich bin's.« Jays Stimme war laut und deutlich zu hören, und sie klang angespannt.

»Jay!« Laura schien ehrlich erfreut, von ihm zu hören. Sollte ihr sein todernster Tonfall aufgefallen sein, so ließ sie sich das nicht anmerken. »Wir spielen gerade Twister.«

Und wie sie das taten. Die Würmer waren als unglaublich verworrener Knäuel geschmeidiger kleiner Leiber um Lauras Körper geknotet, die in der Mitte der sich windenden Masse feststeckte.

Kein Grund zur Klage für die Wurmkreaturen. Näher konnten sie einem weiblichen Wesen gar nicht kommen, nachdem sämtliche einschlägigen Vermittlungsagenturen der ganzen Stadt sie auf ihre Sogar-für-uns-zu-schräg-Liste gesetzt hatten.

»Hi, Jay.«

»Jay!«

»Hör auf, meinen Hintern zu befummeln.«

»Entschuldige, ich dachte, das wäre dein Gesicht.«

Laura nahm die ganze Geschichte einschließlich ihrer unglaublich verwickelten Lage mit einer gehörigen Portion sportlicher Fairness und noch mehr Humor gelassen hin.

»Sie können das wirklich gut«, erzählte sie Jay. »Sie haben keine Wirbelsäulen. Oh, und sie haben mir von Oprah erzählt. Aus Chicago? Ist sie vielleicht in Chicago gelandet?«

Unter anderen Umständen hätte Jay vermutlich selbst versucht, Laura mit einigen Beispielen aus dem gesammelten Klatsch und Tratsch über prominente »Erdlinge« zu beeindrucken, doch dies war weder die richtige Zeit noch der richtige Ort dazu. Zu viel stand auf dem Spiel, zu viele Dinge warteten darauf, sich zu schnell zu ereignen.

»Laura«, sagte er. »Trägst du ein Armband mit einem Glücksbringer?«

»Äh, ja.« Die unerwartete Frage verblüffte Laura. Mit einiger Mühe gelang es ihr, den zugehörigen Unterarm aus dem Bündel Wurmkreaturen zu befreien und einen Blick auf das fragliche Schmuckstück zu werfen.

Es war derselbe funkelnde Gegenstand, den die schöne Prinzessin Lauranna Kay im Augenblick ihres Todes in die Hand gedrückt hatte.

»Ben hat es mir geschenkt«, sagte sie. »Ich habe es schon, seit ich …« Etwas machte sie stutzig, etwas Neues, ebenso unerwartet wie beunruhigend.

Der Talisman in Form einer Pyramide hatte angefangen zu … zu …

»Leuchtet er?«, mischte sich Kay schroff in das Gespräch ein, und seine Worte drückten weniger eine Frage als etwas Unausweichliches aus.

»Er leuchtet.« Lauras zustimmende Stimme erfüllte das Wageninnere. »Das hat er noch nie getan.«

»Lass das Armband nicht aus den Augen«, befahl Jay.

»Jay, was ist …«

Ihm blieb keine Zeit, ihr zu antworten. Sein Gefühl sagte ihm, dass ihm keine Zeit mehr für irgendetwas blieb, dass er zu ihr musste, sie beschützen, sie beruhigen, alles für sie in Ordnung bringen musste. Für sie beide.

»Wir sind unterwegs.«

Er beendete die Verbindung, als der Mercedes mit quietschenden Reifen beschleunigte und einen Streifen Gummi auf der Straße zurückließ. Noch ein Tastendruck, und er hatte eine Verbindung zu Frank hergestellt.

»Frank, wir haben das Licht gefunden.« Jays Stimme drang so klar und deutlich aus dem Kommunikator des kleinen Mopses in der MIB-Zentrale, dass sämtliche Mobil- und Digitaltelefonsysteme dagegen verblassten. »Wir sind unterwegs zum Appartement der Würmer. Versuch, die Notschalttafel zu erreichen und die Abriegelung aufzuheben.« Ein Klicken, und die Verbindung war tot, noch ehe Frank die Anweisung bestätigen konnte.

Andererseits war Frank so oder so nicht in der Lage, irgendetwas zu bestätigen. Gefesselt und geknebelt lag er in Form eines ordentlichen, kleinen und verdammt wütenden Mopsbündels am Boden, während der Kommunikator in Serleenas Hand ruhte. Für einen Moment starrte sie das Gerät an, während ihre Gedanken um die Information kreisten, die Jay ihr durch seine unvorsichtige Botschaft direkt in den Schoß hatte fallen lassen wie das größte und beste Geburtstagsgeschenk aller Zeiten. Dann:

»*Scrad!*«

Während Serleenas scharfer Befehlston durch die Räume der Zentrale der Men in Black hallte, fegten Kay und Jay im Eiltempo durch die dunklen Straßen von New York City.

»Warum haben Sie nicht einfach gesagt: Ich liebe dich?«, fragte Kay seinen Partner.

»Ich kann Frank nicht ausstehen«, entgegnete Jay, um der

Frage auszuweichen, obwohl er viel zu scharfsinnig war, zu glauben, dass er Kay auch nur für einen Augenblick würde hinters Licht führen können.

Konnte er auch nicht.

»Laura«, sagte Kay ruhig. »Sie sind scharf auf sie, und so lange Sie bei den MIB sind, ist das ein Fehler.«

»Sie irren sich.« Jay tat sein Bestes, die Illusion zu nähren, dass er Kay täuschen konnte, dass er ihn von der richtigen Spur abbringen konnte.

»Darum haben Sie sie nicht neuralisiert«, fuhr Kay unbeirrt fort. »Sie sind weich geworden.«

»So wie Sie?«, konterte Jay giftig. Immerhin, vielleicht war Angriff ja doch die beste Verteidigung. »Wie Sie, als Sie Lauranna begegnet sind?«

Kay widersprach nicht. Er gehörte nicht zu den Menschen, die der pseudopsychologischen Theorie anhingen, dass jeder je begangene Fehler erstens okay und zweitens nicht ihre Schuld war, solange sie nur Mittel und Wege fanden, Letztere jemandem anderen in die Schuhe zu schieben. Er übernahm für alles, was er vor all diesen Jahren getan oder nicht getan hatte, die volle Verantwortung.

»Ich habe unseren ganzen Planeten in Gefahr gebracht, weil ich mich nicht an die Regeln gehalten habe.« Er bedachte Jay mit einem strengen Blick. »Werden Sie mir ja nicht weich, Kleiner.«

Die Strecke von der Bandwurm-Videothek bis zum Appartement der Wurmkreaturen schien eine Million Jahre zu erfordern. Kays alte Pulsar verriet ihnen bar jeden Zweifels, dass die Zeit noch immer im gleichen Rhythmus voranschritt wie zuvor, doch Jay kam es vor, als dehnten sich die blinkenden Sekunden wie Flüssiglatex. Er wünschte, unter all der außerirdischen Technologie, die die MIB gesammelt hatten, gäbe es ein Gerät, das ihn innerhalb eines Lidschlags von einem Ort zum nächsten hätte transportieren können.

Tatsächlich gab es so etwas, doch die Außerirdischen, denen das Patent gehörte, hatten sich geweigert, es den Erdlingen zur Verfügung zu stellen, nachdem irgendein Idiot in der Zentrale ihnen gestattet hatte, sich beide Verfilmungen von *Die Fliege* anzusehen. Die Cronenberg-Version hatte ihnen für die nächsten fünfzehn Jahre den Appetit verdorben, und das Angebot eines Globalen Translokators wurde gnadenlos zurückgezogen.

Jay fühlte sich geradezu physisch erleichtert, als er endlich vor der Tür der Wurmkreaturen stand und klopfte.

Keine Antwort.

Vermutlich waren die kleinen Weiberhelden viel zu sehr von ihrem Spiel gefesselt, um Jay und Kay hereinzulassen.

Aber wäre das der Fall gewesen, warum rief dann nicht jemand »Kommt rein« oder »Wartet, bin gleich da« oder ...?

Jays Erleichterung verflüchtigte sich wie ein Tropfen Wasser auf einer heißen Herdplatte. Er machte einen Schritt zurück und trat die Tür ein.

Was er vorfand, bestätigte seine schlimmsten Befürchtungen.

Das Appartement der Wurmwesen hatte sich von einer Junggesellenbude in ein Schlachtfeld verwandelt. Wo Jay auch hinschaute, er sah nur Zerstörung und Chaos. Das Echo des Lärms, den er beim Eintreten der Tür veranstaltet hatte, war das einzige Geräusch in diesen verwüsteten Räumen, ein Geräusch, das nur allzu schnell verhallte. Die Stille, die ihm folgte, und all das, was sie repräsentierte, fühlte sich an wie ein gewaltiges Gewicht auf seinen Schultern und seinem Herzen.

»Laura!«, brüllte er in das Chaos.

»Kommen Sie her«, lautete die einzige Antwort, die er erhielt, und sie stammte von Kay, der ihm zeigen wollte, was er entdeckt hatte.

Jay folgte der Stimme und sah sich einem entsetzlichen

Anblick ausgeliefert: Der Boden des Appartements war von den leblosen Körpern der Wurmkreaturen bedeckt. Jemand hatte sie in Stücke gehackt, hatte jeden einzelnen von ihnen in zwei Teile zerlegt. Jemand, dessen Vokabular keinen Begriff für das Wort »Overkill« kannte.

Nur gut, dass sie Linoleum auf dem Boden verlegt hatten. Es war schon schwer genug, gewöhnliche Flecken aus Teppich zu entfernen, aber Körperflüssigkeiten ... Selbst Heloise – die mit den hilfreichen Haushaltstipps – würde Ihnen sagen, dass ein Gemetzel diesen Ausmaßes einige mächtig schlimme, mächtig hartnäckige Flecken hinterlassen würde.

Schlimm genug, von einer mordlüsternen Kylothianerin in Stücke gehauen zu werden, aber deswegen muss man ja nicht auch noch seinen Notgroschen für eine umfassende Renovierung opfern.

»Neeble!«, rief Jay, während er auf einen der zerteilten Körper von Serleenas Opfern hinabblickte. Für den Rest der Welt mochten sie Würmer sein, für ihn waren sie Kameraden, Kollegen und Freunde, auch wenn er das Silber einschließen musste, sobald sie zum Essen kamen.

Ein Stöhnen war von einem der Körperteile zu vernehmen. Der Wurm namens Neeble schlug die Augen auf und sah sich benommen um. Eines der ersten Dinge, die in sein Blickfeld gerieten, war die andere Hälfte seines verstümmelten Körpers, was kaum ein beruhigender Anblick gewesen sein konnte. Jay war bereit, Neebles letzte Atemzüge mit so viel Trost wie nur möglich zu begleiten.

»O Mann«, murrte Neeble. Er hörte sich nicht gerade wie ein Sterbender an, sondern schlicht verstimmt.

Beim Klang seiner Stimme öffnete sich ein Augenpaar an einem Ende seines Unterleibes. Neeble sah benommen zu, wie sich seine untere Körperhälfte zu einer eigenständigen Kreatur entwickelte.

»Neeble?«, fragte er vorsichtig.

»Neeble?«, entgegnete das inzwischen vollständige Wesen.

Und das Gleiche geschah überall in dem zertrümmerten Appartement. Nach und nach regenerierten die halbierten Leiber sämtliche fehlenden Teile, die sie brauchten, um sich zu vervollständigen.

»Mannix?«, erkundigte sich einer.

»Ja, ich bin Mannix«, ertönte die beruhigende Antwort von dem, was einst des oberen Mannix' Unterleib gewesen war.

»Mein Bruder!«, rief der obere Mannix beglückt und hob eine halbe Hand. »Gib mir zweieinhalb!« Der untere Mannix kam seiner Bitte frohgemut nach und schlug mit den Spinnenfingern auf die Handfläche seines ehemaligen oberen Selbst.

Innerlich war Jay ebenso froh wie die Halbwürmer, seine Kaffee saufenden und Büromaterial klauenden Kumpels lebendig und wohlauf und außerdem noch vermehrt vorzufinden, doch das Feiern würde warten müssen.

»Wohin haben sie Laura gebracht?«, fragte er die instand gesetzten Wurmkreaturen.

»MIB«, informierte ihn Neeble bereitwillig. »So ein blöder zweiköpfiger Typ.«

»Hatte es ziemlich eilig«, meinte einer der beiden Würmer, die auf den Namen Sleeble hörten. »Aber er hat noch kurz gewartet, um das Ende von *Alle lieben Raymond* nicht zu verpassen.«

»Sie wollen mit einem der beschlagnahmten Schiffe aus der Zentrale wieder nach Hause fliegen«, fügte Geeble hinzu.

»Aber sie haben den Armreif …«, sagte Jay, und plötzlich fühlte er sich schmerzhaft hilflos, doch er tat sein Bestes, sich nichts anmerken zu lassen.

»Wir haben noch neununddreißig Minuten, um das Licht von diesem Planeten zu schaffen, oder wir werden atomisiert«, bemerkte Kay und riss ihn zurück in den Krisenstatus. »Wollen wir das erst ausdiskutieren?«

Diskutieren, nein. Auf den Putz hauen, ja.

Doch ehe sie die Zentrale zurückerobern und das Licht von Zartha vor Serleena und ihren Leuten retten konnten, mussten sie sich die richtigen Werkzeuge für diesen Job beschaffen, so viel wussten beide genau.

Zeit für eine Shoppingtour.

In der Geschichte der Men in Black hatten sich schon einige mächtig widerliche Dinge ereignet. Da war diese unglückliche Explosion eines borusianischen Schleimferkels. Da war jener bedauerliche Vorfall mit dem Team der TV-Debatte von Ceeceelix IV, das versehentlich während der Paarungszeit in einem Affenkäfig im Zoo eingeschlossen war. Der unerwartete Druckabfall einer auralypigianischen Debütantin während des Vassar-Balles, obwohl man der Fairness halber anmerken muss, dass kaum einer der Anwesenden diese Episode sonderlich erwähnenswert fand, abgesehen von der stark überlasteten Hausmeisterriege.

Doch all diese Ereignisse waren gar nichts, verglichen mit dem, was die Agenten Jay und Kay vorfanden, als sie die Tür zu Kays ehemaligem Appartement öffneten.

Martha.

Von allen fühlenden Lebewesen in allen Planetensystemen in allen Galaxien des Universums, warum musste es ausgerechnet Martha Steward und ihre Lifestyle-Sendung sein?

Jay atmete tief durch, als er und Kay durch die Tür traten. Während seiner Zeit bei den Men in Black hatte er gewissenhafte Nachforschung über Martha und ihre Helfershelfer angestellt, doch es war ihm nicht gelungen, eine Verbindung zwischen ihr und einer intergalaktischen Verschwörung nachzuweisen. Und das, obwohl sie die unheimliche Fähigkeit besaß, jeder Frau auf der Erde irgendwie einen Minderwertigkeitskomplex einzuimpfen, weil sie es nicht fertig brachte, ihr Leben perfekt zu gestalten.

Alles was er herausgefunden hatte, war die beängstigende Tatsache, dass es innerhalb der MIB eine Zelle von Martha-Fans gab – und nicht alle Fans waren Frauen.

Die Frau, die in Kays Wohnung auf dem Sofa saß, war Marthas Einfluss ganz offensichtlich erlegen. Der Mann – zweifellos ihr Ehemann – hatte den starren Gesichtsausdruck eines unbeteiligten Zuschauers. Ein kleines Mädchen hockte mit auf der Couch; wahrscheinlich hatte sie die Wahl gehabt, sich entweder Marthas Ratgeber-Sendung anzusehen oder ins Bett zu gehen. Oh, die Qualen, die Kinder auszustehen bereit sind, nur um lange aufbleiben zu dürfen! Sie saß ebenfalls mit ausdruckslosen Gesicht da, spielte jedoch im Geiste ohne Zweifel bereits alle möglichen Racheszenarios durch, die sie augenblicklich in die Tat umsetzen würde, sobald sie ein Teenager geworden war.

Die drei waren so tief in TV-Hypnose, dass sie es kaum bemerkten, als sich die Wohnungstür öffnete, obgleich sie tatsächlich von Marthas erbarmungsloser Vorführung perfekter Schwammtechnik bei Malerarbeiten aufblickten, als Jay, Kay und die Würmer in ihr Apartment traten.

»Alles klar, Leute«, sagte Kay. »Ich hab früher mal hier gewohnt. Wollte nur ein paar Sachen abholen.«

Es mochte am Überraschungsmoment liegen, am puren Schock über dieses Eindringen in ihr trautes Heim, oder vielleicht auch daran, dass Martha in der Tat ihren Geist gebrochen hatte, doch die glückliche Familie gab keinen Mucks von sich, als Jay quer durchs Wohnzimmer zu dem Thermostat marschierte, der über ihrem Fernseher an der Wand angebracht war. Mit der Sicherheit eines professionellen Tresorknackers dreht er den Regler. Als Antwort klappte die ganze Wand hinter dem Sofa auf und gab den Blick auf einen höhlenartigen Raum frei, der bis zur Decke mit einem bildschönen Sortiment tödlicher MIB-Waffen voll gestopft war.

Unter dem betäubten Starren der Familie plünderten Jay

und Kay das Lager, suchten sich ihre Lieblingswaffen aus und warfen dann den Wurmkreaturen Fissionskarbonisierer und Neuraldestabilatoren zu. Diese waren ganz hingerissen, mit derart schwerer Artillerie betraut zu werden.

»Sichern und laden, Baby!«, krähten sie begeistert. Aufgedreht, wie sie waren, war es eine Gnade, dass sie nicht auch noch in einen üblen Arnold Schwarzenegger-Akzent verfielen oder versuchten, jemandem eins hintendrauf zu brennen.

Während Kay wieder zum Thermostat zurückkehrte und die Kombination einstellte, um die Wand wieder in ihre ursprüngliche Position zu bringen, setzte Jay seine Ray-Ban auf und nahm vor der katatonischen Familie Aufstellung, die immer noch wie erstarrt auf dem Sofa hockte. Als der Neuralisatorblitz verblasste, lieferte Kay die für die Sicherheit des Planeten und den mentalen Frieden von Zivilisten nötigen neuen Daten: »Sie haben kein Zimmer voller glänzender Waffen gesehen«, dozierte er. »Sie haben keine außerirdischen Wurmwesen gesehen. Aber Sie werden einander für den Rest Ihres Lebens lieben und wertschätzen.«

Nachdem er solcherart seine Pflicht erfüllt hatte, strebte er zur Tür hinaus und überließ es Jay hinzuzufügen: »Was nur noch siebenundzwanzig oder achtundzwanzig Minuten dauern könnte, also fangen Sie schon mal mit dem Lieben und Wertschätzen an.«

Er schob sich gerade hinter Kay und den Wurmkreaturen rückwärts zur Tür hinaus, als sein Blick auf das kleine Mädchen fiel. Ein boshafter Gedanke tippte ihm auf die Schulter, und er sagte: »Ach ja, und sie kann so lange aufbleiben, wie sie will, und darf Kekse und Süßigkeiten und all solches Zeug essen.«

Vielleicht würde heute Nacht die Welt untergehen, vielleicht auch nicht, aber irgendwie fand Agent Jay es tröstlich zu wissen, dass er etwas unternommen hatte, um das Kind für das zu entschädigen, was es hatte erdulden müssen.

Martha!

Das waren vielleicht Eltern.

Verdammt.

Und mit diesem fröhlichen Gedanken eilte er hinaus.

KAPITEL 18

Es herrschte nicht viel Verkehr auf dem Weg von Kays ehemaligem Appartement zur Zentrale der Men in Black, und Fußgänger waren zu dieser Stunde in diesem Teil Manhattans nicht unterwegs. Was auch gut war, zumindest schonte es die guten alten Neuralisatoren. Am Ziel sprangen Jay und Kay aus dem Mercedes und rannten auf den überdimensionierten Eingang der Zentrale zu, ihre Waffen griffbereit am Körper verteilt.

Kay blickte über die Schulter. »Seid ihr bereit, Jungs?«, fragte er.

Hinter ihm waren die Wurmwesen, deren Gummigesichter bereits mit Tarnfarbe beschmiert waren, eifrig damit beschäftigt, Patronengurte anzulegen und ihre Messer zu verstauen. Irgendwo auf der anderen Seite des Kontinents würde Sylvester Stallone einige Fragen zu beantworten haben.

»Klar zum Aufräumen«, verkündete Neeble grimmig.

»*Houah!*«, bekräftigte Geeble, und sein inbrünstiger Kampfschrei wurde sogleich von seinen Brüdern übernommen.

»*Houah!*«

Was zum Teufel das auch bedeuten mochte, es hörte sich jedenfalls cool an.

»Fertig, Kleiner?« Dieses Mal war Jay gemeint.

»Kleiner?«, wiederholte Jay grollend. »Während Sie Päckchen ausgeliefert haben und vor Schoßhündchen getürmt sind, habe ich die Erde vor einer Kreelon-Invasion bewahrt.«

Kay gab sich unbeeindruckt. »Kreelons«, sagte er und besaß

tatsächlich die Frechheit, zu klingen, als müsste er ein Kichern unterdrücken. »Die Back Street Boys des Universums. Was haben sie getan? Mit Schneebällen nach Ihnen geworfen?«

Jay beschloss, angesichts der drohenden Zerstörung des ganzen Planeten sämtliche weiteren Streitigkeiten mit Kay bezüglich seiner Position innerhalb der Organisation zurückzustellen. Er erinnerte sich an die Worte des weisen Mannes: *Streite nie um Kleinigkeiten, wenn die Erde jederzeit von extraterrestrischen Mächten zerstört werden könnte, die sich deiner unmittelbaren Kontrolle entziehen.* Vielleicht war es Sokrates gewesen, der das gesagt hatte.

Wer auch immer, dies war nicht der richtige Zeitpunkt zum Plaudern, sondern es war Zeit für ein bisschen Action.

»Alter vor Schönheit«, sagte er zu Kay, während er die Bazooka hob und auf die Vordertür zielte. Schließlich gab es mehr als eine Möglichkeit, die Abriegelung aufzuheben.

»Warten Sie!«, schrie Kay, doch seine Warnung kam zu spät. Jay feuerte, und die Tür wurde aus den Angeln gerissen.

»Worauf?«, fragte er.

»Druckausgleeeeiiiii …«

Kays Antwort ging in dem lauten Tosen der Luft unter, die in die MIB-Zentrale gesogen wurde, zusammen mit Kay, Jay, den Wurmkreaturen, Laub, Zeitungen und einem vollständigen Sabrett-Hot-Dog-Wagen vom Straßenrand. Das ganze Furcht erregende Durcheinander landete direkt vor den Füßen des Wachmanns, der immer noch unter den beiden gewaltigen Ventilatoren im Eingangsbereich auf Posten war.

Der gute Mann las weiter in seiner Zeitung, als wäre überhaupt nichts passiert. Als er umblätterte, klirrten die Ketten, die ihn sicher auf seinem Stuhl festhielten, leise. Es war immer von Vorteil, gut vorbereitet zu sein, oh ja, das war es. Nur weil so ein gedankenloser junger Gernegroß sich einbildete, er müsse die Abriegelung der Zentrale mit Gewalt aufheben, und dabei einen ungesteuerten Druckausgleich auslöste und Hot-

Dog-Wagen hereingeflogen kamen, brauchte er sich schließlich nicht von seinem bequemen Stuhl wehen zu lassen.

»Druckausgleich?«, wiederholte Jay.

»Code 101, Abriegelung«, erklärte Kay. »Nichts kommt rein, nichts geht raus. Haben Sie im Einführungskurs geschlafen?«

Der Wachmann blätterte eine Seite weiter. »Hab mich schon gefragt, wann ihr zwei endlich auftaucht«, bemerkte er ruhig, gefasst und unaufgeregt. »Hübsche junge Dame da drin, hat das ganze Chaos hier angerichtet.«

Er machte sich nicht die Mühe, von seiner Zeitung aufzublicken, als Jay, Kay und die Wurmgeschöpfe an ihm vorbei zum Fahrstuhl rannten. Diese netten Leute von den MIB zahlten ein anständiges Gehalt, gute Sozialleistungen, ganz sicher jedoch bezahlten sie nicht genug, dass er wegen nichts und wieder nichts gleich aus dem Häuschen geriet, nein, nein. Das überließ er den jüngeren Männern. Die taten schließlich ihren Job und er seinen.

Irgendwie hoffte er, dass diese Klugscheißer ihre Jobs wenigstens halb so gut erledigten wie er seinen, aber seine Pension würde er nicht darauf verwetten.

Nein, Sir.

Auf dem Dach der Zentrale der Men in Black kümmerte sich Jarra um die Aufgabe, die Serleena ihm übertragen hatte. Dieser Bereich des Gebäudes diente sowohl als Landeplatz als auch als Lagerstätte für sämtliche außerirdischen Raumschiffe, die die Organisation beschlagnahmt hatte oder nur sicher verwahrte, bis ihre ursprünglichen Eigentümer sie wieder benutzen wollten. Es war sozusagen das intergalaktische Äquivalent eines bewachten Parkplatzes.

Allerdings gab es kein irdisches Äquivalent für die Technologie, die derartige Dinge vor den Augen jener Zivilisten verborgen hielten, deren Fenster einen direkten Blick auf das Dach der Zentrale boten. Es genügt wohl zu sagen, dass diese Technik den ganzen Rummel um die Stealth-Bomber ziemlich lächerlich dastehen ließ.

Die ehemaligen Eigentümer von annähernd einem Dutzend Raumschiffen würden ziemlich verärgert sein, wenn die Zeit gekommen war, wieder auf die Reise zu gehen. Und es würde wenig helfen, ihnen zu erklären, dass auch das ein Merkmal einer intergalaktischen Version eines durchschnittlichen bewachten Parkplatzes war. Wenn es um die geliebten Vehikel ging, verfügten die Eigentümer zumeist über einen stark begrenzten Sinn für Humor und konnten absolut keine Befriedigung in dem Gedanken finden, ihr kostbares Eigentum zur Vervollständigung einer perfekten Metapher geopfert zu haben. Versuchen Sie es ruhig selbst einmal, Sie werden schon sehen.

Jarra hatte all diese Schiffe ausgeschlachtet, um sich die Teile zu besorgen, die er zum Bau des unglaublichen Raumschiffes brauchte, das Serleena von ihm geordert hatte. Nun waren sie kaum mehr als abgewrackte Haufen interstellaren Mülls, zerlegt wie unzählige Spielzeugautos in allen Kinderzimmern des Landes, und ihre ausrangierten Einzelteile bedeckten das Dach, verwandelten es in einen Raumschifffriedhof, den die Bussarde bereits geplündert hatten.

Mit der Lötlampe machte sich Jarra an die abschließenden Arbeiten. Er war immer noch vom Hals bis zu den Füßen in den langen, schwarzen Umhang gekleidet, was ihm eine gewisse Ähnlichkeit mit Dracula verlieh. Schließlich, zufrieden damit, sein Bestes getan zu haben, drehte er die zischende, blau-weiße Flamme ab und erhob sich.

»Wir sind so weit«, verkündete er.

Wenn seine Erscheinung es auch nahe legte, war er nicht dem konventionellen Syndrom des Wahnsinnigen Wissenschaftlers anheim gefallen und übergeschnappt, oder, um es genau zu sagen, wahnsinnig geworden. Er führte keine Selbstgespräche, und er sprach auch von sich selbst nicht im *Pluralis Majestatis*. Eine Überwachungskamera erfasste sowohl sein Gesicht und das fertige Raumschiff als auch Laura, an Händen und Füßen gefesselt und bereits sicher im Schiff verstaut.

In Zeds Büro, von dem aus sie das ganze Projekt aus der Ferne überwachte, erhielt Serleena Jarras Nachricht auf dem eiförmigen Schirm. Scrad/Charlie waren bei ihr, und auf ihren beiden Gesichtern zeichnete sich eine tiefe Erleichterung darüber ab, dass sie dieses eine Mal glücklich aussah.

»Ich bin schon unterwegs«, antwortete sie Jarra, ehe sie sich ihrem zweiköpfigen Handlanger zuwandte. »Das Einzige, was ich an der ganzen Geschichte bedauere, ist, dass die Erde gerettet wird, wenn ich das Licht von dem Planeten fortbringe.« Dann reichte sie ihnen eine schimmernde Metallkugel. »Protonenbombe und Sprengkapsel. Stark genug, um die MIB-Zentrale in die Luft zu jagen. Benutz sie, wenn ich weg bin.«

Ehe sie endgültig verschwinden konnte, verkündete ein lautes *Dingdong* die Ankunft des Fahrstuhls. Nur beiläufig interessiert, wer da plötzlich um diese Zeit auftauchen mochte, blickte Serleena in die Haupthalle hinunter.

Nicht dass es irgendetwas ausmachen würde. Wer auch immer den Fahrstuhl benutzt hatte, er würde aus eigener Kraft nicht herauskommen. Sicher, er mochte herausfallen, vielleicht auch noch kriechen, vermutlich eher sickern, aber gehen …? Nein. Nicht, nachdem sie dem kleinen Gatbot nach der Übernahme der MIB-Zentrale ein paar spezielle Anweisungen erteilt hatte.

Gat: Nomen, abgeleitet von *Gatling gun*, einer irdischen Bezeichnung für ein Maschinengewehr mit mehreren rotierenden Läufen.

Gatbot: Ein hübsches Musterexemplar außerirdischer Robotertechnologie in Verbindung mit massiver Feuerkraft und der Beweis dafür, dass irgendwo in den Weiten des Weltalls ein Markt für die guten alten Gangsterfilme mit Jimmy Cagney, George Raft oder Edward G. Robinson existierte.

Wie aufs Stichwort glitten die Türen auf und gaben den Blick auf eine Fahrstuhlkabine frei, die von Hunderten von Einschusslöchern durchsiebt war. Und noch immer spuckte der wild herumwirbelnde Alienroboter Kugel um Kugel aus.

Von dem Gatbot abgesehen, war die Kabine leer.

Zumindest sah sie leer aus.

Serleena war eine erfahrene Kriegerin und klug genug, sich nicht auf ihren ersten Eindruck zu verlassen, besonders wenn es um die Men in Black ging.

»Sieht aus, als ob da ein kleiner Snack auf mich wartet«, stellte sie fest, als sie zur Tür ging.

Jemand, der nicht Serleenas militärische Ausbildung genossen hatte, mochte vielleicht fragen: *Wo?* Wer jedoch wenigstens einen Bruchteil ihrer Kampferfahrung besaß, würde auch einen vermeintlich harmlosen Blechkasten erst persönlich in Augenschein nehmen, um ihn anschließend mit Hilfe einer Strahlenkanone in eine Partikelwolke zu verwandeln.

Fazit: Unterschätze nie den Feind.

Im Innern des Fahrstuhls waren Jay, Kay und die Wurmkreaturen diesem weisen Rat gefolgt, weshalb sie auch nicht in Form von kugeldurchsiebten Fleischhaufen auf dem Kabinenboden lagen. Stattdessen klebte ein Haufen kugelfreier Kämpfer, die sich so klug gezeigt hatten, sich schon beim ersten ballistischen Schluckauf des Gatbots in Sicherheit zu bringen, an der Kabinendecke.

»Gehen Sie zu der Abschussrampe auf dem Dach«, wies Kay Jay an, während der Gatbot unter ihnen eine Salve nach der anderen ausspuckte. »Holen Sie das Licht. Das Armband zeigt uns den Abflugort. Was auch passiert, kommen Sie nicht zurück, um mich zu retten. Das wäre das Ende der Erde …«

Jay machte den Mund auf, um etwas zu sagen, doch Kay ließ ihm keine Gelegenheit dazu.

»Ich bin Ihr Vorgesetzter. Das ist ein Befehl. Mich zu retten bedeutet das Ende der Erde«, schnappte er.

Das war's. Das war alles. Jay war gut ausgebildet, viel zu gut. Dies waren die Worte, denen er nie widersprechen können würde, denen er sich niemals wiedersetzen können würde, ganz gleich, was ihm sein Gefühl auch sagen mochte.

»Okay, Jungs«, sagte er zu den Würmern. »Gebt mir Deckung.«

Mit den stählernen Nerven und Eingeweiden erfahrener Kämpfer taten die Würmer sofort …

… rein gar nichts.

Okay, sie zitterten stärker als ein Salat aus Gelatine und Marshmallows in einem Orkan und klammerten sich an der Decke fest wie ein Haufen Pavianbabys, die sich am Bauch der Mutter festkrallten, aber davon abgesehen … nichts.

»Zu viel Angst«, stammelte Sleeble. »Kann mich nicht bewegen.«

Jay wechselte einen verärgerten Blick mit Kay. Kay schüttelte nur den Kopf.

»Was tun die überhaupt für die MIB?«, wollte Jay wissen.

»Buchhaltung«, entgegnete Kay. »Los!«

Kay spreizte die Beine, stemmte sich mit den Füßen gegen die Seitenwände der Kabine und ließ sich herabschwingen. Kopfüber, in einem Spagat, der auch die robustesten Zuschauer hätte aufstöhnen lassen, nahm er beidhändig bewaffnet den kleinen Gatbot unter Beschuss.

Das todbringende Sperrfeuer trieb den kleinen Alienroboter zurück und sorgte für den Freiraum, den Jay brauchte, wollte er das Licht noch früh genug erreichen. Hastig ließ er sich auf den Boden fallen und suchte wild um sich schießend das Weite. Er rannte durch die Haupthalle der MIB-Zentrale zu einem zweiten Fahrstuhl hinüber, der ihn hinauf zum Dach und zu der Startrampe bringen würde.

Er schaffte es; die Türen schlossen sich.

Kaum war Jay in Sicherheit, führte Kay die Königin aller Bauchmuskelübungen vor und zog sich aus der Schusslinie des Gatbots hoch.

»Nicht schlecht«, stellte Geeble fest. Offenbar hatte er eine Auszeit von seiner Furcht genommen, um seiner aufrichtigen Bewunderung Ausdruck zu verleihen.

»Geht zur Notschalttafel 7 R Delta«, befahl Kay. »Schaltet den Strom ab, dann können sie nicht starten.«

»Zu viel Angst«, wiederholte Sleeble. »Kann …«

Wortlos öffnete Kay die Luke in der Kabinendecke.

»Oh, *da* lang.« Geeble nickte eifrig. Da lang war besser, denn da lang führte …

»Weg von den Kugeln«, sagte Sleeble. Ihm musste niemand sagen, dass das eine gute Sache war, eine sehr gute Sache.

»Kein Problem«, versprach Geeble quietschvergnügt, nun wieder mit Pokermiene. »Houah!«

Die Würmer schwärmten durch die Luke aus der Kabine, und es war unmöglich festzustellen, ob sie wild darauf waren, ihr verdammt Bestes für die guten alten MIB zu tun, oder ob sie es einfach eilig hatten, sich aus der Schusslinie zu bringen.

Kay war das egal. Er hatte andere Sorgen.

Der kleine Roboter, den er aus dem Fahrstuhl getrieben hatte, kam wieder näher, bereit, seinen Job zu erfüllen und alles zu perforieren, was sich ohne Serleenas ausdrückliche Erlaubnis bewegte. Kay sah ihn kommen, führte im Geist schnell ein paar kurze, saubere Kalkulationen durch und zog eine Handgranate aus der Tasche. Einen Augenblick, bevor der Roboter in die Kabine surren konnte, drückte er auf die Keller-Taste. Dann schwang er sich zur Tür hinaus, über den Gatbot hinweg, und warf die Handgranate noch im Flug über seine Schulter zurück in die Kabine.

Hinter ihm schlossen sich die Fahrstuhltüren. Eine Pause, dann …

BUMM!

Rauch drang durch die Ritze zwischen den Türen. Kay vergeudete keine Zeit damit, sich hämisch an seinem Erfolg zu weiden. Häme war nur etwas für die bösen Jungs. Er wurde anderswo gebraucht, also machte er auf dem Absatz kehrt und rannte los.

Eine zähe graue Neuralwurzel schoss vor und wickelte sich wie eine Wäscheleine um seinen Leib, Wurzeltriebe schlangen sich um seinen Hals. Zurückgerissen wie ein Hund an einem Würgehalsband, sah Kay geradewegs in Serleenas Augen.

»Schön, dich wiederzusehen, Kay«, sagte sie.

Sie weidete sich an ihrem Erfolg – hämisch.

KAPITEL 19

Jay verließ den Fahrstuhl gerade rechtzeitig, um eine digitalisierte Stimme sagen zu hören: *»Start in vier Minuten.«* Er rannte auf das bereit stehende Raumschiff zu, als sich ihm plötzlich Jarra in den Weg stellte. Der fast zweieinhalb Meter große Außerirdische ging nicht, er glitt über den Boden.

»Jarra«, sagte Jay, darauf bedacht, sich möglichst cool zu geben. Er war derjenige gewesen, der Jarra zur Strecke gebracht hatte, der ihn hierher geschleift und dafür gesorgt hatte, dass er sicher hinter Schloss und Riegel saß. Er wusste, wozu dieser Typ imstande war, und das war nicht schön. Ein Kerl, der Ozon klaut, hat vor nichts Respekt. »Du kommst zurzeit ja ziemlich viel rum.«

»Hab mich gelangweilt«, entgegnete Jays Nemesis abfällig. »Hatte in der Einzelzelle ein bisschen Zeit zum Basteln.«

Sein Umhang fiel wie ein Theatervorhang. Unter ihm endete der Körper nicht in Beinen, sondern in einer schimmernden Metallscheibe. Er war halb Jarra, halb fliegende Untertasse. Als wäre das nicht genug, öffnete sich eine Luke in

Jarras neuem, verbesserten Unterleib, aus der fünf kleinere, sonst jedoch völlig identische Jarra-Untertassen herausflogen wie Hornissen aus ihrem Nest. Nur hatten sie anstelle von Stacheln stählerne Tentakel, die an der Unterseite ihrer kleinen Fluggeräte baumelten. Irgendwie sahen sie aus wie eine Miniaturflotte hoch technisierter giftiger Quallen.

»Eine Büroklammer hier, ein bisschen Draht dort«, erklärte Jarra. Er hörte sich an wie einer der Durchschnitts-Stammgäste unten in der Eckkneipe, der seinen Kumpels gerade stolz erzählte, wie er es geschafft hatte, ein leckes Rohr, ohne einen Klempner zu rufen, nur mit Kaugummi, Schellack und Klebeband zu reparieren.

Allerdings haben die meisten Durchschnittstypen keine Tentakel, selbst dann nicht, wenn sie bereits die Fortgeschrittenen-Folgen diverser Heimwerkermagazine verfolgen. Einer von Jarras Armen schlug Jay mitten ins Gesicht und schickte ihn zu Boden.

Aber es bedurfte mehr als nur eines harten Schlags mit einem Tentakel, um einen MIB-Agenten auszuschalten, ganz besonders einen Agenten wie Jay. »Ich muss das Mädchen mitnehmen«, informierte er Jarra, als wäre das alles längst abgesprochen.

Für Jarra war es das nicht.

»Nur über unsere toten Titankörper«, entgegnete der Außerirdische. Kaum hatte er gesprochen, fingen die fünf kleineren Jarras an, sich mit ausgestreckten Tentakeln wie Kreisel zu drehen. Eine Flotte fliegengewichtiger Kreissägen umringte Agent Jay und kam langsam auf ihn zu.

Es würde eine ziemliche Schweinerei geben, aber Jarra schien das nicht zu stören. Wie es sich für einen anständigen Handwerker – oder Tentakelwerker – gehörte, machte es ihm wenig aus, ein Chaos zu hinterlassen. Jarra mochte Schmutz und Chaos, allerdings nur, wenn er selbst auf der Verursacherseite stand.

Aus seinem Blickwinkel konnte das Chaos gar nicht schöner sein als in diesem Augenblick, da sich einer seiner verhasstesten Feinde mittendrin befand. Ein Lächeln glitt über seine Züge.

Tief in dem Labyrinth der Luftschächte, die kreuz und quer durch die Zentrale der Men in Black verliefen, tasteten sich die Wurmkreaturen vorsichtig voran. Nun, da das Schicksal ihnen die Gelegenheit gegeben hatte, ihren alten Freunden, den Agenten Kay und Jay, zu helfen, ohne dass ihre Gummihaut von Kugeln durchsiebt wurde, waren sie die hingebungsvollste Truppe rückgratloser Action-Helden des ganzen Planeten.

Houah.

»Nähern uns Kreuzung J5 über Notschalttafel 7 R Delta«, erstattete Geeble über den Kommunikator Bericht. Es war ja so cool, als Teil einer richtig großen Befreiungsaktion in so ein raffiniertes Stück Hardcore-Technologie zu plappern. In seiner Vorstellung hörte er sich genauso an wie Tom Cruise oder Bruce Willis oder – könnte es etwas Aufregenderes auf dieser Seite des Himmels geben – William Shatner. »Jay? Kay? Over?«

Er erhielt keine Antwort. Das hätte ihm möglicherweise Sorgen bereitet, wenn ihm die Zeit dazu geblieben wäre. Vor ihm hörte Sleeble ein Geräusch und blieb ruckartig stehen. Aufmerksam lauschend hielt er eine Hand hoch, und der Rest der Würmer folgte seinem Beispiel.

Dies wäre der perfekte Zeitpunkt für die Bemerkung: *Es ist alles ruhig ... zu ruhig*, aber das war es nicht. Die Metallwände des Lüftungssystems ratterten und klapperten unter dem Trippeln hastiger kleiner Füße. Geeble winkte seinen Brüdern zu, den Kopf einzuziehen. Spannung erfüllte die Luft wie der Geruch eines zwei Tage alten Truthahnbratens.

Direkt vor ihnen drang Licht durch eine Öffnung über ihren Köpfen. Die Würmer starrten wie gelähmt hinein und warteten … warteten …

Das Licht verschwand, als Dutzende voll bewaffneter Aliengrillen durch die Öffnung sausten, Serleenas ergebene Diener. Ihre Waffen schnatterten, brüllten, blitzten und erfüllten die Enge in dem Belüftungsrohr mit unberechenbaren Querschlägern, einem Schrapnellsturm, einer Flut der Zerstörung, einem Monsun des Chaos.

Die Wurmkreaturen schossen zurück, doch sie waren keine Gegner für die Grillen, die ihnen mindestens im Verhältnis zwölf gegen einen überlegen waren. Alles, was sie tun konnten, war, ihre Gummihaut so teuer wie möglich zu verkaufen. Dennoch wurden sie immer weiter und weiter zurückgetrieben, weg von ihrem Ziel, zurück durch die gefühllose Gurgel des Belüftungssystems und hinein in eine Sackgasse.

Sackgasse war in dieser Lage ein wahrhaft richtungweisendes Wort.

Ihre sorglose Junggesellenexistenz zog vor ihren geistigen Augen vorüber, und alle, wie sie da waren, empfanden tiefes Bedauern. Sollten sie das hier überleben, so konnte es nicht den Schatten eines Zweifels geben, dass sie ihr Dasein in Zukunft anders gestalten würden.

Vor allem mussten sie raus aus der Buchhaltung. Sicher, Glanz und Glamour hatte einiges für sich, auch die Kohle und die Groupies, aber *puuhh* …! Der Job war einfach zu gefährlich.

In der Haupthalle erlebte Kay ein Wiedersehen mit Serleena, das nur geringfügig weniger freundschaftlich verlief als ihre vorangegangene Begrüßung Zeds. Die schöne Außerirdische hob ihn hoch und schleuderte ihn mit all ihrer beeindruckenden Kraft gegen die Wand.

Mit einem Übelkeit erregenden Krachen prallte er auf und sackte zu Boden, verzweifelt bemüht, wieder zu Atem zu kommen, nachdem sie ihm so gründlich die Luft aus dem Leib gepresst hatte.

Serleenas künstlich menschliches Gesicht verzerrte sich vor ruchloser Blutgier, Neuralwurzeln pulsierten deutlich erkennbar unter der Oberfläche ihrer falschen Haut.

»Ich hätte dich erledigen sollen, als ich die Gelegenheit hatte«, brachte Kay mühsam hervor.

Ihre Antwort bestand aus einem Schlag in sein Gesicht.

»Du wärest jetzt nicht in Schwierigkeiten, wenn du damals getan hättest, was dir gesagt wurde, und sie wäre auch noch am Leben«, knurrte Serleena. All ihre Frustration, die Verbitterung, die unnötige Mühe, die er ihr bereitet hatte, als er das Licht von Zartha vor ihr versteckt hatte, brodelten in ihr, bis ihr vor Wut beinahe die Luft wegblieb. Wie hatte sich dieser dämliche, jämmerliche irdische Abschaum je einbilden können, er wäre in der Lage, sie von ihrem Ziel abzuhalten? Was für eine unfassbare Dreistigkeit!

Und doch war es ihm gelungen, auch wenn er sie nur vorübergehend hatte aufhalten können. Er hatte sie auf eine nutzlose Jagd geschickt, die sie Jahre gekostet hatte, 25 lange Jahre. Ihr Volk hatte er gezwungen, die Zerstörung von Zartha zu verschieben, hatte alle Kylothianer genötigt, nach seiner Pfeife zu tanzen, und, was das Schlimmste war, er hatte sie selbst vor einem beachtlichen Teil der Galaxie wie eine Idiotin dastehen lassen.

Niemand demütigte Serleena in aller Öffentlichkeit und kam einfach so davon. Sie könnte ihn auf der Stelle umbringen – das wäre die einfache Methode –, zuerst aber würde sie ihn leiden lassen.

»Du hast Lauranna geliebt, nicht wahr, Kay?«, zischte sie, stieß ihm ein imaginäres Messer tief ins Herz und drehte es genüsslich in der Wunde um.

Er sprang ihr an die Kehle, seine Hände schlossen sich um ihren Hals. Doch Serleenas Körper war nicht das, was er zu sein schien – das hatte er in seinem blinden Zorn vergessen. Seine Hände sanken in die Masse ein, die sich dem Auge als festes Fleisch präsentiert hatte, verhedderten sich in dem Netzwerk neuraler Wurzeln, die direkt unter der Oberfläche der unechten Haut lauerten. Die Wurzeln sprossen an seinen Unterarmen empor, breiteten sich aus, wuchsen, glitten über seinen Körper und hüllten ihn in ein dorniges graues Nest, das zu seinem Grab werden sollte.

Serleenas Lächeln stand dem Jarras an Selbstgefälligkeit in nichts nach.

Was Jarra betraf, so amüsierte sich der kylothianische Gefolgsmann auf der Abschussrampe prächtig, während er Napoleon spielte und seiner Miniarmada fliegender Repliken befahl, Jay einzukreisen und umzubringen. Die scharfkantigen Metalltentakel ausgefahren, sausten die fünf kleinen Jarras kreiselnd um den MIB-Agenten herum. Immer wieder kamen sie näher und zogen sich wieder zurück, manchmal alle auf einmal, manchmal paarweise und manchmal auch nur einer von ihnen.

Jedem unbeteiligten Beobachter musste klar sein, dass ihr »Vater« nur mit seinem Gegner spielte. Jay tat, was er konnte, um die Angreifer zurückzuschlagen. Längst befanden sich seine Waffen weit außerhalb seiner Reichweite, doch das ganze Dach war übersät mit den Überresten von Jarras mechanischer Spielerei. Er bückte sich, griff nach einem Stück Rohr und schwang es drohend vor den kleinen Untertassengestalten, als wollte er einen Schwarm zum Äußersten entschlossener Moskitos abwehren.

Das Rohr erwies sich als gute Fliegenklatsche.

Und es war genauso effektiv. Die kleinen Jarras wichen vor Jays wirbelndem Rohr zurück, schossen jedoch sofort wieder auf ihn zu, wenn sich eine Lücke vor ihnen auftat, und ihre Tentakel landeten einen Treffer nach dem anderen. Endlich hatte Jay Glück und traf seinerseits einen der lästigen Plagegeister. Der Schlag mit dem Rohr war so hart, dass die Miniuntertasse fortgeschleudert wurde und Purzelbäume in der Luft schlug, ehe sie mit einem Furcht einflößenden Krach zu Boden stürzte.

Der Verlust der Untertasse beeindruckte Jarra nur wenig, und der Ausdruck des Zornes auf seinen Zügen hielt nicht lange an. Schließlich gab es da, wo sie hergekommen war, noch mehr von der Sorte. Soweit es ihn betraf, wurden die besten Handlanger gemacht, nicht geboren. Man gebe Jarra genug Klebeband, und er wird die Welt beherrschen.

Scrad/Charlie waren geboren, nicht gemacht, aber das erwies sich lediglich als Beweis für Jarras Theorie: Der zweiköpfige Außerirdische stürmte nicht gerade die Hitparaden intergalaktischen Heldentums, und er war ganz sicher nicht auf dem Weg in irgendeine Ruhmeshalle. Eigentlich sollte man annehmen, dass eine Kreatur, die ganz für sich allein ein Team bildet, erfolgreich sein sollte, wenn doch der Schlüssel zum Erfolg angeblich in der Teamarbeit lag.

Was ein Irrtum wäre.

Irgendwo in der Zentrale der Men in Black rannten Scrad/Charlie durch einen Korridor, die schimmernde Protonenbombe sicher mit beiden Händen umklammert. Im Grunde sahen sie aus wie ein Mann, der seine Befehle hatte und nun nichts anderes im Sinn hatte, als sie zu befolgen, doch der Schein trügt nur allzu leicht.

»Wir können die Zündkapsel nicht scharf machen«, beharrte Charlie.

»Wir haben unsere Anweisungen«, erwiderte Scrad, als wäre damit alles in Ordnung.

Für Charlie war es das nicht.

»Von wem? Von dem Wurzelweib?« Die schmerzhafte Befragung durch die Kylothianerin hatte Spuren bei ihm hinterlassen, nicht nur in seinem Gesicht, sondern auch in seiner Einstellung. Sie hatte ihn zu einem wahrhaft kritischen Geist gemacht, im Gegensatz zu Scrad, der offensichtlich zu der Sorte zählte, die sich damit herauszureden pflegte, nur Befehle befolgt zu haben, egal, wie schwer ihr Verbrechen auch wiegen mochte.

Für Charlie hatte er nur eine knappe Entgegnung parat: »Halt die Klappe.«

Aber Charlies Überzeugungen waren stark, jedenfalls in diesem Fall, und er war nicht bereit, ein *Nein* als Antwort gelten zu lassen. Und da wir gerade dabei sind, für *Halt die Klappe* galt das Gleiche.

»Ich liebe dich«, sagte er zu Scrad. »Aber du lässt mir keine Wahl.«

Mit angestrengter Konzentration widmete sich Charlie der schwierigen Aufgabe, den Mitbenutzer seines Körpers zu überwältigen. Scrad starrte schockiert seine Hand an, als diese anfing, sich unabhängig von seinem Willen zu bewegen, sich folgsam der feindlichen Übernahme durch Charlie zu fügen und nach seinem Gesicht zu greifen.

Die Hand ruckte hoch, und Scrad/Charlie verloren das Gleichgewicht. Nach einem hübschen Überschlag in der Luft landeten sie – oh Wunder – auf den Füßen.

»Du verfluchter Hurensohn!«, bellte Scrad und schlug Charlie geradewegs auf die sowieso schon arg misshandelte Nase.

»Meine Nebenhöhlen!«, heulte Charlie, und schon war die schönste Schlägerei im Gange.

Was eigentlich mehr einem *Best of the Three Stooges*-Marathon ähnelte als irgendeinem Kampf, der je auf Erden stattgefunden hätte. Der namenlose Pseudopsychoguru, der stets zu raten pflegte: *Sei nicht zu hart gegen dich selbst*, wäre mit sensitiven New-Age-Tränen in den Augen geflüchtet. Viele Hände erleichtern die Arbeit, aber ein Paar Hände gesteuert von zwei Gehirnen – egal, wie klein diese Gehirne auch sein mögen – bringt eine Menge Schwierigkeiten mit sich, wenn es darum geht, dem anderen die Scheiße aus dem Leib zu prügeln.

Angesichts dieser Situation nebenbei gefragt: Wer ist der andere?

Hätte Scrad/Charlies Körper das nur gewusst.

Dieselbe Hand, die Scrad einen Schlag ins Gesicht verpasst hatte, schoss nun wie eine Viper auf Charlie zu und bohrte sich in sein Auge. Dieselbe Hand, die an Charlies Ohr gezerrt hatte, wurde nun zu der Faust, die Scrad verprügelte. Mindestens einer kannte sich mit Jiu-Jitsu aus, denn das zweiköpfige Alien schleuderte sich in einer ganzen Reihe von Überschlägen, Sprüngen und Salti, die ihm bei den Olympischen Spielen eine Goldmedaille eingebracht hätten, kreuz und quer durch die Gegend.

Im Belüftungssystem mussten sich die belagerten Würmer nicht darum sorgen, zu hart gegen sich selbst zu sein. Die Horde bewaffneter, gemeingefährlicher Aliengrillen erledigte das gern für sie.

Obwohl die Würmer so gut ausgerüstet waren, dass jeder Einzelne von ihnen als lebendes Waffenarsenal gelten konnte, hatten sie keine Chance gegen Feinde, denen sie schon durch deren bloße Überzahl völlig unterlegen waren. Die Wurmkreaturen wussten nicht viel über Geschichte, hätten sie mehr gewusst, hätte die Furcht ihnen jeden einzelnen Vorfall, bei dem die zahlenmäßige Überlegenheit und nicht die Feuerkraft den endgültigen Ausschlag zum Sieg gegeben hatte, unbarmherzig ins Gedächtnis gerufen. Es war das gleiche Prinzip, das auch für die Auswirkungen der meisten Begegnungen zwischen Elefanten und einer Armee Ameisen verantwortlich zeichnete.

Den Wurmkreaturen blieb nichts anderes übrig, als sich in Bezug auf ihre Überlebenschancen auf ihren Instinkt zu verlassen, der sich mit der Macht einer Magenverstimmung zu Wort meldete. Und niemand hatte daran gedacht, Natron einzustecken.

Die Grillen drangen weiter vor. Aus allen Rohren schießend, trieben sie die Wurmkreaturen in der Sackgasse immer enger zusammen. Nun war alles vorbei, bis auf das Blutbad.

Plötzlich hörten die Grillen auf zu schießen, senkten kaum merklich ihre Waffen und starrten verblüfft auf den Anblick, der sich ihren weit aufgerissenen Augen bot.

Entweder die Würmer hatten den Verstand verloren, oder sie hatten beschlossen, da sie so oder so sterben mussten, ihrem Feind nicht auch noch das Vergnügen zu gönnen, ihnen den Garaus zu machen.

So zumindest sah es aus, denn die Würmer hatten die Gegenwehr aufgegeben und richteten nun ihre Waffen gegeneinander, statt zurückzuschießen. Den Grillen fiel die Kinnlade herab, als die Würmer sich schnell und methodisch gegenseitig in zwei Hälften teilten. Mit einem hallenden, dumpfen Klang schlugen ihre durchtrennten Leiber auf dem Metallboden auf.

Würmer sind schon irgendwie komisch.

Wurmkreaturen auch.

Neue Augen öffneten sich. Körperglieder regenerierten sich, ersetzten fehlende Arme und Beine, vervollständigten halbierte Körper. Während die verblüfften Aliengrillen noch wie erstarrt zusahen, wurde aus der Masse der Wurmsegmente eine Masse neuer Würmer. Die Hälften, die dazu imstande waren, hatten ihre Feuerwerfer und Strahlenkanonen und die diversen anderen Waffen festgehalten und warfen sie nun ihren neu geschaffenen Brüdern zu.

Da standen sie nun, groß, stolz und vor allem endlich in der Überzahl.

Was die Grillen betraf, so waren in ihren Eierschalen keine Dummköpfe herangewachsen: Hastig zählten sie die Köpfe ihrer Gegner, machten sich bewusst, dass die Wurmkreaturen diesen fiesen kleinen Trick wiederholen könnten, der ihnen über Teilung und Regeneration zum Sieg verhelfen sollte, und schlossen daraus, dass dies für einen Haufen Grillen nicht der gesündeste Ort auf Erden war.

Sie ließen ihre Waffen fallen und rannten, als wäre der Teufel persönlich hinter ihnen her.

Ihre trampelnden Füße machten in dem Belüftungssystem einen derartigen Lärm, dass es unmöglich war festzustellen, ob die Würmer, Sieger im Feld, ihrerseits die Rohre mit einem jubelnden *Houah!* erfüllten.

Hoffen wir, dass sie es nicht taten. Es war einfach entsetzlich.

Entsetzlich oder nicht, Jay hätte in diesem Augenblick sicher nichts gegen ein eigenes, begründetes *Houah!* einzuwenden gehabt, aber wie es aussah, stand gerade das nicht in den Karten. Das Blatt, das Jarra ihm zugedacht hatte, gehörte zu einem gezinkten Spiel, und der mörderische, Ozon stehlende Außerirdische hielt sämtliche Asse in der Hand.

Zwar war es Jay gelungen, eine der Miniuntertassen auszuschalten, doch es blieben immer noch vier übrig, ganz abgesehen von dem Original, Jarra persönlich in voller Lebensgröße, und jede von ihnen war mit todbringenden, kreiselnden scharfkantigen Metalltentakeln ausgestattet. Einzeln brachten die Dinger kaum einen Kratzer zustande, gemeinsam jedoch konnten sie einen Mann glatt zerfetzen.

Sie kreisten um Jay herum, hielten ihn in ihrer Mitte fest und machten sich bereit zu ihrem letzten Manöver.

»Töte mich«, sagte Jay. »Lass das Mädchen gehen.«

Jarra grinste höhnisch. »Tolles Geschäft«, sagte er verächtlich.

Eine der kleinen Untertassen schoss vor, sank herab und riss Jay von den Füßen. Der MIB-Agent landete hart auf dem

Hintern, und Jarras spöttisches Grinsen wurde noch breiter. Er amüsierte sich großartig.

»Start in neunzig Sekunden«, verkündete der Bordcomputer des Raumschiffes.

Mühsam stemmte sich Jay auf die Beine, als zwei der kleinen Schöpfungen Jarras von verschiedenen Seiten auf ihn zukamen. Ihre Tentakel konnten mehr als nur beißen, wie Jay erkannte. Manchmal konnten sie auch ihrem Herrn und Meister gefällig sein, wenn der den Tod eines Feindes möglichst lange hinauszögern wollte.

Die lebensgefährlichen Untertassenmännchen wickelten ihre Tentakel um Jays Körper und schleuderten ihn brutal gegen die scharfen Metallkanten eines der ausgeschlachteten Schiffe. Es war etwa so, als stürze man aus großer Höhe auf die spitzen Zähne eines Korallenriffes.

Zerschlagen und blutend raffte sich Jay erneut auf und stellte sich den kleinen Untertassen. »Wollen doch mal sehen, ob ihr zwei euch noch einmal traut«, forderte er sie keuchend durch eine Gluthölle des Schmerzes hindurch heraus.

Jarra hatte noch nie einer Herausforderung widerstehen können, und seine Miniatur-Handlanger standen ihm darin nicht nach. Genug gespielt: Jetzt wurde gestorben!

Die zwei Untertassen zogen sich zurück und begannen so schnell zu kreisen, dass ihre Tentakel zu einer verschwommenen Masse tödlicher Sägezähne verschmolzen. Dann gaben sie Gas und jagten so schnell auf Jay zu, dass ihre Berührung ihm einen einprägsamen Eindruck dessen verschaffen würde, was eine Papaya fühlen musste, bevor der Mixer sie in einen frischen fruchtigen Brei verwandeln konnte.

Doch es gibt ein paar Dinge, für die ein Mann nicht still hält. Das ist der große Unterschied zwischen einem Mann und einer Papaya.

Als die beiden mordlüsternen Untertassenmännchen sich näherten, wartete Jay bis zum letzten Sekundenbruchteil, ehe er aus dem Stand in die Luft sprang. Unter sich hörte er den Aufprall, als die beiden Mini-Jarras ihr ursprüngliches Ziel verfehlten und sich stattdessen gegenseitig rammten. Eine Explosion bereitete ihrer Existenz ein zufrieden stellendes Ende.

Es war ihm gelungen, drei der kleinen Untertassen auszuschalten, doch das bedeutete lediglich, dass immer noch zwei übrig waren – drei, wenn man Jarra in Lebensgröße mitzählte.

Die Überlebenden hatten kein Interesse mehr an weiteren Spielchen, sondern kamen in Flügelformation mit Groß-Jarra an der Spitze auf ihn zu, während seine beiden kleinen Gefährten die Flanken übernahmen – ein fliegender Todeskeil mit zuckenden Tentakeln.

Sie jagten auf Jay zu, der sich im letzten Moment duckte, sodass sie über ihr Ziel hinausschossen. In einiger Entfernung stoppten sie und formierten sich erneut zu einem Keil. Ihre Motoren liefen heiß, und die Tentakel zuckten gierig.

»Reißt ihn in Stücke«, befahl Jarra seinen Gefolgsuntertassen grollend.

»Start in fünfzehn Sekunden«, meldete der Computer, als Jarra und seine beiden überlebenden Repliken sich wieder näherten, beschleunigten und auf ihr Ziel zuschossen.

Jay wusste aus Erfahrung, dass er ihnen kein zweites Mal auf dieselbe Weise ausweichen konnte: Dafür war Jarra zu gewitzt. Die kleineren Jarra-Untertassen waren irgendwie mit ihrem Schöpfer verbunden, sodass er ihnen nicht erst erklären musste, was sie zu tun hatten. Sie wussten es. Sie wussten es, und sie würden den unausgesprochenen Befehlen ihres Herrn und Meisters gehorchen, so als wären sie seine Arme und seine inzwischen verschwundenen Beine.

Jay sah seinem Feind in die Augen, sah das bösartige Funkeln darin, das Leuchten höchster Befriedigung in seinem Gesicht. Die zwei Miniatur-Jarras hatten die gleiche Miene aufgesetzt, hämisches Grinsen in dreifacher Ausfertigung. Sie würden alle Mann hoch ihren Spaß haben, das ganze verdammte Pack!

Er wandte sich ab und suchte forschenden Blickes das Dach ab. Es musste doch irgendetwas geben, das ihm helfen könnte, mit heiler Haut aus dieser Geschichte rauszukommen.

In diesem Moment fiel sein Blick auf den ersten Mini-Jarra, den, den er gleich nach dem Start außer Dienst gestellt hatte ... der Untertassenmann war bewusstlos, sein Gefährt nutzlos ... jedenfalls für ihn.

Jay schlug aus dem Stand einen Purzelbaum und schnappte sich die arbeitsunfähige Untertasse, als er wieder auf die Beine sprang. Mit der gleichen glatten, geschmeidigen Zielsicherheit, die ihn zum Schrecken und zum Champion des organisationsinternen jährlichen Frisbee-Turniers der Men in Black gemacht hatte, schleuderte er die Untertasse von sich, genau in die kleine Lücke zwischen Groß-Jarra und dem Untertassenmännchen auf der rechten Flanke.

Das war der bevorzugte Zielpunkt bei jedem Bowlingspiel, der Punkt, den man treffen sollte, wollte man einen Strike erzielen. Es klappte fantastisch. Jays Untertasse traf Groß-Jarra, der daraufhin erst gegen eine, dann gegen die andere kleine Untertasse prallte. Das war der schönste Abpraller, den er je gesehen hatte, Flipper, kombiniert mit Bowling für Aliens.

Alle drei Untertassen wirbelten unkontrolliert herum. Die beiden Kleineren prallten mitten im Flug aneinander und jagten sich gegenseitig in einem prachtvollen Feuerball in die Luft, während ihr Schöpfer gegen einen Haufen ausrangierter Schiffsteile krachte.

Jarra hüpfte immer noch wie ein Gummiball auf und nieder, als Jay bereits in das wartende Raumschiff stürmte, sich auf das Schaltpult stürzte und eine Reihe Schalter betätigte. Das Wimmern der warmlaufenden Motoren erstarb, und die Computerstimme verkündete:

»Start abgebrochen.«

Vielleicht hatte Jay es sich nur eingebildet, doch in seinen Ohren hatte die künstliche Stimme erleichtert geklungen.

Er löste Lauras Fesseln und half ihr auf die Beine, ehe er sie aus dem Raumschiff hinausführte. Gemeinsam näherten sie sich dem Haufen Ersatzteile, auf dem Jarra lag. Der Außerirdische hatte eine verdammt harte Landung hinter sich. Einer seiner eigenen Tentakel hatte ein klaffendes Loch in den Boden seiner nun nicht mehr fliegenden Untertasse gerissen. Treibstoff sickerte aus der Öffnung.

Leicht entzündlicher Treibstoff.

»Nimm das Mädchen«, sagte Jarra benommen zu Agent Jay. »Lass mich gehen.«

Jay starrte ihn angewidert an. Der Typ stahl nicht nur das Ozon der Erde, er klaute ihm auch noch den Text. Da konnte er den Spieß ebenso gut umdrehen.

»Tolles Geschäft«, antwortete er.

Er versetzte der Lötlampe einen sachten Tritt, worauf sie auf das glänzende Treibstoffrinnsal zurollte, das aus dem Leck tropfte. Ein Funke blitzte auf und entzündete das Rinnsal. In atemberaubendem Tempo jagte die kleine Flamme über die brennbare Flüssigkeit zurück zu Jarra und hinauf in den zerstörten Rumpf der Untertasse des boshaften Aliens.

Eine kurze Pause, dann eine Explosion, die Jarra mit solcher Wucht in Stücke riss, dass seine Einzelteile in einem Regen aus glühendem Metall und ehemaligem Alien in alle Richtungen davonflogen.

»Eine Büroklammer hier, ein Stück Draht da«, sagte Jay, während er Laura wegführte, was einerseits Spott über seinen soeben verstorbenen Widersacher ausdrücken mochte, andererseits auch als schlichte Bestandsaufnahme der Einzelteile Jarras gelten konnte, die wieder auf die Erde prasselten.

Jarra war nicht der Einzige, der ein Vergnügen gern ein wenig in die Länge zog. Sicher, es hatte sich für ihn nicht ausgezahlt, aber das wusste Serleena nicht. Und selbst wenn sie es gewusst hätte, hielt sie viel zu viel von ihren eigenen mörderischen Fähigkeiten, um auch nur einen Augenblick lang anzunehmen, jemand könnte sie so einfach ausschalten, wie Jay es mit Jarra getan hatte.

Während Jay seinen Gegner in einen Regen diverser Metallsplitter verwandelt hatte, war Serleena damit beschäftigt gewesen, Kay zu würgen. Die Wurzeln, die aus ihren Händen sprossen, spannten sich um seine Kehle, während sie ihn hoch in die Luft hielt und zufrieden zusah, wie er um sein Leben kämpfte.

Ach, aber auch die größte Freude musste einmal ein Ende haben.

»Ich muss los, Kay«, sagte sie. Schärfere, gemeinere Wurzeln schossen aus ihren Fingern hervor. Sie verlagerte ihren Griff, hielt Kay um den Brustkorb fest, während weitere Wurzeln sich um seinen Leib schlangen. Einen Moment lang sah es aus, als wollte sie es einem aztekischen Hohepriester gleichtun und ihm das noch pochende Herz aus der Brust reißen. Vermutlich konnte Kay sich glücklich schätzen, dass Serleena die Geschichte der Erde für ihren Alltag stets als irrelevant abgetan hatte.

Doch dass sie sein Herz nicht herausriss, bedeutete noch lange nicht, dass sie es verschonen würde.

»Bevor ich dich zerquetsche wie eine Tube Zahnpasta«, zischte sie, »möchte ich, dass dir klar wird, dass all das Blutvergießen und all die Zerstörungen, die nun bevorstehen, nur deiner Dummheit zu verdanken sind.«

»Es ist damals nicht passiert«, konterte Kay. »Und jetzt wird es auch nicht passieren.«

Sie verdrehte die Augen. *Na klar doch!*

»Du kannst uns nicht aufhalten«, sagte sie.

Zu ihrer Überraschung akzeptierte ihre Beute ihre eigene Hilflosigkeit nicht, bettelte nicht um Gnade oder hielt wenigstens den Mund.

Stattdessen, als hätte er die Oberhand – oder Oberwurzel oder was immer –, sagte Kay: »Ich gebe dir eine letzte Chance zu kapitulieren, du schleimige, kylothianische Bestie.«

Ein grausames Lächeln erschien auf Serleenas Lippen, und ihre Miene sprach Bände. *Ach wirklich, das ist einfach zu gut, zu köstlich! Diese Frechheit, diese dumme, blinde Frechheit dieses ... dieses ... jämmerlichen Erdlings!* Offensichtlich hatte sie die Sauerstoffversorgung jenes Organs, das diese Fleischberge für ein Gehirn hielten, schon zu lange unterbrochen. Entweder war er wahnsinnig oder beschädigt, oder er lebte in einer Fantasiewelt.

Wo auch immer, er würde nicht mehr lange leben.

»Was willst du tun, um mich aufzuhalten?«, erkundigte sie sich gehässig.

»Nicht ich«, korrigierte Kay. »Er.«

Er deutete nach oben. Serleena konnte nicht anders, sie musste hinsehen. Ihre Augen weiteten sich.

Dort standen Zed und Frank, beide frei, und starrten von Zeds Büro aus auf sie herunter. Zed hielt eine dieser altmodischen, zweiläufigen Schrotflinten in der Hand. Noch während sie ihn beobachtete, ließ er sie fallen ...

... direkt in die Hände von Agent Jay, der mit Laura auf der Schwelle stand. Und jeder Einzelne von ihnen hatte eine Miene aufgesetzt, die so viel besagte wie: *Du hast verloren.*

Es gab ein lautes, eindeutiges Geräusch, als der Gewehrhahn der veralteten Waffe gespannt wurde. Dann der Donnerschlag, als beide Kammern sich leerten. Dies war keines der üblichen außerirdischen Spielzeuge aus dem Fundus der MIB, doch die Waffe tat, wozu sie geschaffen worden war.

Serleena hatte keine Chance, noch einen Ton zu sagen. Sie wurde an Ort und Stelle in Splitter und Späne zerlegt.

»Die habe ich immer für alle Fälle griffbereit unterm Schreibtisch«, sagte Zed und deutete mit einem Nicken auf die immer noch rauchende Schrotflinte in Jays Händen. Überall regnete es die Splitter Serleenas. Wieder mal die alte Geschichte: Heute noch ein großer Sieger, morgen nur noch Rindenmulch. »Ein Geschenk von Charlie Heston. Los jetzt.«

Jay und Kay verschwanden zusammen mit Laura. Mit ein bisschen Glück blieb ihnen später noch genug Zeit, sich gegenseitig auf die Schulter zu klopfen und aufzuräumen, jetzt jedoch tickte die Uhr, blinkte die Pulsar, und die Rettung oder Zerstörung der Erde war nur noch eine Sache von Minuten.

Genau in diesem Moment rutschte eine Wurmkreatur namens Mannix durch einen Schacht aus dem Belüftungssystem, landete auf dem Stuhl vor der Tastatur der Notschalttafel 7 R Delta und hackte eine ganze Reihe Zeichen in die Tasten, während seine Mitwürmer ihm von oben zusahen.

»Code 101 deaktiviert«, verkündete Mannix. »Wir haben die MIB gerettet.«

Die Würmer jubelten.

Es wurde stockdunkel in der Haupthalle der Zentrale der Men in Black.

»Würmer«, sagte Kay anstelle einer Erklärung zu Jay und Laura.

Jays Schlüsselanhänger piepte. Der Mercedes rollte, glücklicherweise mit brennenden Scheinwerfern, in die dunkle Haupthalle. Am Steuer saß der aufblasbare Autopilot, doch kaum kam der Wagen vor Jay, Kay und Laura zum Stehen, wurde er auch schon zurück in sein Fach in der Lenksäule gesogen.

Jay und Kay hasteten beide in Richtung Fahrertür, wieder ohne darüber nachzudenken, wieder ein reiner Reflex. Einen Moment lang standen sie nur da und starrten einander an, und es schien, als wären sie drauf und dran, ihren Streit wieder aufleben zu lassen.

Dann warf Jay seinem Partner ohne Widerspruch die Schlüssel zu. *Er ist wieder da. Muss ihn wohl nehmen, wie er ist. Wie er war, wer er war. Mein Vorgesetzter. Mein Partner. Mein Freund.* Er ging um den Wagen herum zur Beifahrertür. Es war ein gutes Gefühl, Kay wiederzuhaben, dafür könnte er sich damit abfinden, das Privileg des Fahrens abzutreten. So hoch war dieser Preis nicht.

Noch ehe er auf der anderen Seite war, sagte er zu Laura: »Gib mir das Armband.«

»Ich komme mit«, entgegnete sie, offensichtlich bereit, sich gegen ihn zu behaupten, sollte es notwendig sein. Innerlich fluchte Jay. Dafür hatten sie wirklich keine Zeit.

»Bitte gib mir das …«, versuchte er es erneut.

»Alle einsteigen«, befahl Kay.

Jay warf ihm einen fragenden Blick zu, doch er erhielt keine Antwort. Alle einsteigen. Anordnungen hatten befolgt zu werden. Keine Zeit, darüber zu streiten.

Keine Zeit.

Also stiegen sie alle in den Mercedes, und Kay gab Gas. Der Wagen beschleunigte vorwärts durch die Haupthalle der MIB-Zentrale und verschwand außer Sichtweite durch einen Tunnel, der sich plötzlich öffnete, ein Tunnel, der zurück auf die Straßen der Stadt führte.

Auf der anderen Seite schoss der Wagen aus dem Tunnel, flog durch die Luft und kam schwankend auf der Fahrbahn auf, ehe er mit quietschenden Reifen um die Ecke sauste und wieder verschwunden war.

In der Haupthalle war es dunkel, war es still, war es friedlich. Zed und Frank waren anderswo beschäftigt und taten, was nötig war, um MIB wieder auf die Beine zu bringen und die Funktionsfähigkeit der Organisation wiederherzustellen. Die Wurmkreaturen sammelten sich in dem Raum, in dem sich die Notschalttafel 7 R Delta befand, und ergingen sich in einer Orgie gegenseitiger Gratulationen für ihren scharfen

Verstand, ihre Heldenhaftigkeit und die Zweiteilung, die ihre überragende Tapferkeit unter Beweis stellte.

Niemand überwachte die Haupthalle. Wozu auch. Sie hatten sich dort unten doch um alles gekümmert.

In der Dunkelheit war ein leises, scharrendes Geräusch zu hören, wie das Bäuerchen eines Schmetterlings. Das heißt, es wäre zu hören gewesen, wäre irgendjemand dort gewesen, der es hätte hören können.

Auf dem Boden, inmitten der verstreuten hölzernen Fasern, die einmal Serleena gewesen waren, regte sich etwas.

Eine Neuralwurzel bewegte sich. Hielt inne. Zuckte. Zuckte wieder.

Verhielt, als würde sie ihre Möglichkeiten abwägen, und ...

... wuchs.

Und wieder bewahrheitete sich ein altes, irdisches Sprichwort: Einen guten Soldaten hält nichts auf – genauso wenig wie eine bösartige kylothianische Neuralwurzelkreatur.

KAPITEL 20

Mit Kay am Steuer, wo er hingehörte, jagte der Mercedes durch die Straßen von Lower Manhattan. Ohne dabei auch nur für einen Augenblick die Kontrolle über den Wagen zu verlieren, griff er nach hinten zu Laura, nahm ihre Hand und fragte ritterlich: »Darf ich?«

Sie gestattete es. Er zog ihre Hand nach vorn und betrachtete den leuchtenden Talisman an dem Armband.

»Ich kann einfach nicht glauben, dass alle Welt hinter diesem Talisman her ist«, bemerkte sie.

»Du wärst überrascht, wie oft es um so kleine Dinge geht«, sagte Jay. Jetzt hätte er noch eine Menge anschaulicher Geschichten aus den Akten der Men in Black hinzufügen können – Geschichten, in denen er rein zufällig stets die Heldenrolle bekleidete –, doch noch ehe er Gelegenheit dazu bekam, unterbrach ihn Kay und nahm ihm den Wind aus den Segeln.

»Das ist nicht das Licht von Zartha«, verkündete er nach einem Blick auf das Armband. »Das hier zeigt uns den Abflugort.«

Er, Jay und Laura starrten den Talisman an der Kette an. Der Talisman hatte die Form einer kleinen Pyramide.

Pyramide? Der Abflugort war eine Pyramide? Wenn sie in Kairo wären, okay, vielleicht, aber hier, in New York City?

Jay runzelte die Stirn. Er wusste von einem Obelisken im Central Park, von einer Sphinx oder zwei, samt einem kompletten ägyptischen Tempel im Metropolitan Museum of Art, und mehr Mumien, als Sie ertragen würden, sollten Sie je der Versuchung erliegen, sich in den Yale Club einzuschleichen, aber eine Pyramide …?

Und diese Pyramide sollte den unglaublich wichtigen Abflugort kennzeichnen, von dem Kay gesprochen hatte und der irgendwie mit der tickenden Uhr und dem Schicksal der ganzen zarthanischen Zivilisation in Verbindung stand. Aber Jay konnte mit diesem Hinweis nichts anfangen, und wenn sein Leben davon abhinge …

Oh. Moment. Sein Leben *hing* davon ab. Sein Leben und jedes andere Leben auf der Erde.

Okay, dachte er wütend. *Bloß keinen Druck.*

Wie um Jay noch weiter zu beglücken fuhr Kay mit seiner Erklärung fort: »Er dient außerdem zur Pannensicherung. Wenn wir den Abflugort nicht innerhalb von elf Minuten und fünfzehn Sekunden erreicht haben, verwandelt sich dieses kleine Schmuckstück in eine Kernwaffe, die alles Leben auf der Erde vernichten wird.«

»Was?«, rief Laura, als wollte sie eigentlich sagen: *Was soll das heißen? Wollen Sie mir vielleicht erzählen, ich hätte Three Mile Island im Miniaturformat am Handgelenk, und das jetzt schon seit* wie *vielen Jahren?*

Ehe einer der Agenten antworten konnte, krachte etwas gegen den durch die Dunkelheit rasenden Mercedes. Etwas, das groß genug war, um einen bemerkenswerten Aufprall zu verursachen. Etwas, das schnell genug war, einen so schnellen Wagen einzuholen und seine Anwesenheit spürbar zu machen.

Etwas, das nichts Gutes sein konnte.

»*Was?*«, rief Kay, als wollte er eigentlich sagen: *Was ist denn das jetzt schon wieder für ein Mist?*

Hinter ihnen, fast schon im Kofferraum, jagte das Raumschiff die Straßen entlang, das Jarra für Serleenas Flucht gebaut hatte, und donnerte erneut gegen den Mercedes, diesmal noch härter. Eine vollständig wiederhergestellte Serleena saß am Ruder und rammte mit der Nase ihres Schiffes wieder und wieder das Heck des Mercedes.

Klopf-klopf, wer ist da?

Serleena.

Welche Serleena?

Die Serleena, die euch gleich dafür bezahlen lassen wird, dass ihr sie in einen Haufen Sägespäne verwandelt habt, ihr verdammtes, mit Schrotflinten schießendes, Ray-Ban tragendes, schwarz gekleidetes Rudel ...!

Im Wagen warf Kay einen prüfenden Blick zur Uhr. Die Zeit flog schneller dahin als Serleena. Sein Blick wanderte von der niederträchtig blinkenden Digitalanzeige zu dem gefährlichen kleinen roten Knopf im Armaturenbrett des Mercedes. Er wusste, was das Ding bewirkte. Ein Druck auf diesen Knopf, und der Mercedes würde so schnell davonschießen, dass Serleena nur noch ihren Staub schlucken und an ihrer eigenen Gallenflüssigkeit ersticken konnte.

Er griff nach dem Knopf.

»NEIN!«, schrie Jay.

Zu spät. Kay war schnell. Er drückte den Knopf und machte sich bereit für das, was da kommen sollte.

Und das bekam er.

Und noch ein bisschen mehr.

Wenn man längere Zeit nicht im Büro gewesen ist, sollte man mit ein paar Veränderungen rechnen.

Der Mercedes schoss wie ein Blitz dahin, während das komplette Armaturenbrett samt Lenkrad verschwand. Draußen schoben sich glatte, schimmernde Platten über die glänzend schwarze Karosserie, und der Wagen mutierte zu einem Hybriden, den man bekäme, kreuzte man eine moderne Luxuskarosse mit einem Space Shuttle. Es war sicher das herrlichste Beispiel aerodynamischer Perfektion, das es je gegeben hatte. Seine Linienführung erinnerte an einen Hai, und der Gesamteindruck vermittelte die Illusion eines mit irrsinniger Geschwindigkeit dahinfliegenden Objektes, selbst wenn das Fahrzeug sich überhaupt nicht bewegte.

Natürlich befand sich der Wagen zu diesem Zeitpunkt keineswegs im Stillstand. Nicht, nachdem Kay Ernst gemacht und den kleinen roten Knopf gedrückt hatte.

Jay blieb gerade noch Zeit zu sagen: »Modifiziert, Hyperspeed«, ehe sich das volle Beschleunigungspotenzial des Wagens entfaltete und ihre Köpfe so brutal nach hinten gerissen wurden, dass sie in Gefahr waren, sich das schlimmste Schleudertrauma in der Geschichte der Medizin zuzuziehen.

Der transformierte Mercedes sauste wie ein Schatten gute drei Meter über dem Boden durch die Straßen von Manhattan. Serleenas Raumschiff war direkt hinter ihm. Bei der plötzlichen Beschleunigung mochte sie den Anschluss verpasst haben, allerdings nur vorübergehend. Ein Fahrzeug, das dazu gedacht war, die unvorstellbare Weite des Alls zwischen den Sternen zu durchqueren, würde sich nicht so einfach von einer alten MIB-Kiste abhängen lassen, wie sehr sie den Wagen auch frisiert haben mochten.

In dem Mercedes klebten Jay, Kay und Laura an ihren Sitzen wie die Jeans eines Taxifahrers. Dort, wo das Armaturenbrett verschwunden war, kam plötzlich ein Stab zum Vorschein, der auf beunruhigende Art an den Controller einer Playstation 2 erinnerte.

»Ist das …?«, brachte Kay mit gedehnten Lippen mühsam heraus.

»Bei Hyperspeed müssen Sie mit dem Navigationsknüppel steuern«, erklärte Jay.

»Okay.« Kay packte den Navigationsknüppel mit Entschlossenheit, Mut und nicht gerade viel Erfahrung mit dieser Art der Steuerung. Der Mercedes sauste um eine Kurve und beschrieb eine wilde Rolle, die sämtliche Insassen von ihren Sitzen riss. Irgendwo im Universum vergoss der wohlmeinende Begründer der Sicherheitsgurte-retten-Leben-Kampagne bittere Tränen.

Jay verlor den Kontakt zum Beifahrersitz und landete nach einem kleinen Salto direkt auf Laura.

»Falls wir sterben …«, setzte sie an.

Aber Jay hörte gar nicht zu; er war viel zu sehr mit dem Horrortrip beschäftigt, den Kays Umgang mit dem Mercedes provoziert hatte. So wie der alte Mann dieses Baby steuerte, hätte er ebenso gut für Serleena arbeiten können.

»Die Drucktasten steuern das linke und rechte Querruder«, brüllte er. »Kippschalter – Stabilisatoren und Seitenruder.«

»Oh«, lautete Kays Dank für dieses einfühlsame Flugtraining. Er machte sich an den Schaltern zu schaffen, und prompt drehte sich der Mercedes auf den Kopf wie ein riesiger, glänzender, rasend schneller Pfannkuchen.

Auf dem Rücksitz wurden Jay und Laura erneut herumgeschleudert, und dieses Mal landete sie auf ihm.

»… dann möchte ich, dass du weißt, dass du der einzige Mensch bist, den ich je geliebt habe«, beendete sie ihren angefangenen Satz.

»Ernsthaft?« Jetzt hatte sie Jays ungeteilte Aufmerksamkeit. Er sah ihr hocherfreut in die Augen. »Das ist ja erstaunlich. Ich empfinde …«

Die Erde bewegte sich. Bis ins Herz erschüttert, sahen sie ein Feuerwerk, dessen wütende Glut näher kam, um sie vollständig zu verschlingen. Tatsächlich war es nur ein Torpedo, den Serleena auf den Mercedes abgeschossen hatte. Er explodierte in einem Feuerball. Der Mercedes schoss geradewegs durch die Feuersbrunst hindurch, fing jedoch an, unkontrolliert zu schleudern. Drinnen schrien Jay, Kay und Laura aus Leibeskräften, und wenn MIB-Agenten schon zu derartigen Lautäußerungen Zuflucht suchen mussten, war die Lage wirklich verdammt ernst.

Jay arbeitete sich Zentimeter um Zentimeter zurück zum Beifahrersitz, ständig im Kampf mit der unerbittlichen Fliehkraft. Sie liebte ihn, und das war wundervoll, aber keinem von ihnen wäre geholfen, wenn sie nun alle zusammen in einem Hyperspeed-Crash starben oder ihr Ziel, wo zur Hölle in dieser Stadt auch eine Pyramide sein mochte, nicht erreichten, ehe die Sicherheitsvorrichtung aktiv wurde und die ganze Erde zu kosmischem Staub verpuffte.

»Kommunikator!«, befahl Jay. »Würmer!«

In der Haupthalle der MIB-Zentrale faulenzten die Wurmkreaturen und Frank vor dem großen, eiförmigen Schirm, rauchten Zigarren, erzählten einander von ihren Heldentaten und waren rundherum zufrieden mit sich. Frank beugte sich vor, um sich die Zigarre anzünden zu lassen, ehe er fortfuhr, den anderen zu berichten, wie er Serleena bezwungen hatte:

»Also hab ich gesagt, hör zu, du Schlampe, wenn du nicht willst, dass ich dich in deinen mageren Diätarsch trete …«

»WÜRMER!«, unterbrach Jays wütende Stimme Franks Bericht über seine außergewöhnliche Tapferkeit vor dem Antlitz und/oder mageren Diätarsch des Feindes. »Wo seid ihr?«

»Haupthalle«, antwortete Sleeble und legte seine Zigarre weg. »Eierdisplay.«

Serleenas Schiff feuerte einen weiteren Torpedo auf den Mercedes ab. Der Schuss ging daneben, jedoch nur knapp. Knapp daneben ist auch vorbei, aber versuchen Sie das mal dem potenziellen Ziel zu erzählen. Jay hätte wetten können, dass dieser Fehlschuss Serleena lediglich dazu diente, sich einzuschießen, damit sie beim nächsten Mal …

Er wollte nicht einmal über das *nächste Mal* nachdenken. Derweil fühlte er, wie ihm die Zeit entglitt, gemeinsam mit seinen letzten Chancen und Hoffnungen. Er musste einfach etwas tun, bevor es zu spät war; er musste etwas tun, für sich, für seinen Partner, für die MIB, für die Erde …

… für Laura.

»Kontrolle verloren«, sagte er zu den Würmern. »Werden beschossen. Kay hat den roten Knopf gedrückt. Der Computer in der Zentrale kann den Zündmechanismus auslösen und das UFO zerstören. Ich gehe es mit dir durch …«

Sleeble wandte sich zu dem Eischirm um, bereit zu tun, was nötig war, um seinen Freunden zu helfen und die Erde noch einmal zu retten. Dagegen konnte Frank bestimmt nicht anstinken! Zuversichtlich streckte er die Hände nach der Schalttafel aus …

Doch auf dem Eischirm blinkten nur einige Zeilen am unteren Rand: DAS SYSTEM WURDE NICHT ORDNUNGSGEMÄSS HERUNTERGEFAHREN. REKONFIGURATION DER FESTPLATTE. RESTDAUER: 7 MINUTEN.

Von den Inuit heißt es, sie hätten ungefähr 43 verschiedene Worte für *Schnee*. Die Wurmkreaturen kannten in ihrer außerirdischen Muttersprache immerhin 1783 Worte für *Uups*. Und es gab einen Grund für jedes dieser beiden linguistischen Phänomene.

»Ähhh, Jay …«, stammelte Sleeble. »Als wir den Strom abgeschaltet haben, haben wir womöglich …«

Das Donnern eines explodierenden Torpedos erklang laut und deutlich über den Kommunikator, so laut, dass die

Wurmkreaturen samt und sonders erbebten. Frank bemühte sich zum Mikrofon und sagte mit ernster Stimme:

»Jay? Frank hier. Sie waren der verdammt beste Partner, den ein Remoolianer nur haben konnte. Alles Gute.« Dann trennte er die Verbindung. Manchmal will man einfach nicht dabei sein, nicht einmal aus der Entfernung, wenn ein Freund gerade den Löffel abgeben soll.

Verblüfft starrte Jay den Kommunikator an. Auf seinem Gesicht lag ein Ausdruck, der in etwa besagte: *Hat mich dieser pelzige kleine Hundesohn doch einfach abgeschaltet!* Während er innerlich sieben verschiedene Arten der Entrüstung und vier des mäßig beherrschten Grolls durchlief, wartete sein Partner nicht untätig auf Rettung. Das war nicht Kays Stil.

Seine Augen erforschten die weitgehend unbekannten Instrumente des transformierten Mercedes, bis sie an einem bestimmten Knopf hängen blieben. Er hatte gesehen, wie Jay ihn benutzt hatte, er wusste, wozu er diente, und er war sicher, dass dieser Knopf sie alle retten und ihnen die Kontrolle über den Wagen zurückgeben konnte.

Wenn du nicht weißt, wie du mit einem Fahrzeug umzugehen hast, such dir jemanden, der sich damit auskennt.

Kay drückte auf den Knopf, und der aufblasbare automatischen Pilot entfaltete sich direkt auf seinem Schoß. Doch statt das Steuer zu übernehmen und den Mercedes wieder unter Kontrolle zu bringen, saß er einfach nur da, und seine Arme baumelten nutzlos herab.

»Er fährt nicht«, verkündete Kay im Tonfall eines Verratenen.

»Ist nicht für Hyperspeed programmiert«, erklärte Jay.

Als würde das irgendetwas besser machen.

»Ich könnte ein Lenkrad brauchen!«, brüllte Kay, während er blindlings an dem aufgeblasenen und wirkungslosen Autopiloten vorbeilangte und nach dem Navigationsknüppel tastete, was lediglich dazu führte, dass er die Puppe auf die Instrumente presste. Wieder fing der Mercedes an, wild zu kreiseln wie ein Feuerwerksrad am vierten Juli.

Jay glitt unter das Armaturenbrett und kämpfte sich wieder hoch; er mühte sich, die Instrumente zu erreichen, während er wie ein Pingpongball hin- und hergeworfen wurde.

»Linkes Ruder!«, dirigierte er Kay. »Nicht das Querruder, das obere linke ...«

Nun versuchten die beiden MIB-Agenten verzweifelt, den Platz zu wechseln, wobei ihnen der Autopilot ständig in die Quere kam. Schließlich hatten sie es geschafft, und Jay saß auf dem Fahrersitz, wo er sicher am meisten ausrichten konnte. Triumphierend griff er nach den Kontrollinstrumenten.

»Hat Ihre Mama Ihnen nie einen Game Boy gekauft, oder was?«, fragte er Kay, als er den Navigationsknüppel packte.

Mit Jay am Ruder richtete sich der Mercedes sogleich wieder auf und löste sich mit einer schnellen, eleganten Rolle von Serleenas Schiff. Zu schade, dass der MIB-Agent diesen Vorsprung nicht halten konnte. Serleenas Schiff war immer noch schneller als der Wagen, und die Lücke zwischen beiden schloss sich binnen kürzester Zeit.

Die kylothianische Kriegerin kam unablässig näher, nahm den Mercedes ins Visier und feuerte noch einen Torpedo ab. Jay sah das todbringende Projektil, und eine kurze Bewegung aus dem Handgelenk jagte den Mercedes scharf nach rechts. Der Torpedo schoss über das Ziel hinaus und explodierte knapp vor ihnen.

Ein gutes Manöver, doch Jay würde keine Chance bekommen, es noch einmal anzuwenden. Serleena lernte schnell und lebte nach dem Motto: *Hältst du mich einmal zum Narren, schäm dich, tust du es zweimal, bringe ich dich um*. Wenn sie den nächsten Torpedo hinter ihnen herjagte ...

Nein. Lieber nicht daran denken. Lieber überlegen, wie sie

sie loswerden, wie sie den Abflugort erreichen und das Licht von der Erde schaffen konnten, solange es noch eine Erde gab.

Ja, wie …?

Und dann fiel Jays Blick plötzlich auf die Straße unter ihnen, und etwas erregte seine Aufmerksamkeit. Eine Erinnerung regte sich, ein Gedanke erwachte, die Inspiration schlug zu, und sein ganzer Geist war erleuchtet wie ein Tannenbaum an Weihnachten, beherrscht von einem triumphalen: JAAAAAA!

»Haltet euch fest«, wies er seine Passagiere an. »Es geht senkrecht runter!« Dann senkte er den Kühler des Mercedes auf den direkten Weg zu einer verhängnisvollen Bekanntschaft mit den Bürgersteigen New Yorks.

»Nein!«, schrie Laura. »Abwärts ist *schlecht*, senkrecht runter ist *idiotisch*!«

Jay kümmerte sich nicht um den Einwand, sondern nahm den Navigationsknüppel sacht ein winziges bisschen zurück.

Die Nase des Mercedes richtete sich gerade weit genug auf, um direkt und um Haaresbreite in den freundlichen Schlund eines U-Bahn-Zugangs zu rasen.

Sollte Jay gehofft haben, er könnte ihre Verfolgerin abschütteln, indem er den Mercedes wieder auf oder unter die Erde brachte, so wurde diese Hoffnung schnell zunichte gemacht. Über ihnen ließ sich Serleena nicht im Geringsten aus dem Konzept bringen und flog mit ihrem Raumschiff hinter ihnen her in den Tunnel.

Die Pendler in der Chambers Street Station blickten kurz von ihren Zeitungen auf, um nachzusehen, ob das röhrende Geräusch von ihrem ungeduldig erwarteten Zug stammte. Sie alle hatten einen anstrengenden Tag hinter sich und dachten nur noch daran, wie schön es wäre, nach Hause zu kommen und endlich die Schuhe auszuziehen.

Es war kein Zug; es war ein überaus trickreicher, aalglatter, hochgerüsteter fliegender Mercedes, dicht gefolgt von einem Raumschiff, das ein Stück aus der Betonmauer und aus einem der Chambers-Street-Schilder riss. Die Pendler hatten nicht einmal ein Schulterzucken für das Geschehen übrig, ehe sie sich wieder auf ihre Zeitungen konzentrierten.

Dank der starken Halogenscheinwerfer herrschte in dem sonst finsteren Tunnel plötzlich taghelles Licht, und selbst Serleena murmelte in ihrem Raumschiff anerkennend: »Nett. Wirklich nett konstruiert.«

Diese Anerkennung vermochte sie jedoch nicht von ihrem Ziel abzulenken. Sie beschleunigte und versetzte dem Mercedes erneut einen Stoß, dieses Mal noch ein wenig härter als zuvor. Ihr Angriff schleuderte den Wagen zur Seite, worauf jener ein Loch in die Betonschicht und die Stahlbewehrung der Wand riss. Serleena drosselte die Geschwindigkeit ein wenig, um das Ergebnis ihrer Arbeit in Augenschein zu nehmen. Es war schon beeindruckend: Sie hatte das Heck des MIB-Vehikels mit der gleichen Leichtigkeit rammen können, mit der ein durchschnittliches Mitglied einer ebenso durchschnittlichen Studentenverbindung eine Bierdose an seiner Stirn zerquetschen konnte.

»Die Stoßstange taugt bei über dreihundert Meilen nicht viel«, stellte sie fest, als wollte sie Fakten für ein intergalaktisches Verbrauchermagazin festhalten. Zufrieden rammte sie den Wagen erneut. Funken von beschädigten Elektrokabeln flogen durch den Tunnel.

»Die U-Bahn scheint nicht der beste Ort zu sein, um sie abzuhängen«, bemerkte Kay kritisch.

Jay hörte ihm nicht zu. »Wo ist er?«, murmelte er nur. »Wo zur Hölle steckt er?«

»Er?«, wiederholte Kay fragend.

Außerhalb der Reichweite der Mercedes-Scheinwerfer regte sich etwas Großes, Schwerfälliges in der Finsternis.

»Jeff«, antwortete Jay.

Das gigantische Wurmmonster kreischte vor Zorn, als es Jay auf dem Fahrersitz des Mercedes erkannte. Die einzige Kraft, die Jeffs Körper mit noch mehr Macht beherrschte als sein alles verschlingender Appetit, war sein lang anhaltender Groll. Er erinnerte sich genau daran, was Jay ihm angetan hatte, er erinnerte sich bis ins kleinste Detail, und die Erinnerung weckte seinen Hunger auf das Einzige, was er nicht verdauen konnte: Rache.

Jays Anblick war Provokation genug, doch der MIB-Agent machte es noch schlimmer, indem er der Kreatur unbekümmert zuwinkte, was einem wohl erwogenen Spott gleichkam. Jeff kreischte erneut, noch wütender, und klappte die riesigen Kiefer weit auf, ganz wild darauf, diesen elenden Erdling zu verschlingen, der dafür verantwortlich war, dass er wieder in dieses ganz und gar nicht zufrieden stellende Jagdgebiet vertrieben worden war. Einfach seine Reiseprivilegien zu widerrufen. Dem würde er es zeigen! Er würde ihn in einem Stück hinunterschlingen. Und wenn das diesem lausigen Menschensohn keine Lehre sein sollte, dann war ihm so oder so nicht mehr zu helfen.

Mit glitzernden Zähnen und rotem, pulsierendem Schlund baute sich Jeff im Tunnel auf, um den näher kommenden Mercedes mit allem, was sich darin befand, zu verschlingen.

Komm … zu … Papa.

»Jeff«, wiederholte Laura, während sie wie erstarrt in den scharlachroten Schlund blickte, der wie eine Wasserrutsche in die Hölle vor ihr gähnte.

Irgendwie überkam sie eine seltsame Ruhe, die Ruhe, die immer dann von Menschen Besitz zu ergreifen pflegt, wenn ihr Wagen gerade über den Rand der Klippe hinausgeschossen oder wenn die brennende Zündschnur in das Fass mit dem Schießpulver gefallen ist, oder wenn sich das auf den Wellen tanzende Fass allmählich den Niagarafällen nähert.

Das erbarmungslose Alien, das Ben umgebracht hatte, war direkt hinter ihnen, beinahe über ihnen. Auf die eine oder andere Art würden sie sterben. Wozu sich also Sorgen um das Unausweichliche machen?

Zumindest hatte sie Jay gesagt, dass sie ihn liebte. Zumindest das würde sie mitnehmen, was auch immer sie auf der anderen Seite erwarten mochte, der anderen Seite von ... Jeff?

Ein stetiges Gefühl des Friedens und der Ergebenheit legte sich über sie wie eine alte, bequeme Wolldecke. Auf Wiedersehen, Welt. Es war nett, dich kennen gelernt zu haben.

Und dann brach Jays Gebrüll durch diese widernatürliche Mauer heiterer Gelassenheit. »Festhalten!«, schrie er und trat auf die Bremse.

Der Mercedes blieb stehen.

Rums.

Aus.

Ende.

Kein Schleudern, kein Rutschen, keine Fliehkraft, nichts. Auf der Stelle erstarrt. Der Wagen stand einfach, fiel wie ein Stein auf die Schienen, und als Serleena angestrengt durch die Frontscheibe ihres Raumschiffes spähte, sah sie nicht das beschädigte Heck des MIB-Vehikels, sondern ...

»Zähne?«

Und schon war sie über den Mercedes hinweg- und direkt in Jeffs weit aufgerissenes Maul hineingeflogen.

Im nächsten Augenblick war schon alles vorbei. Das Monster schluckte, wedelte mit dem Schwanz und verschwand auf den Schienen in der Dunkelheit. Hmm, lecker. Schwer, aber nahrhaft, das Wurmäquivalent für Sauerbraten.

Irgendwo in seinem mickrigen Gehirn gelangte die mächtige Kreatur zu der Erkenntnis, dass Serleenas Raumschiff Jays Versuch gewesen war, sich durch ein Geschenk mit ihm auszusöhnen, seine Art, sich für das zu entschuldigen, was er Jeff angetan hatte. Nett von dem MIB-Agenten, dass er ihm eine Freude machen wollte, so jedenfalls sah Jeff die Sache. Wirklich nett. Er mochte ja ein gigantisches, extraterrestrisches Wurmmonster sein, aber seine Mama hatte ihn gelehrt, gutes Benehmen zu würdigen, bevor er groß genug geworden war, sie zu fressen.

Wenn der Mann sich also darum bemühte, das herzliche Einvernehmen zwischen ihnen wiederherzustellen, so war es das Mindeste, was der Wurm tun konnte, seine Bemühungen dankbar zu akzeptieren. Von nun an war alles vergeben.

Miss Manners, Fachfrau für Etikette bei der Washington Post, wäre zufrieden mit ihm gewesen.

Jay, Kay und Laura sahen einander an, ehe Kays Blick durch den Innenraum des Mercedes schweifte. Dann nickte er zufrieden.

»Immer noch kein Ford, Mann«, sagte er. »Trotzdem ein annehmbarer Wagen.«

KAPITEL 21

Der Mercedes flog durch die U-Bahn-Tunnel, die den Boden unter New York City wabenartig durchzogen, und kam an einer Haltestelle nahe der Südspitze von Manhattan wieder zum Vorschein. In der Ferne streckte die Freiheitsstatue ihre goldene Fackel in den von funkelnden Sternen übersäten Himmel.

Der Wagen stieg immer höher, hielt auf eines der Dächer der umgebenden Häuser zu und blieb dort in Sichtweite des berühmten Monuments stehen. Die Dächer von New York sind mehr als nur Taubenverschläge. Sie sind ein eigenes Königreich in den Wolken, eine ganz eigene Welt, ein Konglomerat individueller Stätten, kulturell so verschiedenartig wie das Leben in der Welt von *Disneyland*. Von der rein zweckmäßigen Teerpappe bis zu kunstvollen Penthouse-Gärten, den Spielplätzen der Reichen und der Angeber, fand sich auf den Dächern von New York praktisch alles.

Dieses spezielle Dach sah aus, als wäre es auch einmal mehr gewesen als nur die oberste Lage eines Bauwerkes, denn es wies immer noch Spuren einer weniger zweckmäßigen und eher eigentümerorientierten Vergangenheit auf. Es gab Hinweise auf den Versuch, einen Zen-Garten anzulegen, einschließlich eines dieser riesigen, dekorativen Findlinge, die während der 80er ihre Blütezeit erlebt hatten, als alles, was im weitesten Sinne japanisch anmutete, furchtbar modern gewesen war. Einen Stein dieser Größenordnung auf dem Dach zu haben, bedeutete nicht nur, dass der Eigentümer Unterstützung bei der meditativen Erforschung der vergänglichen Natur materieller Güter gesucht hatte, es bedeutete auch, dass er das notwendige Kleingeld besessen hatte, etwas so Großes und Nutzloses bis hinauf nach Taubencity zu schaffen.

Unter ihnen funkelte eine Glaspyramide in dem Licht, das aus den Fenstern der hohen Gebäude fiel. Die Türen des Mercedes öffneten sich, und Jay, Kay und Laura stiegen aus.

Jay nahm sich einen Augenblick Zeit, um über den Rand des Daches zu schauen und sich zu vergewissern, dass die Pyramide tatsächlich dort war. Im Geiste beglückwünschte er sich zu seinem Erinnerungsvermögen, das ihn, ehe die Zeit abgelaufen war, darüber informiert hatte, dass es tatsächlich ein solches Bauwerk in New York City gab. Für seine Nerven mochte es die Hölle sein, und vermutlich würde er seinen Ruhestand mit einer Diät aus Haferschleim und Pepto-Bismol verbringen müssen, aber zum Teufel, er arbeitete unter Druck nun einmal am besten.

Abflugort ermittelt und gesichert.

Nun sah er sich aufmerksam um, auf der Suche nach jener einen Sache, die sie brauchten, wollten sie die Welt retten, ehe die Zeit abgelaufen war. Er wusste, wie wortkarg sein Partner sein konnte, aber wenn man als einziger Mensch die Position der einzigen Sache kannte, die den Planeten retten konnte, dann war es an der Zeit, die Gary-Cooper-Nummer aufzugeben und loszuplappern wie all diese Talkshowtouristen auf einmal.

»Die Zeit wird knapp, Kay«, sagte er. »Wo ist das Licht?«

Kay ergriff Lauras Hand und half ihr aus dem Mercedes. An ihrem Handgelenk fing das Armband, das die Welt retten konnte, funkelnd die Lichter der Stadt ein. Der Pyramidenanhänger leuchtete immer noch.

»Ein Code, Laura«, sagte Kay mit ruhiger, angespannter Stimme. »Denken Sie nach. Eine Kombination … Irgendwas. Hat Ben Ihnen jemals etwas von einem Code erzählt? Ein besonderes Datum? Irgendwas?«

Laura furchte grübelnd die Stirn, während sie versuchte, seinen Fragen zu folgen. Sie starrte auf das Armband hinunter und versuchte immer noch, all das zu verarbeiten, was in so kurzer Zeit über sie hereingebrochen war. Von allem, was sie gesehen und erlebt hatte, von allen Unglaublichkeiten, die man von ihr zu glauben verlangt hatte, war dies am schwersten zu akzeptieren: die Tatsache, dass das Schicksal ihres ganzen Planeten und das einer anderen Welt, von deren Existenz sie keine Ahnung gehabt hatte, an ihrem Handgelenk baumelte. Wie konnte das sein? Das Armband sah aus wie ein ganz gewöhnliches, ein wenig kitschiges Schmuckstück, etwas, das eine Touristin als perfektes Andenken an die einzige New-York-Reise ihres Lebens betrachten könnte. Sie musste daran denken, wie sie sich vor einiger Zeit in der Pizzeria mit einer verstopften Toilette herumgeschlagen und es dabei fast hinuntergespült hatte. Ein eiskalter Schauer lief ihr über den Rücken, als ihr klar wurde, was *das* jetzt bedeuten würde.

Es war schon seltsam genug zu begreifen, dass das Armband, das sie Jahre lang getragen hatte, das märchenhafte Licht von Zartha sein sollte; plötzlich erfuhr sie auch noch, dass es nicht genügte, es einfach herzugeben, sondern dass das

Überleben zweier ganzer Welten davon abhing, dass sie es schaffte, sich daran zu erinnern, wie man das Ding aktivierte!

Nur keinen Druck, wie?

Ein Code …

Sie dachte scharf nach, ließ sich von der Dringlichkeit der Lage nicht beirren, damit sie nicht erstarrte und sich nicht mehr erinnern konnte … sich erinnern …

»Da war … ein Lied«, meinte sie. »Ben hat mir immer etwas vorgesungen, als ich klein war. Ein Schlaflied … ›vier, drei, zwei, wo du bist, bin ich dabei; sieben, acht, neun, denn ich bin dein bester Freund …‹ Ich singe es manchmal vor mich hin, wenn ich nicht schlafen kann, aber das kann doch nicht …«

Kay wartete den Rest ihres Satzes nicht ab. Er ergriff das Armband, hantierte hastig damit herum und gab die Zahlen ein.

»Das ist der Code«, sagte er. »Er aktiviert das Licht.«

Während Kay fieberhaft an dem Armband arbeitete, zog Jay die Serviette, die er aus *Ben's Famous Pizzeria* mitgenommen hatte, aus der Tasche und hielt sie hoch. Er blickte von dem zerknitterten Stück Papier über das Wasser zur Freiheitsstatue hinüber, die ihrerseits ihre Fackel direkt auf die Sterne richtete. Als er das Monument betrachtete, konnte er nicht umhin, sich an eine Zeit zu erinnern, in der sein Leben einfacher gewesen war, in der er es nicht mit Aliens oder Men in Black zu tun gehabt oder … oder …

… oder endlich einen Menschen gefunden hatte, den er lieben konnte.

Sein Blick fiel wieder auf die Serviette in seiner Hand. Und dann begriff er. Jedes Symbol darauf passte genau zu dem, was er hier vor sich sah. *Ben's Famous Pizzeria*. Die Servietten. Die Pizzakartons. Einfach alles, was mit dem Logo des Ladens bedruckt werden konnte, trug das Bild eines Pizzastücks, dessen Spitze zur Freiheitsstatue deutete, deren Fackel wiederum auf die Sterne zeigte. Doch es war gar kein Pizzastück, oder?

Die Glaspyramide schien ihm zuzublinzeln, als wollte sie sagen: *Hast aber ziemlich lange gebraucht, nicht wahr, Kleiner? Oh, du warst nahe dran, näher, als du dachtest, damals, als du vermutet hast, das Pizzastück wäre ein Pfeil, ein Wegweiser. Nur hast du geglaubt, der Pfeil zeigt auf eine Dose Anchovis.*

Tja, Überraschung, Junior! Anchovis sind falsch.

Laura sah Jay in die Ferne starren und folgte seinem Blick. Sie hatte Jahre ihres Lebens in *Ben's Famous Pizzeria* gearbeitet, umgeben von unzähligen Kopien dieses Logos, und sie erkannte es auf Anhieb; eine Glaspyramide, die glühte wie ihr verkleinertes Gegenstück, deren Spitze auf die Freiheitsstatue deutete, während die Fackel der Statue eine Linie mit einem ganz bestimmten Stern bildete, gerade als Agent Kay die letzte Ziffer des Codes eingab.

Elektrische Spannung breitete sich jäh knisternd in der Atmosphäre aus. Der Stern über der goldenen Fackel leuchtete auf. Dann löste sich ein Strahl reiner Energie aus ihm, jagte durch die Luft und bohrte sich in den großen, dekorativen Findling, der neben ihnen auf dem Dach lag. Ein blendendes Licht blitzte auf, und der Felsen verwandelte sich unter einer zuckenden Hülle purer Elektrizität.

Dann war das Licht verschwunden; der Felsen war verschwunden. Und an seiner Stelle wartete eine Raumkapsel auf Laura.

Kay sah Laura an; auf seinem Gesicht war deutlich zu lesen, dass Laura das Licht von Zartha in die Kapsel legen sollte, die es sicher davontragen würde, damit es seine Bestimmung erfüllen konnte, ehe die Sicherheitsvorrichtung die Erde in ein schwarzes Loch verwandelte.

Sie nickte, nahm die Ehre schweigend zur Kenntnis und näherte sich ehrfürchtig der Kapsel. Es war ein wunderschöner Moment, poetisch und auf seine eigene Art und Weise unaussprechlich heroisch.

Aber irgendwer sitzt immer im Publikum, der nur dafür zu leben scheint, Augenblicke wie diesen zu zerstören.

Mit einem scheußlichen Röhren schoss Jeffs gewaltiger Wurmkörper durch die Glaspyramide, und sein Gebrüll hallte schaurig durch die verlassenen Straßen.

»Jeff!«

Jay hasste es, wenn ihm ein so schöner Augenblick verdorben wurde. Er hasste es, wenn irgendein Idiot bei der Aufführung des Sommertheaters *Shakespeare In The Park* mitten in Julias Sterbeszene zu husten anfing. Noch mehr hasste er es, wenn irgendein Trottel verlangte, das Ende von *Casablanca* umzuschneiden, damit Rick seine Freundin behalten kann, und ganz besonders hasste er es, dass dieser große, unterirdisch hausende Wurm ausgerechnet diese Gelegenheit hatte wahrnehmen müssen, ihm seine eigene romantische Szene mit Laura zu verderben.

»Ich habe jetzt überhaupt keinen Bock auf dich!«, brüllte Jay das taktlose Wurmmonster an. »Verschwinde mit deinem langen Arsch in der U-Bahn, oder ich betäube dich so, dass du nicht wieder aufwachst!«

Aus der Kluft zwischen den Häusern erklang ein lautes, feuchtes, zutiefst beunruhigendes *Rrrrrriiiiitsch*. Man könnte nun glauben, Jeff hätte beschlossen, Jays Drohung zu ignorieren, doch das wäre weit von der Wahrheit entfernt. Jeff hatte, milde ausgedrückt, das Gefühl, nicht mehr er selbst zu sein. Und das Geräusch hatte Jeffs Haut verursacht, als sie der Länge nach aufgerissen war, als schäle sich eine Banane explosiv aus der eigenen Schale, um den verborgenen Alptraum in ihrem Inneren freizusetzen.

Es war Serleena, eine scheußlich veränderte Serleena, eine Serleena, die teils Wurm, teils ein Durcheinander zuckender, peitschender, triefender Neuralwurzeln war, eine schauerliche Zusammenstellung, in deren Mitte gerade noch ein kleiner Rest, ein Rückstand des *Victoria's Secret*-Supermodels hing.

Jay starrte die unfassbar grausige Vision unter sich an und murmelte unwillkürlich: »Du bist, was du isst.«

Sollte sich noch jemand fragen, ob dieses Horrorwesen nun Jeff nach einer Überdosis Serleena war, oder Serleena nach dem Verzehr von Jeff, so beantwortete sich diese Frage von selbst. Das Monstrum entdeckte Laura auf dem Dach und ließ eine Neuralwurzel auf sie zuschnellen, um sich ihrer zu bemächtigen.

Es war Serleena, kein Zweifel.

Jays kampferprobte Reflexe waren auf der Stelle hellwach. Er stieß Laura von sich, direkt in Kays sichere Umarmung. Die Neuralwurzel verfehlte ihr Ziel, doch Serleena war wie üblich bereit, das Beste aus der Situation zu machen. Die Wurzel schlang sich um seinen Hals und riss ihn zurück, während immer mehr Wurzelstränge hinzukamen und sich um seinen Körper wickelten, bis er beinahe zur Gänze in dem zuckenden, lähmenden Dornengestrüpp verschwunden war.

Vor Entsetzen wie gelähmt, erstarrte Laura mitten im Schritt und beobachtete ungläubig, was mit dem Mann geschah, den sie liebte.

»Jay!«, schrie sie vergeblich, als Serleenas Wurzeln ihn vollständig umschlangen.

Von irgendwo innerhalb der Kreatur ertönte Jays wehleidige Stimme. »Kay! Wie wär's mit ein bisschen Unterstützung?«

Kay zog seine Waffe und feuerte. Der Treffer trieb das Monstrum zurück, hielt es jedoch nicht auf.

»Laura! Legen Sie das Armband in die Kapsel«, befahl er, ehe er die nächste Ladung abfeuerte. Dieses Mal riss der Schuss ein Loch in Serleenas Leib.

Jays Kopf tauchte in dem Loch auf, als wäre er ein Erdmännchen auf Speed, nur um sofort wieder hineingesaugt zu werden.

Kay schoss noch einmal auf das Monstrum, und dann noch einmal, nur zur Sicherheit; er tat sein Bestes, Laura Deckung zu geben, die immer noch wie gebannt auf das Grauen starrte, dass sich vor ihr aufbaute.

Serleena schüttelte die Wirkung der Schüsse einfach ab, sammelte sich und ging erst recht auf Kay und Laura los. Kay schoss erneut auf das Monster und riss neue Löcher in das Durcheinander neuraler Wurzeln. Dieses Mal lugte eine von Jays Schultern aus einem der Löcher in dem monströsen Alien hervor; der Stoff seines eleganten Jacketts schwelte wie ein schlecht gelöschtes Feuer.

»AAAAAHHHHGH! Zielen Sie ... höher!«, war eine zutiefst verärgerte Anweisung aus dem Inneren der Kreatur zu vernehmen.

»Ihm geht's gut«, rief Kay Laura zu, ehe er dem Monster direkt ins Gesicht schoss. Ein Treffer, der die ohnehin arg beschädigte Schönheit Serleenas weiter in Mitleidenschaft zog und sie zu Boden warf.

Doch sie war eine Kriegerin. Krieger geben nicht auf, nur weil irgendein jämmerlicher Erdling mit einem überentwickelten Todeswunsch ihr Mascara verwischt. Krieger töten. *Dann* schauen sie in den Spiegel und bringen ihr Make-up in Ordnung. Serleena stolperte zurück, fing sich und stürzte sich taumelnd auf Kay und Laura.

»So was macht er dauernd«, brüllte Kay Laura zu, in dem verzweifelten Versuch, sie dazu zu bewegen, aus ihrer Erstarrung zu erwachen, bevor es für sie alle zu spät war.

»Laura, das Armband!«

Sie fuhr aus ihrer Trance auf und rannte zu der Kapsel. Kay stieß ein stummes Dankgebet aus und gab eine weitere Salve ab. Schuss um Schuss feuerte er mit ruhiger Hand und sicherem Auge auf die immer näher kommende Serleena. Wieder und wieder und wieder traf er das Ungeheuer, doch er konnte es nicht aufhalten; es wurde allenfalls langsamer, aber nicht langsam genug.

Der ganze dornige, wurmförmige Leib der Außerirdischen war mit einem wirren Lochmuster verziert.

Plötzlich steckte Jay den Kopf aus einem der Löcher an der Körperunterseite und verkündete: »Sie machen sie nur wütend!«

PENG! Ein Schuss, dann wurde Jay wieder zurück in das Monstrum gerissen.

Doch einen guten Soldaten hält nichts auf. Wieder tauchte sein Kopf in einem der Löcher auf, einem anderen als zuvor, und er fügte hinzu: »Wir brauchen …«

PENG! PENG! Zwei weitere Schüsse trafen das Monster.

Mit einem schlürfenden Geräusch verschwand Jay erneut.

Aber nicht lange. Wie in einem verzerrten, verrückten Hau-den-Maulwurf-Spiel tauchte Jays Kopf nun aus einem dritten Loch in Serleenas vielfach perforiertem Körper auf. Er bekam gerade noch die Worte: »… eine größere …« heraus, ehe Kay drei weitere Schüsse abfeuerte und Serleena ihn wieder absorbierte.

»… WAFFE!«, brüllte Jay so laut er konnte. Verdammt, es schien, als würde er den Satz *nie* zu Ende bringen. Doch es war eben nicht einfach, zu Wort zu kommen, wenn Kay sein Pokerface aufgesetzt hatte.

Während Kay seinen sinnlosen Feldzug gegen die hartnäckig vordringende Serleena fortsetzte, trat eine unförmige Gestalt aus den Schatten auf dem Dach hervor. Begleitet von dem wiederholten Donnern der Schüsse, dem Wutgebrüll des Monsters und dem leisen Summen von Lauras immer noch nicht gestarteter Fluchtkapsel erkundigte sich eine vertraute Stimme überaus höflich:

»Protonenbombe gefällig?«

Irgendwie war es Scrad/Charlie gelungen, die Spur des Lichts von Zartha und der Men in Black zu dem vorgesehenen Abflugort zu verfolgen. Nun streckte das Scrad-Wesen Kay eine schimmernde Metallkugel entgegen wie eine Art Friedensgabe. Offenbar war es Charlie gelungen, den Mitbenutzer seines Körpers dazu zu bringen, die Dinge in Bezug auf Serleena mit seinen Augen zu sehen.

Wie ein Kastenteufel tauchte Jays Kopf nun in Serleenas Rachen auf. »*Danke!*«, jubelte er. Das war genau das, was der Doktor verordnet, wenn man die richtige Krankenversicherung hatte. Megatonne, dein Name sei Protonenbombe. Jays Hände schossen aus Serleenas Schlund hervor, als Scrad ihm die Bombe zuwarf.

»Hey! Wo ist die Sprengkapsel?«, schrie Jay. Das war nicht die Sorte Überraschung, die er besonders zu schätzen wusste.

»Wir haben sie kaputtgemacht«, gestand Charlie verlegen.

»Kay, knallen Sie sie ab!«, befahl Jay. Eigentlich meinte er es gar nicht so, doch er fühlte sich augenblicklich besser.

Okay, vielleicht meinte er es *doch* ernst, aber Kay hörte nicht auf ihn.

Trotzdem war dies nicht der richtige Zeitpunkt für Schuldzuweisungen. Kay eröffnete erneut das Feuer auf Serleena, als Jay mit einer Rolle rückwärts aus Serleenas Maul herausschnellte, dann erneut hochsprang, die Protonenbombe mit einem gezielten Wurf in ihrer Gurgel versenkte und direkt vor Scrad/Charlies Füßen landete.

»Wir bitten um Asyl als politisch Verfolgte des tyrannischen kylothianischen Systems«, verkündete Scrad formell. Charlies Kopf schoss aus dem Rucksack hervor, und er setzte hastig hinzu: »Wir lieben New York. Das ist der einzige Ort, wo wir je hingepasst haben.«

Während Scrad/Charlie noch ihre Loyalität gegenüber dem Big Apple bekundeten gab es da immer noch einen Wurm, den es auszurotten galt. Die defekte Protonenbombe, die Serleena verschluckt hatte, wirkte auf sie etwa so verheerend wie ein Sesambrötchen.

Jay und Kay vergeudeten keine Zeit. Gemeinsam stürzten sie sich auf den Kofferraum des Mercedes, wo die *wirklich* ernst zu nehmenden Waffen auf sie warteten.

Serleenas grotesker Kopf schwang herum, fort von Jay und ihrem abtrünnigen Handlanger, hin zu der kleinen Kapsel, die gerade angefangen hatte, sich in die Luft zu erheben. Sie flog auf den immer noch leuchtenden Stern zu, der die Dunkelheit direkt über der Fackel der Freiheitsstatue mit seinem hellen Schein durchdrang.

Entweder merkte Serleena nicht, was Jay und Kay taten, oder sie war überzeugt, dass ihr auch die schwersten Waffen der Men in Black nichts anhaben konnten. Sie hatte jetzt ein anderes Hühnchen zu rupfen, genauer gesagt ein armbandförmiges Hühnchen, das doch tatsächlich zu entkommen drohte.

Niemand entkam Serleena. Nicht zweimal.

Im Galopp hastete sie dem fliehenden Licht von Zartha hinterher. Inzwischen war die Kapsel von der Erde aus bereits nicht mehr zu erreichen, Serleena jedoch betrachtete diesen Umstand lediglich als vorübergehenden Vorteil ihrer Beute. Sehr vorübergehend.

Schwingen wuchsen aus ihrem Rücken, und die gewaltige Masse ihres Wurm-Wurzel-Körpers schwang sich ebenfalls in die Luft

Jay und Kay, inzwischen beide bewaffnet, wechselten einen raschen Blick, und Jay nickte. Gleichzeitig entsicherten sie ihre Waffen, eine sauber synchronisierte Bewegung zweier Männer, die deutlich zeigte, dass eine gute Partnerschaft immer auch ihre eigene Schönheit in sich trägt.

»Kleiner?«, sagte Kay.

»Ja?«

»Danke, dass Sie mich zurückgeholt haben.«

Ein schwaches Lächeln zeigte sich auf Jays Lippen. »Kein Problem.« Er riskierte einen Blick auf Laura. Sie stand neben dem Wagen, anscheinend völlig benommen von all dem, was um sie herum vorging. Sonst schien ihr nichts zu fehlen.

Ihnen blieb keine Zeit mehr zum Reden. Serleena kam der Kapsel langsam näher. Gemeinsam hoben sie ihre Waffen, visierten am Lauf entlang und folgten Serleenas Flug, als wäre sie die größte, hässlichste Tontaube, die der gute alte Schießsport je gesehen hatte. Am liebsten hätte Jay geschrien: Jetzt!

Zwei Schüsse lösten sich aus ihren Waffen und trafen Serleena genau an der richtigen Stelle, als ihre Neuralwurzeln bereits angefangen hatten, die Kapsel einzuwickeln. Einen Augenblick lang ließ die Kylothianerin von dem kleinen Gefährt ab, um die beiden rauchenden Wunden in ihrem gewaltigen Körper zu untersuchen, wenn sie auch nur mäßig beunruhigt war. Ihre ganze Haltung schien zu spotten: *Ach, und ihr glaubt wirklich, ihr könntet mich so aufhalten?*

Doch als sie einen Blick auf Jay und Kay warf, erkannte sie, dass irgendetwas nicht stimmen konnte. Obwohl sie nicht abgestürzt war, sahen die beiden überhaupt nicht besorgt aus.

Es schien sie gar nicht zu kümmern, dass der Sieg – und dieses verdammt schwer zu fassende Licht von Zartha – für sie bereits zum Greifen nahe war.

Sie sahen … zufrieden aus?

Sie sollten nicht zufrieden aussehen. Wussten sie denn nicht, wann sie verloren hatten? Was, glaubten diese Erdlinge, konnten ihre jämmerlichen Waffen ausrichten, um sie …?

Dies war der Moment, in dem Kay ihr noch einmal kurz zuwinkte, wie um Lebewohl zu sagen. Und im nächsten Augenblick explodierte Serleena in einer atemberaubend schönen Vorstellung pyrotechnischer Errungenschaften, ein Schauspiel, dass selbst Macy's Juli-Feuerwerk weit in den Schatten stellte. Für so ein Feuerwerk bedurfte es nun einmal einer

Protonenbombe und zweier präziser Schüsse als Auslöser, was im Budget für den vierten Juli wohl kaum enthalten war.

Dann erfüllte eine Explosion reinen Lichts die Luft. Die Kapsel, in der das Licht von Zartha lag, wurde von dem Glorienschein der Energiequelle eingehüllt, die sie von der Erde geholt hatte. Jeder, der Zeuge dieses Spektakels wurde, musste seine Augen vor der überwältigenden Helligkeit abschirmen.

Als sie wieder sehen konnten, war bereits alles vorbei. Die Kapsel war verschwunden. Eine letzte, verräterische Pracht senkte sich in Form eines wunderschönen ätherischen Glutregens über die Stadt, schöner als tausend Sonnenuntergänge.

Dann herrschte Stille.

Die Krise war überstanden; die Erde – und Zartha – gerettet.

Jay brach das Schweigen als Erster.

»Wie war es?«, fragte er Kay. »Draußen?«

»Es war … nett«, antwortete Kay nach kurzem Nachdenken. »Lange ausschlafen am Wochenende. Wetterbericht im Fernsehen …«

Er unterbrach sich und ließ seinen Blick langsam über das beeindruckende Panorama der vertrauten Skyline von New York City schweifen. Er war kein gebürtiger New Yorker, aber, wie ein sehr weiser Mensch einmal gesagt hatte, in New York gibt es nur Auswärtige.

Dann bemerkte er, dass Jay die immer noch benommene Laura anstarrte. Kay drehte sich zu seinem Partner um. »Ich habe vor fünfundzwanzig Jahren einmal gegen die Regeln verstoßen, und das hat fast den Planeten zerstört.« Er sah zu Laura hinüber, schaute dann wieder Jay an und sagte leise: »Es ist Ihre Entscheidung. Sie werden schon das Richtige tun.«

Eine Weile stand Jay einfach da, nahm den Anblick der Frau, die er liebte, in sich auf und dachte an die Aufgabe, die er gerade erledigt hatte. Es wäre so einfach, alte Gefälligkeiten einzufordern, Kay dazu zu bringen, ihn von den Men in Black zu befreien, um seinen eigenen Platz in der Welt dort draußen einzunehmen.

Doch wo könnte dieser Platz sein? Er erinnerte sich daran, wie es für Kay gewesen war – die unbestimmten Sehnsüchte, die er nicht hatte erklären oder stillen können, das Gefühl, dass es noch mehr geben musste als einen Acht-Stunden-Job, Ausschlafen am Wochenende und den Wetterbericht im Fernsehen.

Sicher, er war zurückgekehrt und hatte seine geduldige Verlobte geheiratet, doch es war nicht von Dauer gewesen. Sie hatte ihn verlassen, weil sie es nicht mit einem Traum aufnehmen konnte, nicht einmal mit einem Traum, an den Kay sich nicht mehr richtig erinnern konnte. Der Blitz eines Neuralisators wirkte nur auf den Verstand, manche Dinge jedoch bewahrte ein Mann in seiner Seele.

Agent Kay war durch und durch ein Man in Black. War Agent Jay anders? Wenn er die MIB verließ und Laura heiratete, würde ihre Liebe dann stark genug sein, um gegen seine begrabenen Träume ankämpfen zu können, oder wäre es nur eine Frage der Zeit, bis sie ihn ebenfalls verließ?

Wäre er stark genug, zu den Sternen hinaufzusehen und nur ... Sterne zu sehen?

Wir sind, wer wir sind. Jay kannte die Worte, und er begriff ihre Bedeutung. Er ging auf Laura zu, setzte seine Ray-Ban auf und zog den Neuralisator hervor.

»Ich will, dass du weißt, dass du der einzige Mensch bist, den ich je geliebt habe«, sagte er, kurz bevor der blendende Blitz des gedächtnislöschenden Lichts vor ihren Augen aufzuckte.

»Danke, dass Sie an unserer ... Umfrage zur Stadtarchitektur teilgenommen haben«, schloss er lahm. Das war das Beste, was er mit gebrochenem Herzen zustande brachte.

Noch ehe das Nachbild des Neuralisatorblitzes völlig verblasst war, tauchten plötzlich MIB-Agenten auf, um Laura fortzubringen, zurück in ein Leben, wo die einzigen außerirdischen Monster, mit denen sie es zu tun haben würde, sicher im Reich der Science-Fiction aufgehoben waren. Als sie sie davonführten, rief Jay ihr nach: »Vielleicht könnten wir mal zusammen Kuchen essen gehen.«

»Hey, was ist mit uns?«, quiekten Scrad/Charlie, womit sie Jays schwermütige Abschiedsstimmung ebenso vollständig zerstörten wie zuvor die Sprengkapsel der Protonenbombe.

»Im Postamt gibt es immer freie Stellen«, sagte Kay zu ihnen.

»Postamt?«, wiederholte das zweiköpfige Alien. »*Ja!*« Und auf beiden Gesichtern erschien ein breites, dümmliches Lächeln.

Während Serleenas frühere Handlanger noch verträumt ihre zukünftige Karriere im öffentlichen Dienst ins Auge fassten, blickten Jay und Kay einander lange und forschend an.

»Kommen Sie«, sagte Kay. Worte waren nicht seine Stärke, und er wusste, dass es wirklich nichts gab, was er Jay jetzt hätte sagen können, um seinen Schmerz zu lindern. Das Einzige, was er tun konnte, war, ihn wieder an die Arbeit zu schicken und die Zeit den Rest erledigen zu lassen. »Gehen wir.« Dann kehrte er der Freiheitsstatue den Rücken zu und machte sich auf den Weg.

»Gehen wir?«, wiederholte Jay ungläubig, während er seinem Partner folgte.

Zum Schutz des Planeten war er gezwungen gewesen, auf die Liebe seines Lebens zu verzichten. Nun war er wieder voll und ganz ein Man in Black und vergrub den Schmerz tief unter den Anforderungen seines Jobs. Und das Erste, was sie jetzt zu tun hatten, war, das Geschehene zu vertuschen und die Erinnerung all jener auszulöschen, die den Kampf gegen Serleena mit angesehen hatten.

Es war das einzige Heilmittel, mit dem er einen solchen Verlust auf die Schnelle bekämpfen konnte: ein ebenso nervenaufreibender, lehrbuchgetreuer Verfechter der Regeln zu werden wie Kay. Solange man damit beschäftigt war, zu meckern und zu klagen, wie schlecht andere ihre Arbeit verrichteten, blieb einem kaum Zeit, über ein gebrochenes Herz zu sinnieren.

»Diese kleine Vorstellung müssen Tausende von Menschen in New York und New Jersey mit angesehen haben«, verkündete er, darum bemüht, Kay klar zu machen, dass sie nicht einfach weggehen konnten. »Wir müssen einen Plan machen. Einen coolen Plan. Wie zur Hölle sollen wir erklären …?«

»Hey, Kleiner«, unterbrach ihn Kay. »Ich werde Ihnen mal was zeigen.«

Er hob die alte Pulsar und drückte auf einen Knopf. Hinter ihnen flammte die goldene Fackel der Freiheitsstatue in einem gleißend hellen Blitz auf, der nur von dem größten Neuralisator stammen konnte, den die Welt je gesehen hatte.

Das Licht überflutete die Dächer, durchflutete die Stadt, strömte hinaus über die Grenzen der drei Staaten, die New York umgaben und überschwemmte das Land mit einer kontrollierten Dosis Amnesie. Niemand würde sich je daran erinnern, eine Raumkapsel in Richtung der Freiheitsstatue fliegen gesehen zu haben, oder ein unvorstellbares Monstrum, das die Raumkapsel verfolgte, oder …

Oder irgendetwas, das mit dem Licht von Zartha in Verbindung stand. Und genauso sollte es auch sein.

Geblendet von dem Nachglühen des gewaltigen Neuralisatorblitzes, starrte Jay erst die Freiheitsstatue und dann die Armbanduhr an. Dann:

»Ich will auch so eine.«